中国科幻
经典大系

龙骸

主编 姚海军 刘慈欣

海峡出版发行集团 | 福建少年儿童出版社
THE STRAITS PUBLISHING & DISTRIBUTING GROUP | FUJIAN CHILDREN'S PUBLISHING HOUSE

图书在版编目（CIP）数据

龙骸 / 姚海军，刘慈欣主编 . — 福州：福建少年儿童
出版社，2024.5

（中国科幻经典大系）

ISBN 978-7-5395-7636-7

Ⅰ . ①龙… Ⅱ . ①姚… ②刘… Ⅲ . ①幻想小说—小
说集—中国—当代 Ⅳ . ① I247.7

中国版本图书馆 CIP 数据核字（2021）第 197522 号

"中国科幻经典大系"入选"福建省优秀出版项目"

中国科幻经典大系

LONG HAI

龙骸

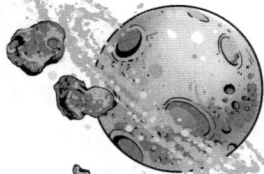

主编：姚海军　刘慈欣

出版发行：福建少年儿童出版社

社址：福州市东水路 76 号 17 层（邮编：350001）

经销：福建新华发行（集团）有限责任公司

印刷：福州印团网印刷有限公司

地址：福州市仓山区建新镇十字亭路 4 号

开本：700 毫米×1000 毫米　1/16

字数：200 千字

印张：15

版次：2024 年 5 月第 1 版

印次：2024 年 5 月第 1 次印刷

ISBN 978-7-5395-7636-7

定价：38.00 元

如有印、装质量问题，影响阅读，请直接与承印者联系调换。

联系电话：0591-87881810

前　言

在时光列车即将驶入 21 世纪之际，我国著名科幻作家叶永烈先生在福建少年儿童出版社的支持下，主编了洋洋大观的六卷本"中国科幻小说世纪回眸丛书"，用精心遴选的 300 万字作品，勾勒出 20 世纪科幻文学发展的基本样貌。叶永烈先生不仅是一位影响深远、对科幻文学有着独到观察的科幻小说家，他在科幻史料的发掘和研究方面，也做了许多开创性工作。因此，"中国科幻小说世纪回眸丛书"在今天仍然是回望 20 世纪科幻文学的上佳读本。

叶永烈先生对科幻文学的未来抱有很高的期望，他在该丛书序言中甚至提议："以后在每个世纪末，都出版一套'中国科幻小说世纪回眸丛书'。"但令人痛心的是，2020 年，叶永烈先生过早地离开了我们。出版界的朋友始终铭记他生前的愿望，曾在福建少年儿童出版社工作多年、曾任福建人民出版社社长的房向东先生和福建少年儿童出版社现任社长陈远先生多次相约，希望我能与刘慈欣一起续编"中国科幻小说世纪回眸丛书"。

21 世纪不是才刚刚开始吗？当我抛出这样的疑问时，两位出版人不约而同给出了一个相同的理由：虽然 21 世纪只过去了 20 年，但这 20 年是中国科幻迄今为止最为光彩夺目的 20 年，我们有理由提前实施叶永烈先生的计划。

我深以为然。

自进入 21 世纪，我国科幻便进入了高速发展的快车道——

以吴岩、韩松、柳文扬、何夕、星河、潘海天、凌晨、杨平、赵海虹等为代表的新生代作家，进一步壮大了他们在 20 世纪最后 10 年悄然发起的新科幻运动，为科幻文学带来青春的律动和类型的大幅拓展。

1993 年偶然闯入科幻世界的王晋康，迅速在世纪之交成为中国科幻重要期刊《科幻世界》的台柱子作家，他的一系列短篇《生命之歌》《七重外壳》《终极爆炸》，以及后来的长篇《十字》《与吾同在》《蚁生》《逃出母宇宙》，为 21 世纪的中国科幻增加了文化上的厚重和哲学层面的思辨。

1999 年，中国科幻界另一位明星作家刘慈欣闪亮登场，并在其后的 10

年里密集发表了《流浪地球》《乡村教师》《中国太阳》等一系列高水准的中短篇佳作。2006年，刘慈欣的《三体》开始在《科幻世界》连载，一时洛阳纸贵。紧接着，2008年和2010年刘慈欣又相继出版了《三体2·黑暗森林》和《三体3·死神永生》，将《三体》三部曲发展成一个无与伦比的恢宏宇宙。2015年8月23日，刘慈欣的《三体》（英文版）获第73届世界科幻大会颁发的雨果奖最佳长篇小说奖，这是亚洲作家首次获得雨果奖，为中国科幻以及中国科幻与世界科幻的对话交流开创了全新局面。

《三体》引发了前所未有的科幻热潮，这一热潮甚至波及海外。《三体》在北美、欧洲以及日本都创造了中国科幻小说的销售纪录，并赢得了良好的口碑。《三体》在今天仍然备受关注，因此，最近10年也被很多评论家称为"后三体时代"。

"后三体时代"几乎无处不闪耀着《三体》的辉光，但就在这辉光中，新星的力量在悄然执着地生长。郝景芳、陈楸帆、江波、宝树、张冉、七月、拉拉、迟卉、长铗、谢云宁、夏笳、程婧波、顾适、阿缺、杨晚晴、梁清散、钛艺、廖舒波……新一代的科幻作家（亦称更新代作家）以更为敏锐的眼光审视并界定科幻的意义，试图在文化传统和国际潮流、现实和未来、科技和伦理的交织中找到立足的锚点。更让人惊喜的是，当下科幻舞台的中心，不仅有新生代、更新代，王诺诺、索何夫、陈梓钧、昼温、念语等90后作家也已经崭露头角。美国著名科幻作家大卫·布林预言，世界科幻的未来在中国。我想，有才华的年轻人不断涌现，应该是这预言最坚实的支撑吧。

科幻的繁荣，意味着我们无法仅以《三体》为轴心对这20年进行评说。中国科幻之所以丰富多彩，根本原因在于它的包容性。21世纪以来，以"何慈康"（指何夕、刘慈欣、王晋康）为代表的"核心科幻"取得了令人瞩目的成就，拥趸众多；韩松式"边缘科幻"也一直特立独行，绽放异彩。可以说正是由于有韩松式作家的存在，中国科幻才成为一个完美的大宇宙。韩松被认为是被严重低估的科幻作家，他的小说既有对当下至为深刻的洞察，也有对未来最为大胆的寓言式狂想，对飞氘、糖匪、陈楸帆等更新代科幻作家产生了深刻影响。

科幻的繁荣，还意味着针对不同年龄层读者创作分工的完成。在原本被认为属于儿童文学的科幻小说日益成人化的同时，在科幻的内部，少儿科幻分支开始重新被认识，并迅速发展。一方面，专门为儿童写作的科幻作家异军突起，包括杨鹏、赵华、马传思、王林柏、陆杨、彭柳蓉、超侠等，其中赵华、马传思、王林柏凭借自己的科幻创作获得了全国优秀儿童文学奖；另一方面，成人科幻作家进入少儿科幻领域也渐成趋势，王晋康、刘慈欣、吴岩、星河、江波、宝树等均创作了少儿科幻作品，吴岩的《中国轨道》也获得了全国优秀儿童文学奖。

这套"中国科幻经典大系"虽然未直接沿袭叶永烈先生"中国科幻小说世纪回眸丛书"的书名，但基本遵照了后者的编辑体例，将 21 世纪第一个 20 年科幻小说的主要创作成果分为 12 册呈献给广大读者，其中很多作品都获得了中国科幻银河奖、华语科幻星云奖等重要奖项，亦有不少作品被译成英、日、法、意等语言在国外发表。其中，《北京折叠》甚至获得了世界科幻大奖雨果奖，作者郝景芳也因此成为第二位捧得雨果奖奖杯的中国科幻作家。

佳作纷呈，但篇幅有限。因此，关于本丛书的选编，有几点需要说明：

一、因便利性等原因，本丛书未包含中国港澳台地区的科幻作品，将来有机会另补一编。

二、21 世纪第一个 20 年科幻创作繁盛，为尽量多收录中短篇佳作，本丛书未收录长中篇及长篇作品。

三、同样因为篇幅有限，无法收录很多作家的全部代表作，我们只能优中选优。

四、个别作品因为版权原因，故未收录。

五、本丛书的编选由我和慈欣共同完成。我初选后，交由慈欣审定。慈欣阅读量惊人，很高兴和他一起完成这项有意义的工作。

六、感谢所有入选作者对主编工作的支持，感谢福建少年儿童出版社对本丛书选编工作的大力支持。福建少年儿童出版社是一家有科幻出版传统的出版社，20 世纪 90 年代推出的"世界科幻小说精品丛书"、六卷本的"科幻之路"和六卷本的"中国科幻小说世纪回眸丛书"均影响深远。希望福建少年儿童出版社每隔 20 年，都能出一套"中国科幻经典大系"，直到 22 世纪，汇编成蔚为大观的第二套"中国科幻小说世纪回眸丛书"。

目 录

404 之见龙在天

凌晨

2017 年 4 月 2 日，农历三月初六，宜祈福，忌出行。

—

现在是凌晨时分。

我从阳台回到电脑前，信心十足地敲击出一行文字："我的墓志铭就是——我还会回来的！"这经典台词，霸气十足。

群里一众 90 后、00 后的读者顿时笑晕，表情包在 27 英寸的显示器上乱飞。

"大叔，你太落伍了吧？"有人好心安慰我，"《终结者 5》的票房很差啊，阿诺肯定回不来了！"

"我就要在墓碑上刻这句话，到时候你们来查！"我咬牙切齿地说。这群网友顿时哑口无言。

半晌，才有一人怯怯发言："大叔，我三表舅家制作的墓碑采用上等大理石制作，价格优惠，支持上门订制。您要的话，我让表舅给您打 7 折。"

我彻底败了，愤恨至极，以致对突如其来的电话丝毫没有了君子风度，大声吼叫："吴妮，你在想什么？搞什么墓志铭征集活动！"

"我也没办法啊，这年头微博话题不够劲爆的话，都没人点击，今天是清明小长假的第一天嘛。"电话那头的吴妮笑道，"怎么，你被广大粉丝'羞辱'了？"

"切，怎么可能？我就是觉得无聊。"我辩解。

"你同意掺和这个话题，说明你比这个话题更无聊。"吴妮嘲笑着，随即语气一转，"前进，有大新闻了。"

我立时正襟危坐，对一个记者来说，"有新闻"这三个字简直就是冲锋号角，让我精神亢奋，哪怕躺在坟墓里了我也要坐起来奔赴前线。但我并不会由此丢弃明辨是非的能力，我提醒吴妮："拉倒吧，就你一跑娱乐口的八卦婆姨，能有什么大新闻？"

"真是大新闻，错过了可别怪我。"吴妮是北京大妞，说话、办事爽快，绝不拖泥带水，"叫上钦佩，到 G9 高速公路的起点来。"

"关于什么的？价值不大的话，我让实习生去。"我扫了一眼沙发上连包装都没有拆开的蓝光碟片，清明假期待家里看恐怖片是多好的安排啊！

吴妮沉默了一秒，非常非常严肃地说："有一条龙，正在高速公路上散步。"

二

钦佩是我们报社的专职摄影师，技术不好评价，但人从不耍大牌，全天随叫随到，工作原则是"要我拍，我就拍，别的我不管"，因此深受同事喜爱。就这么一好人，被我从《辐射 4》的世界中揪出来也没怨言，但听到要去拍一条龙的时候，他却炸毛了："龙！天哪，我要拿什么镜头？

还有灯……我得回去准备！"手忙脚乱得像个要见公婆的小媳妇儿。

"回去干吗？吴妮的话，你还当真了？"我笑着，"她不是喝醉了就是看花眼了。你以为真有龙？"

"那……我干吗去？"钦佩实心眼儿地问。

"拍摄啊！总能拍点什么。"我说，"清明小长假第一天，高速公路免过路费肯定会堵车，科技新闻没有，咱找社会新闻呗，或者就拍吴妮同志，歌颂她放假仍不忘工作的敬业态度。"我说到这儿，不由得心生怨念：吴妮你外出踏青为啥不叫我呢？你太无情无义了……

钦佩不再争辩，乖乖爬上我的副驾驶座，路上就问了我一个问题："龙，应该是爬行动物吧？这得让我师哥来，他是生态摄影师，最擅长拍蜥蜴了！"

我给了钦佩一个大大的白眼，教育他："龙是虚拟生物，懂吗？！"

三

24 分钟后，我们到达 G9 收费站。吴妮的车就停在站口外的路边。她披一件银白风衣站在车前，不仅风姿绰约，而且还很妖娆。

"不是说动物不许成精吗？"我笑着说，"怎么还是让你钻了空子？"

"呸，我好心给你成名机会，你别狗咬吕洞宾！"吴妮瞪我。

我摇着头说："名咱不稀罕，只要事实。话说，龙在哪儿啊？"

此时，正是夜晚中最黑暗的时刻，城市的灯光被收费站阻拦，高速公路上只剩下伸手不见五指的黑暗。我和吴妮的两辆车都打开了大灯，也只能把方圆 10 米内的世界看个大概。偶尔有一辆车子经过，公路上的反光板便闪烁几秒，然而这对环境照明并没有什么用处。站在这种地方，我看不到任何生物的存在。

吴妮递给我一副眼镜，说："我从大张那儿拿的。"

大张是报社的第一线人，主要研究领域是那些"我不说你绝对不知道的事情"，和我们关系不错。

"叫你别跟大张混，惹了他那母夜叉的老婆，小心把你毁容。"我戴上眼镜，眼前顿时更黑了，"这什么破玩意儿？大张忽悠你用的吧？"

"11点钟方向，3500米。"吴妮不慌不忙地对眼镜下达命令。

我眼前的黑暗中忽然出现一片淡淡的灰色，正以极快的速度从容不迫地移动着。那片灰色的轮廓，吴妮就算有丰富的想象力也无法将它定义为别的东西——那就是一条传说中的中国龙，长长的躯干顶着大大的头，头上有角，长须飘动，躯干下方还有四条短腿。我看不清躯干上的鳞片和头上的眼睛——但不知为何，我能感觉到这家伙身上的鳞片在抖动，眼珠子也在滴溜溜地乱转，似乎对这个世界有无限的好奇。一辆轿车驶上高速公路，马上穿过龙的身体，我不由得打个寒战。但车和龙各行其是，彼此之间没有产生丝毫影响。

"那儿有什么？那儿有什么？"钦佩很着急，恼火无物可拍，也好奇我脸上流露出的诡异表情。

我把眼镜递给钦佩，问吴妮："这不是红外夜视仪，是什么？"

"大张说还没想好名字，反正是带有一种全波段辅助视觉系统的眼镜。"吴妮扬扬得意地说，"看见龙了吧？"

"看见个鬼！"我很不耐烦地说，"那东西到底是什么？我不是问它像什么，我是问它是什么？！"我摘下眼镜，11点钟方向，3500米外，依然是浓得如墨的黑暗，竟然会有一条龙在那里溜达？一定是这眼镜在捣鬼！

这时，钦佩展现出处变不惊的职业素质，他拍拍我的肩膀，温和地说："别急，别急，我们开车过去一探虚实。"

我咬着牙说："没什么用，你拍不到龙。"

钦佩笑了，露出了那种对自己的职业技能有绝对把握的自信笑容，说："那可不一定。"

四

天亮了。

我做了个奇怪的梦，梦到一条龙从动画片中跑出来，在高速公路上散步。

"前进！"听到有人叫我，我睁开眼睛。眼前是钦佩追求艺术感的胡须脸，他松了口气，欣然道："你终于醒了。"

我跳起来，但头立刻碰到坚硬的物体，将我弹回座位上。我依然在车里，坐在驾驶座上，副座上是我的摄影师钦佩，后座上有个人正埋头捣鼓什么东西。

我伸手拽住这个人的衣领子，毫不客气地说："大张，你这家伙终于来了！"

"来了好半天啊！你睡得像头猪。"大张说。

"吴妮呢？"我四处张望。

"现在，恐怕已经到温泉度假村了。"钦佩回答，"她说不能为了一条'虚龙'舍弃难得的假期。"

"虚龙？"我揉揉眼睛，意识还是有些模糊。

钦佩提示说："你给起的名字。一条不在可见范围内的龙，我们看不到也感觉不到，所以你叫它虚龙。"

是的，那是一条虚龙。我们驾车穿过它的躯体，它没有任何反应，我们也没有任何感觉。依靠大张的仪器，我们不但看清了龙的模样，还得到了龙的基础数据——长 8.3 米、直径 1.21 米，这是个大家伙！

我们回到收费站，百思不得其解，我急召大张前来解释。吴妮却告别我们，继续她的度假旅行。我和钦佩坐在车里等大张，忽然，我异常困倦，头一仰就睡着了，完全失去了知觉。

"你怎么没睡？"我问钦佩。

"我睡了一小会儿，后来就睡不着了。"钦佩说，"想到一条龙就在前面，还是有点兴奋啊。"

"兴奋个头。那家伙还在吗？"我问。窗外已是清晨，天地之间，丝毫没有龙的踪影。

钦佩摇头。我看向大张，说："喂，你那眼镜不会没有录像功能吧？"

大张哼哼道："当然有了。但录下的是这个。"他让开身子，我才看清那副眼镜连上了笔记本电脑。屏幕上，波形闪动，记录下来的，竟是一段高频电磁波信号。

"龙呢？"我问后，立刻招来大张和钦佩两人鄙视的目光，我彻底清醒了，忙做恍然大悟状，说，"噢，你的眼镜有成像功能，原理就和热成像仪差不多。"为了表示我仍然是一个跑科技口的专业记者，我继续追问大张："那是这条龙发出的电磁波让你收到了，还是电磁波组成了龙的形状？哪种情况比较靠谱？"

大张回答："宇宙之大，包含无穷。在亿万年的时空中，龙发出电磁波的概率，与电磁波组成龙的概率，都差不多。"

这答案真是无比正确。

"好吧，"我不依不饶，继续问，"万物有始有终，不管是发波的龙还是成龙的波，它到哪儿去了？"

大张脸上的表情像是便秘了好几天，特别纠结，他看看电脑，又看看我，再看看电脑，再看看我，低头抬头十七八次，才叹息道："我不知道。"

"你！"我连骂他的气力都没有了，想到凌晨的经历原来只是个幻觉，我是该嘲笑大张呢？还是嘲笑大张呢？

"我追踪不到它。这个信号，我需要研究。"大张说，"你们没有别的发现？"

"它都在可见光外了，你指望我们的肉眼凡胎能有什么发现？"我冷笑。

钦佩却打开相机，调整照片，得意道："我拍的。"

照片上是高速公路的一段护栏，护栏上一道蓝色弧光，微弱而迅急。弧光中，清楚地包含一小块生了青色鳞片的肌体。

"我的天啊！你怎么做到的？"我几乎要拥抱钦佩。从今而后，谁要小瞧他的技术我跟谁急！

"强曝光加广角镜头，用连续拍摄。"钦佩说，"这是一张大照片上的一个局部。"他把整张照片放给我们看。那是我们走近龙后，停下车子，用眼镜四处搜索时，他仔细拍摄的许多张照片中的一张。

"那道弧光是什么？"大张问我们。

"是……"我回答不上来，此时手机恰好响了。

值班主编的声音好像着了火："前进，你小子快带钦佩给我滚回来！"

"怎么了？我早饭还没吃呢！"我急了。

"怎么了？有人爆料！"主编那边拍桌子吼道，"他看到龙了！"

五

爆料人是个 30 岁左右的眼镜男。我们一行三人风风火火冲进主编办公室时，此人正在主编面前手舞足蹈讲述他的清晨奇遇，手指头差点儿戳到值班主编的鼻尖，他说："我每天骑 15 分钟电动车去坐地铁首班车，4：48 分到达地铁站，5：01 地铁列车进站，5 年了，我每天都踩这个点，绝对不会错。所以，我是在这段时间看到它的。你明白吗？那个时候我在进站，但我看到了它。那个时候乘客加地铁工作人员不到 10 个人，但只有我看到了它！"

"哪个车站？"钦佩问。

"17 号线起点站——郭家堡，我住桃园新村。去地铁站的公共汽车 5：20 首发，我要是坐公交赶地铁，铁定迟到。所以我从来都是骑车去地铁站，4：48 到达，坐 5：01 的地铁首班车。我在市府路那边上班，要坐 27 个站。"眼镜男回答。

"说重点！"我吼道，"你来这儿是爆料拿奖金的，不说重点就走人！"

眼镜男不慌不忙地反问我："爆料要真实，真实才有价值，对不对？"

大张一步跨到眼镜男身后，凭借 1.85 米的身高优势咄咄逼人道："龙！它在哪儿？！什么样子？！"

眼镜男顿时颓了，满脸委屈，嘟囔道："我……我好心爆料，要不我就报案了……"

主编好言相劝："那你倒是说龙啊，说半天了我都没明白你看到了什么。"

"我昨晚睡得很晚，没喝酒、没吃药，精神正常。"眼镜男拍拍胸脯，"我真的看到了！"

"看到什么了呀？"我、钦佩、大张和主编异口同声地问。

"龙头、龙爪子、龙尾巴，在空中闪，绝对不是我的幻觉。神龙见首不见尾啊。"眼镜男信誓旦旦地说。

"证据呢？"我质问。

眼镜男打开手机，照片上都是噪点，什么也看不清。他还辩解："我照相了，但照出来就是这个样子！"

主编打起了哈欠，通宵值班后，他有点熬不住了。他问我："前进，你怎么看？"

眼镜男显得十分紧张。

我用手机打开智能网络和投影功能，墙上立刻出现我们城市的地图。

"凌晨 2：40，我们在 G9 高速公路上发现一条虚龙！4：48～5：01 之间，郭家堡站也出现了一条形迹可疑的龙。如果这两条龙是同一条龙，那它从 G9 高速公路到郭家堡用了 3 个小时。"随着我的声音，红色箭头在地图上不断延伸，沿着六环路绕行城市。

"这条龙似乎在寻找什么。"大张说。

"何以见得？"主编问。

"现在不是讨论寻找什么的时候，"我提醒众人，"如果这条龙还在动的话，用不了多久就该有人去《每日快讯》爆料了。如果爆料的人会越来越多，我们在此事上的先机将丧失殆尽。"《每日快讯》可是我们《晨报》的死对头。我一拳砸在主编的办公桌上，做悲愤状，说："同志们，热搜头条本来是我们的。"

"你的意思是？"主编被我说得有点找不着北，虚心地问。

"我们发消息：全城找龙！这是清明小长假我们报社推出的微活动！"我强调说。

"活动？"钦佩完全理解不了我的意思，"可是那条龙，不是我们报社的啊。"

"它是谁的不重要！重要的是，我们发现了它的存在，我们有第一手的消息，明白吗？"我再次强调。

主编的脑子转过来了，困意顿消，起劲儿鼓掌，说："不错的主意，前进，那就赶紧忙起来。你写个文案，拉出流程单子，需要人力、物力尽管列上。我马上找总编室主任、社长。钦佩，你配合下前进。大张，事关重大，请你多协助。"主编说着就往外走。

眼镜男焦急地问："那我呢？"

主任很和气地握住他的手，说："你得留下，你是第一个报料的人，非常重要。误工费、报料费、车马费一起算给你。"

"那就好，那就好。"眼镜男放下心来，"我愿意协助你们。龙是珍稀动物嘛，得保护。嗯，你们能不能先把'误餐费'发了？我还没有吃早饭……"

六

别说早饭，一直到中午我都没吃上东西。会议室成了报道中心，6个实习生听我使唤——他们给大张建好了技术平台、联络相关人士、实时更新网络平台信息、接听热线电话、搜集信息、绘制龙的踪迹图，忙得团团转。我看着这些生机勃勃的面孔出出进进，和要闻版、社会版、文化版、科技版的栏目主编在线沟通，心里很有满足感，找龙这事儿确实比看恐怖片有趣多了。

吴妮走进来，怒气冲冲地说："前进你这烂人！我好心给你大新闻，你却把我从度假村召回来。你想干吗？"

我回应："14：00有4家电视台和3个网站来采访。总编指定你做发言人。"

"那条龙的事？你把事情做大了？"吴妮接过我递上的茶，漂亮的眼睛里闪过兴奋的光芒。她和我一样，都是看热闹不嫌事儿大的主。

"就是那条龙。要闻版的人在跟踪龙的踪迹，社会版的人在现场采访各位目击者，文化版的人已经约了几位民俗专家谈龙文化。至于科技版的人，就他们最忙，和大张一起组建了分布计算网络，正动员全世界的技术宅加入龙形波的分析计算。"

"'龙形波'？这种名词你也发明得出来?!"吴妮笑得见眉不见眼，"引力波可是动员了 1000 多位科学家分析了 4 个月才出来的！"

"但龙形波的信号比引力波要强，而且出现的频率越来越高，也越来越清晰。"我把吴妮拉到大屏幕前，城市的电子地图上亮起了许多小红点，"这些红点都是龙出现的地方。你看，它们越来越密集了。"

"密集？到处都有龙形波？"吴妮有些疑惑，"大张制造了很多台全波段观察仪？"

"不，不，没用仪器观测。肉眼，用肉眼可以看到了。"

吴妮盯着我。我认识她很多年了，但被她大大的眼睛盯住的感觉还是很不自在。

"你的意思，它可以被看到了？那它是实体？有血有肉？"

"到现在为止，还没有人看到它的全貌，但它确实在实体化。"我说着，调出一张图片，龙的大体轮廓已经清晰，"我们就像拼图一样把各个目击者看到的龙拼在一起，现在这条龙的完成度已接近 75%。大张估计，到晚上它就能整体地在城市中游荡了。"

吴妮甩甩她海藻般浓密的长发，皱着眉头说："我要这么和电视台的人说吗——诸位观众，今晚本市将出现一条真龙，请不用聚集围观，也不要随意投喂食物。"

"可以啊，这随你。必须说的话在这里。"我把一张打印纸递给她，"文本已经发你手机了，其他的你就自由发挥吧。"

"凌晨时龙还只是一段波，8 个小时后，它就开始实体化了，能看见了。它怎么做到的？"吴妮感叹，"太不可思议了！对了，你想过没有？实体化后，龙吃什么？"

七

龙吃什么？这个问题我压根儿不用动脑筋，稍加包装，这个问题就会变成可口的"鱼饵"，一扔进论坛，立刻会有大批考据党、博物学者以及不睡午觉观光团自愿贡献脑力。都不等吴妮化妆完毕，实习生便已甄选出48个答案并且编辑成趣味台词，打印好了送到她面前。

吴妮扫了一眼答案，笑道："'只要不吃我就好'——这就是最佳答案？"

"肯定最佳。"我说，"在这欢乐的节日里不宜制造恐怖气氛。"

"欢乐你个头。"吴妮瞪我，"明天寒食、后天清明，全民扫墓祭祀的日子你说欢乐？"

"太严肃了，会影响身体健康。"

"哼哼，看这些答案：2. 龙只吸收天地灵气、日月精华；3. 龙是杂食动物；4. 龙喷火，因此需要吃石油；5. 龙最爱吃马！"吴妮念到这里，笑得喘不上气。

我制止住她的失态，告诉她："这个倒是有根据。《西游记》里，小白龙就吃了唐僧的马。东汉王允的《论衡》也提到过龙吃马的事情。"

"那我要在台词中加一句：'请各赛马俱乐部重点防范。'"吴妮说。

"随便你。记住控制好场面，保持采访者的兴奋度。还有，让摄像师拍你最漂亮的角度。"我再次交代几句后，就把吴妮交给新媒体部主任，自己一溜儿小跑回到会议室。

会议室门口，站着两个穿着黑夹克、等高等瘦、板寸头的青年男子，胸前还别着徽章。总编大人唯唯诺诺站在一旁。我的心脏顿时停跳了半拍。

"我好了！"大张提了电脑包走出会议室，招呼那两个青年。

我连忙上前拦住他，说："你要去哪儿？"

"国家高能物理研究中心。"大张说，"他们又想起我了。"

"那这儿怎么办？"

"我们线上联系，别担心，有关龙的任何消息，《晨报》还会是首发。"

我凑近大张耳朵，压低声音问："主流学术圈怎么能看得上你？"

大张笑道："流落民间你就真当我是民间科学家了？我在中心呼风唤雨的时候，你是没看到。"他也拿出个徽章别在衣领上，看我傻愣愣的样子，拍拍我的肩膀，说："这是盖革计数器，测量辐射强度的。我要忙起来了，运气好的话，晚上找你撸串，还是小羊圈胡同那家烤吧。"

"运气不好呢？"我乌鸦嘴似的说了一句。

"那就得通宵达旦守在机房了。对了，中心已经联络了'繁星一号'，世界排名第一的超级计算机，一起破解龙形波。"大张吹了声口哨，"这可是个大事件，你小子就偷着乐吧。"

我还想说什么，可大张已经在那两个青年的左右陪伴下，扬长而去了。

八

缺了大张的会议室有点冷清，眼镜男留下电话和爆料视频后也消失了，钦佩则赶赴目击点拍照。我终于能坐下来喘口气、喝茶、吃饭、打瞌睡，但一股子兴奋的情绪在我血管里涌动，让我没法子安稳待着，脑子里不断回放今天的经历。

我们在发现龙的 4 个小时后放出了第一条消息，标题必须耸人听闻："活龙在本市出现，绝对令你震惊的消息！"内容却要简单明了，强调市民参与性："你想不到大自然还会做出什么事情！一条真龙正潜入我市。如果你看到它的任何踪迹，都请告诉我们。你将会得到红包奖励，以及与这条龙近距离接触的机会。"

这条消息看上去广告气息十足，不会引起大众的恐慌和惊诧，而且很能给龙刷好感度。

20 分钟后，第 2 条消息以转发加评论第一条消息的形式放出："是什么样的龙，要说清楚。红包谁不想拿？但描述得准确些不难吧？我楼下卖的龙形馒头可不行哟！"

接着发眼镜男的爆料叙述，以及他的手机图片。图片经过了处理，使那些噪点中模模糊糊出现了龙的影像。

接下来就看朋友圈的转发速度并等待广大市民添砖加瓦，给这些消息插上飞翔的小翅膀。

整个上午，我和同事们边做传播流程，边做技术准备，边紧盯大众反馈，准备随时调整、随时跟进。这让我们的精神高度紧张，可也很畅快——享受着那种掌控引导舆论方向的感觉。

眼镜男的"强调真实"此时起了作用，网友居然有耐心看完他长达 90 秒的爆料视频。在这个视频的传播率达到峰值的时候，第 2 个目击者出现了，这人丝毫没有眼镜男的镇定，无论是文字还是语言都凌乱得一塌糊涂，实习生和我花了好几分钟才明白他的意思。他被吓坏了，说："为什么龙在地铁里？为什么那么多人只有我看到了？我是不是有什么特殊之处？我会不会变身？要承担拯救地球的任务吗？妈呀，好紧张！"

我叫实习生回答他："天将降大任于你，必须时刻准备着。"

龙现在在地铁里。

那时，地铁车厢中挤满了上班族，他们或打瞌睡，或看手机，只有一个人无所事事，将目光投向车窗外。窗外是铁灰色的隧道墙壁，时不时出现一组色泽艳丽的广告。这个人试图背诵广告上的电话和网站，这样既锻炼记忆力又打发时间。忽然，广告被一层灰色覆盖，灰色停留了一两秒，便没有了踪影；一会儿，灰色再次覆盖上来，很长一段，有隐隐的、巴掌大的鳞片在闪动。这层灰色尽头有一个硕大的头颅轮廓，眼珠子黑得明亮清晰。这个人条件反射，立刻举起手机拍照。他正准备上传朋友圈时，忽然看到朋友圈中有人转发《晨报》的寻龙活动告示，他哆嗦着再向窗外看，那灰色正在向前移动，如波浪微微起伏，分明是一条龙正蜿蜒飞行。

这就是第二个目击者的故事，他很幸运，不但得到了我们提供的现场目击奖金，还让我永远记住了他那带着兴奋和颤抖的声音。

龙出现在地铁 6 号线，在动物园站到市场站之间的地铁隧道中，离地铁 17 号线起点站郭家堡站直线距离 27 千米。龙在 2 个小时中才走了这么点距离，挺奇怪的。

当时，大张很担心龙会引发地铁事故。据他计算，组成龙的高频电磁波携带的能量虽然不强，但在电力网密布的地铁隧道中到处窜动，很难不发生意外。

还好，第 3 个目击者的位置在城市西南的水上公园，龙或者龙形波已经钻出了地铁。随后，越来越多的目击消息如潮水般涌进报社。报社的电话被或激动、或怀疑、或好奇、或神经的目击者打到几乎全部占线了。

"幸好龙在今天出现。"一位《每日快讯》的人对我开着嘲讽模式，"搁 4 月 1 日，谁都不会理你。"还有不少媒体精英都认定龙只是一个噱头，是老掉牙的历史灰尘，但不得不承认，我们应用巧妙。中午，找龙这事儿就上了省级电视台的时事新闻，晚上还会在新闻评论里做专题。这是逼电视台也要满城找龙的节奏。

"我们会戳穿你们的这场闹剧的。"《每日快讯》的人说，还附赠我一套"鄙视"系列表情包。

事实在那里，我不用多解释。我只回答他："我就喜欢看你不喜欢而又不得不和我并肩战斗的样子。"

我走到电子地图前，龙下一步会去哪里呢？G9高速公路、地铁郭家堡站、动物园、水上公园……这些地方有什么共同点？为什么龙会在这里和那里出现？为什么……为什么……

"我要全市管道分布图、电网分布图、商业网点分布图、地铁线路规划图……"我冲实习生喊，一口气说了七八种城市信息图，实习生脸色都变了。我这才意识到这些事关城市生存的图纸别说他一个实习生，就算总编出马也搞不到。

"吴妮，赶紧给我想办法。"我向吴妮求助。

吴妮那边手机信号不好，她用微信告诉我，她在省电视台准备直播，正和主编，新闻评论栏目导演、主持人以及特邀嘉宾讨论直播内容。

"找大张，找他！"吴妮提醒我。

大张的电话打不通，微信也不回我。

这时，钦佩忽然出现，他嫌传图太慢，索性亲自跑回来送照片。他已经拍摄了无数的素材，拷贝了17位目击者的图像资料，甚至自己也拍到了龙！

"太神奇了，前进。你应该到现场去看看。"钦佩将硬盘递给实习生，接过一杯茶，大饮一口，"好茶！"

"那是，明前茶，贵如金，何况是清明前的顾渚紫笋茶。我在家给你坐镇指挥，你才好前方冲锋陷阵。你去这些地方，发现什么共同点了吗？"我问。

"共同点？"钦佩思索着，"你是想找到一条规律，好预测龙的下一个出现地点？"

我打个响指，赶紧夸赞："答对了。有吗？"

"好像还真没有什么规律，公园、工厂、学校、医院，都有目击者，它……"钦佩忽然不说话了，跑到电子地图前，伸手丈量长度。

我说："它的行动越来越慢，如果找得到规律，你可以等着它出现。"

"那样当然最好。要是能拍到它完成实体化的那一瞬间，"钦佩满脸憧憬，"我就死而无憾了。"

"必须啊，你必须拍到。快想想那些地方有什么特别之处，一条龙不可能随随便便在城里溜达。快想！"我催促。

钦佩看着地图，我也看着地图，两人同时陷入一种无序的思考之中。

"变压器。"大张回复微信了，只有 3 个字。

九

G9 高速公路的起点附近布满高压电塔，地铁 17 号线起点站附近布满高压电塔，动物园附近有大型变压器，水上公园附近有大型变压器……龙顺着电线流窜，变压器是它的最爱。它起初在高频区，随后又在低频区，波长、频率始终不稳定，它似乎是在吸收电能，又似乎是在通过对电网的盘查，来检查全市的能源供给情况。

这真是一条任性的龙。

但我们没法报道这条龙的科学属性。找龙行动在新闻评论播出后演变成了全城行动，所有待在家里的人都响应媒体号召，拿了手机和平板电脑走到街上。这时候，报道龙的行踪已经失去了新闻价值，找龙演变成了一个娱乐事件，彻底脱离了我的工作范畴。

我的工作就只剩下给龙贴一个科学标签了，可这不是我能决定的工作，得等官方给出权威说法。

所以，我去了小羊圈胡同的烤吧撸串。每晚 8 点去烤吧吃饭，是我人生不多的乐趣之一。

大张今晚没来，这在我意料之中。上面不会那么快就给龙一个合理的科学解释的，还得让龙在城里溜达一阵子。

肉串和烤馒头片刚端上，吴妮就来了，真是个嗅觉高度发达的女人。因为这条龙她又累又饿，已经心生厌烦。

"为什么是我第一个看到它的呢？我要是没看到，它就不会找你，那你就不会想出找龙这个主意，那么我现在就能舒舒服服地躺在床上看电视剧了。"抱怨声中，吴妮已将盘中各种食物一扫而空，连个渣都没给我剩。

"因为你是女人，有着与生俱来、不可磨灭的好奇心。"我说。

吴妮瞪大眼睛，说："前进，你真觉得龙没有做任何选择，随随便便就来到我们这座城市？你和我真的没有奇特的吸引龙之处？"

"真没有，我们太普通。"我冷静分析道，"这是个概率问题。比如考虑整个时空的粒子分布，你有千分之一的概率会让多巴胺分泌加剧，从而爱上我。这个没有逻辑可言。"

"扯淡。"吴妮干脆否定道，"因果律在哪里？一定有什么参数改变了，龙才会出现。"

"那就无法探究了。13亿光年外的空间扰动我们不知道，要列出全时空的参数，谁都无能为力。"

"是吗？"吴妮的表情忽然诡异，目光穿过我的脸，看到我背后去，"呵呵，也许它知道。"

我回过头，5米开外，东头"张记卤煮火烧"家的屋顶，霓虹灯与黑暗的交界处，一条龙正趴在瓦片上，拿大脑袋对着我。

这家伙头尾完整、须角分明，已经彻底实体化了。

2017 年 4 月 3 日，农历三月初七，宜祭祀，忌嫁娶，寒食节。

<h1 align="center">十</h1>

"就是这样。"我说，"这就是我的亲身经历。昨天为这家伙从凌晨折腾到晚上，好心没好报，差点儿被它吓死。还害我进公安局。"

对面的李姓警官收起笔记本，说："我觉得你是故意的。"

"老李，熟归熟，你这样说小心我告你诽谤！"我强词夺理。

老李笑了，露出猫捉了老鼠一样的表情，说："得了吧，前进。我们去的时候只有被砸得乱七八糟的铺子，还有烂醉如泥的你，连根龙毛都没见到。"

"你不相信龙和我一起喝酒，然后它把烤吧搞得乱七八糟？"

"不相信。烤吧里的人说是你干的。你故意干的。"

"监控！你调监控一看不就清楚了？我可没有酗酒闹事。烤吧当然不可能找龙赔偿，看在龙是稀罕物的份儿上，我负担店里一半的经济损失好了。"我大度地说。

老李忽然凑近我的脸，目光直勾勾地要撕开我的脸皮，说："监控上一片花白，没信号。前进啊前进，你想在局子里躲两天直接和我说，干吗要砸人家店呢？吃力不讨好的事情。"老李玩着手上的笔，继续说："烤吧不打算追究你的责任。按治安条例规定，我只能拘留你到中午。你还是得出去面对。"

"我要面对啥呀我？！老李你瞎扯什么啊？我怎么记得最起码要拘留5天？！"我急忙辩解。

老李不高兴，一拍桌子，说："你肚子里那点心思非要我说破？昨天龙还是新鲜玩意儿，到今天就是危险品了。你想知道从你喝醉到现在这十五六个小时都发生了什么事情吗？"

我捂住额头，不知道该说什么，大脑里全是一个个的空洞。

老李递给我一杯水，放缓语调，说："你也不容易，我理解。哪个做记者的不希望报个大新闻，可新闻报道出来了怎么收场？还要面对反转和论证调查呢。出一个漏子，同行就能咬死你。"

空洞里终于有思维开始流淌，我逮住一个思维点，说："《每日快讯》说什么了？"

"他们说你们伪造了目击记录。"老李说，"前进，你小子有个本事我特佩服。"

我凛然一惊，道："哪里哪里，您过奖了！"

"你有一种趋利避害的本能反应，特别快！"老李将我的手机扔还给我，"看看吧，昨晚到现在都出了什么事。"

手机上一片红，未读消息和未接来电数量已经逼近三位数。

"你慢慢看！"老李拍拍我的肩膀，"看完了，想明白了就出去吧。寒食节，局子里不备饭。"

"我可以不吃饭，减肥。"我说。外面闹成什么样我能想象，但我一点儿都不想掺和。每条新闻的收尾都很麻烦，尤其是这条新闻。还是让时间去冲淡一切吧。

老李懒得再做我的思想工作，开了门，哼着自己改编的小曲走了。

他唱道："小子你躲公安局享清净，眼见得城里乱纷纷。四处找龙无踪影，却原来是《晨报》编造的消息。我这边派人去打听，真真假假无人说得清……"

我揉揉太阳穴。真希望此时我躺在坟墓里，墓碑上什么也不刻。

我拨出了吴妮的电话，她那边立刻接通，声音十分欢快："前进，你没事了？总编大人希望你能在局子里再坚持几个小时。"

"形势怎么样？"

"现在还不明朗。支持派和反对派火力相持。"吴妮说，"全市媒体正在站队。我们终于有了一个欢乐闹腾的清明节。"

"公众的反应我不感兴趣。我只关心龙。龙呢，它还在吗？"

"要是它在，我们就不用争了；要是它不在，我们也不用争了。"吴妮像在说绕口令，自己都绕不下去了，呵呵乐道，"总编大人会控制节奏，好给某些眼红的人最后一击。你只要别太早出来就好。"

十一

昨天晚上，当我看到龙的瞬间，我的本能，和大多数人想都不想就举起手机拍照不同，我的本能是——没看见啊，没看见啊，没看见！

别人目击是一回事，我自己亲眼目击又是另一回事。我可不愿意自己是那个被无数遍询问，甚至会被心理医生验证是否说谎的目击者。当我就是"真实"的时候，我如何强调自己是中立立场？

所以我立刻端起烤吧的酒喝个底朝天，并且以最夸张的方式打砸桌椅。烤吧老板此刻很义气地袖手旁观，等我闹得差不多了才报警。

至于那条龙，它一直趴在屋脊上，看着我浑身被酒浇透。我跌跌撞撞摔倒在地，一个酒坛子碎了，酒香四溢，漫天酒气。龙抖动了一下，似乎是打了个喷嚏，便倏忽不见了。

我被警察带往公安局，在安静的拘留室中呼呼大睡。吴妮立刻赶回报社，向总编汇报我的行为并做出公共对策。果然，不到半个小时，我闹酒被拘的消息就上了《每日快讯》头条。再过一个小时，《每日快讯》已经将我塑造成一个醉酒的、品行不端的记者，靠编造新闻博取公众关注。当公众为我的言行激烈争论的时候，《每日快讯》又抛出重磅消息——眼镜男，在地铁 17 号线起点站郭家堡第一个目击龙的人，发文申辩他根本没有看到龙，他的爆料视频和爆料照片都是我们制造的，是假的。

眼镜男的申辩完成了我的形象塑造。但这样明显被收买的行为引起了一部分公众的不满。我们的第 2 个目击者，就是说话抖得不行的那位老兄，一直等着龙再次召唤并派给他拯救世界的任务，他勇敢地在网上发文，声称他对自己的话负责，且表示《晨报》是更严谨负责的媒体。

于是公众舆论就分为两派：支持《晨报》造假的一派与反对"支持《晨报》造假"的一派。帖子满网乱飞，双方用各种传播手段对峙半个晚上后，才意识到要想分出胜负只需一个证据——龙。

那时已经是后半夜，距离龙在高速公路上被发现已过去整整一天。就像人要睡觉一样，龙似乎也躲到什么地方睡觉去了，居然再也没有人发现它。

这不消说是证明《晨报》造假的一大证据。《每日快讯》得意扬扬宣布结论：《晨报》费尽人力、物力编造"龙存在"这样离奇的新闻，无非是要获得热度，进而获取关注度和广告价值。《晨报》为了新闻，已经没有底线了。

省电视台的早间新闻播放了《每日快讯》的结论，但新闻主持人并没有批评《晨报》，只是说等待《晨报》给公众一个说法。主持人要说法的话音还未落，晨曦之中，龙忽然跃出云层，顺着高压输电线欢快地飞舞，在一众上班族的欢呼声中扎进地铁站。

《晨报》没造假！但龙怎么能及时出现，并且来去无踪地出现在地铁站？这是真正的大自然奇迹，还是现代化的声光影魔术？

龙是出现了，但问题一点儿都没有得到解决。支持派和反对派继续厮杀。

直到我被李警官询问完毕，龙的存在与否依然扑朔迷离，没有人说得清楚。

总编大人从何而来反击的底气？

我问总编，他可没有吴妮的好情绪，在电话中对我骂道："你这混蛋，你还真敢给我叶公好龙！龙是不是真的，你心里最清楚！我不管你什么理由，你都得给我在公安局待到15：30！"

龙影渐渐清晰：角似鹿，头似牛，嘴似驴，眼似虾，耳似象，鳞似鱼，须似人，腹似蛇，足似凤，张牙舞爪、鳞片闪烁。只差腥味浓烈、叫声如牛这2条，就和传说中的龙不差分毫了。

等等！没有味道、没有声音、来无踪去无影——这是地球上的生物做得到的吗？我抓住手机，脑海中翻江倒海，许多想法冒出来又被消灭，不成体系。抓耳挠腮半天，我终于给大张发出一条信息："那龙，到底还是处于信息状态的虚龙吧？"

十二

下午4点，我走出公安局。天气很好，无风、微热、阳光灿烂。总编叫的专车早就候在大门口，司机彬彬有礼地把我请上车。

我坐好后，司机就问我："我正听广播，可以继续吗？"

"您继续，"我回答，"什么节目？我也听听。"

"在讲龙的事情。"司机说，"专家说可能是集体幻觉。"

集体幻觉？这件事已经进入心理学的讨论范畴了吗？15：30后，龙出现得频繁了，而且经常同时在相距很远的几个地点现出鳞爪，这现象着实让各路专家伤脑筋。

"集体幻觉"也分两大派。一是神秘派，指最初看到龙的人，包括我，都是对神秘事物深信不疑的人，所以就产生了一些错觉，这些错觉经过媒体引导夸大，加上社会从众心理，于是就产生了见到龙的"集体幻觉"。这一派别所持论据就是到现在为止，所有目击者拍摄到的龙的影像，都可以用"非龙"因素来解释。

广播中，一位专家振振有词地说："这些影像可能是大气现象，如球状闪电、极光、幻日、幻月、圣艾尔摩之火、海市蜃楼、地光、流云；也可能是生物学因素，如人眼中的残留影像、眼睛的缺陷、对海洋湖泊中飞机倒影的错觉等；还有可能是光学因素，如照相机的内反射和显影的缺陷所造成的照片假象、窗户和眼镜的反光所引起的重叠影像等；人造物的因素也有可能——飞机灯光或反射阳光，重返大气层的人造卫星，点火后正在工作的火箭、气球、军事试验飞行器，云层中反射的探照灯光、照明弹、信号弹、信标灯、降落伞、秘密武器。"

这话听着好耳熟。我打开手机上的搜索引擎，这是百科词条中解释飞碟现象的一段话。

"这都什么专家！"我忍不住骂道。

持"集体幻觉"论的另一派是中毒派，他们将这些现象出现的原因归结为食品和环境问题。寒食节超市促销的青团成了怀疑重点——是不是雀麦草上的农药没有洗干净？是不是糯米过期霉变？是不是雀麦草汁和米粉的混合过程添加了什么化学药剂？豆沙、枣泥等馅料来自何处？包装青团的芦叶也要查一下，会不会是用其他植物的叶子替代的？总之，每个进食环节都必须检查。桃花粥、炸刀鱼、冷煎饼卷、生苦菜这些节日食物也在怀疑之列。

既然说到食品的安全性，中毒派就不能不说到环境污染、全球变暖——话题一下子发散到千里之外。

"寒食就不该当成节，介子推肯割肉给晋文公吃，却为了不接受晋文公赏赐，害母亲和自己被烧死，这种人，纪念他干什么？"司机的忽然发言，吓我一跳。

"2600 年前的人，谁知道他当时怎么想的。"我说。没骂介子推已经算我心情好了，我讨厌任何对父母不好的人。

"是那些拿介子推说事儿的人这么想。"司机说，"其实我觉得，历史上未必有介子推这么个人。"

我吃惊不小，险些认为这司机是老李假扮，追着来点化我的。介子推早已消失在 2600 年前的山林中，从各种角度对他念念不忘的人，不过就是从各种角度拿他说事而已。龙虽然活在当下，但就不靠谱的程度而言，完全可以和介子推相提并论。这场"龙存不存在、为什么存在"的舆论战，其实是《晨报》和《每日快讯》两个阵营的舆论战。这两大阵营谁好谁坏我不知道，我只知道若《晨报》败下阵来，我一定会被挂在电线杆上示众，从今往后将与新闻界无缘。

说现在情形凶险，甚至是到了生死关头都不为过。

所以一见到总编，我就直愣愣问他："大张究竟给了你什么底牌？"

总编神色如常，将我让进办公室，关好门，这才说："前进，闹成现在这个样子，你后悔吗？"

"后悔？总编您这话从何说起？"我一时间丈二和尚摸不着头脑。

"比如在昨天，你对看到的影像嗤之以鼻。子不语怪力乱神，那就不会有这两天的乱象了。"总编说。

"我不理也会有别人理。只要它是客观存在，就会被公之于众。"我冷笑，"抢先机总好过跟在人家屁股后面做捡漏似的采访。"

总编笑了，说："你果然是经得起考验的忠诚战士。"

我对这表扬嗤之以鼻，说："拉倒吧，我不跳槽是因为我太懒。对了，我得问清楚，这次关于龙的报道有多少奖金啊？"

总编说："奖金肯定有。不过，你要先把事情有始有终地做完。"

"好哇，"我拉开椅子坐下，跷起二郎腿，拿起总编的茶杯，"您说怎么干我就怎么干。"

总编打开显示器，大张在里面抬起头来，向外看看，看到我后，说："前进，你的信息我收到了。'信息状态的虚龙'，这个描述很棒。你是怎么想到的？"

"直觉。男人的直觉。你这是在国家高能物理研究中心？"我嘲笑道，"那些塑料桌椅也就是从批发市场淘的货。"

"钱省下来买器材、引进人才。"大张不在意，接着说，"你看这视频对话的清晰度和同步性，就像我站在你面前一样。"

我心急如焚，闲扯不下去，直接问："你那边有什么研究结果了吗？有我们能公布的权威答案吗？"

大张点头，说："有了，一会儿让我主任告诉你。然后宣传部的马大姐会和你们一起制订让公众知情的方案。"

说罢，大张就让开身子，露出主任矮胖的身躯和满月样的大脸庞。

总编忽然起身，盯住屏幕。他的紧张情绪瞬间传染给了我，我也有些心神不宁。

主任发言："这条龙的出现是罕见的自然现象。"

我挺直腰板。

主任继续说："这条龙，它时隐时现、来去无踪，虽然能被我们观察，却不能被我们观测。我们一旦靠近它，就会发现它的实体根本不存在，它本身仅仅只是一组微观粒子。它展现给公众看的实体，只是公众希望看到的样子，是一段全息影像。我这么说，你们能明白吗？"

总编蒙了，说："公众希望看到龙？"

"龙是一个大众符号。最容易得到大众的呼应认同。"主任回答。

"这么说，它选择了'龙'这个符号，是有所图谋的，它有智慧！"我嚷了出来。"外星高等级文明假借龙形传递信息"——这个新闻标题看着就让人颤抖、热血沸腾。

大张在一旁摇头，说："它是否有智慧还不确定，还需要进一步甄别判断。"

"我们只能确定，它是能够吸取外界能量、复制信息的高能粒子团，具有量子性，目前状态还不稳定，所以经常消失，或在异地出现。至于为什么选择变成龙，我们认为，很有可能和春节期间龙的形象频繁出现有关。"主任说话很谨慎，字斟句酌，"物体信息量突然增大，这可能是它选择的标准。"

"它不可能无缘无故选择龙，一定有动机！或许里面包含了很复杂的信息，说不准它是一封宇宙级的鸡毛信！"我抑制不住思维发散，"主任，你们就没有发现什么吗？"

主任轻轻摆手，做了个"一无所有"的手势，说："我们的观测手段有限，以目前的认知水平，我们还没有特别的发现。"

"那需要我们做什么？"总编问。

"这条龙现在闹得满城风雨了。"主任说，"政府要求我们给公众一个说法，稳定公众情绪。明天是清明节，是祭祀祖先的日子，政府不希望造成恐慌。"

"会吗？"我问。

大张点头，说："不好说。看龙现在乱窜的劲儿，谁知道明天会窜到哪儿？"

"那你们打算怎么办？"我脑子里一下子迸出五六种镇压，不对，是安抚龙的方案，但好像都不怎么容易操作。

"我们要把龙引导到指定的地点，暂时把它关起来，这样公众就不会怀疑和恐惧了，而且我们还能继续深入研究。也许，还会找到前进同志所说的那封鸡毛信。"主任举重若轻、不慌不忙说出他的计划，末了还拿我开涮。

我与总编面面相觑。科学家和媒体从业人员，究竟谁更疯狂？

主任装作没看见我们的怀疑眼色，认真地说："整体需要周密的安排。还有，你们不要逞一时之快，该什么时候发什么内容的通稿，一切听马大姐的。"

2017年4月4日，农历三月初八，宜祭祀，忌破土。

十三

马大姐只有40岁，妆容细致，衣着得体，往那儿一站就是办公室职业女性的标杆。我觉得她到科研机构工作有点吃亏。

"给科研机构工作挺好。"马大姐心态阳光，"有主人翁的责任感。"她甚至鼓动吴妮，说："你看你不到30岁，累成什么样子。在我们中心工作没有同行恶性竞争，心情舒畅，待遇也不错。你要不要过来试试？"

我赶紧把吴妮拉到身后，转移话题："马大姐，龙肯定能来吗？"

马大姐信心十足，说："当然能来。没问题！"

此时是上午8点钟。我、吴妮、钦佩和一票同事准备直播捉龙。

大张和主任将捉龙地点选在郊外，距离龙第一次出现的G9高速公路有11千米。那有个很应景的地方——伏龙坡。那儿其实没坡，倒是有山，有湖，有森林农庄，环境好到不似人间。国家高能物理研究中心就在那里建了一个加速器。大张计划将龙诱入加速器中，然后用高能粒子轰击，打散组成龙的粒子，解除龙的潜在威胁，并在此过程中了解这些粒子的性质。

"前天你说是龙形波，现在又说是粒子，它到底是什么？"我问大张。

"知道波粒二象性吗？"

"知道啊。"

"那你还问我？"大张笑，"详细陈述太复杂了，对你没那必要。"

我就这样被鄙视了，闷闷不乐地回到自己的阵地。阵地离加速器大门不远，地势高，视野特别开阔。

为了公平起见，《每日快讯》和省电视台也得到了不错的拍摄位置，其他媒体都只能转载。主任说这是出于安全考虑。伏龙坡方圆 10 千米都被封锁了，以免在捉龙过程中误伤无辜。

我觉得大张的计划过于科幻，前天发现龙，昨天制订方案，今天就着手实施，这速度太快了。

大张抹下额头的汗水，说："没办法，龙不等人，瞬间就会消失。"

我们派了一个人跟拍大张，有问题随时让他解答。不过，报社的网络传播平台没有昨天热闹，看样子昨天的纷争过多耗费了公众的八卦热情。

对此吴妮并不意外，她教育我："你想想今天什么日子？清明啊！我邻居早上 6 点就出门扫墓去了。谁还关心你的龙啊！"

"可是，如果大张他们成功了，那就是科学史上的大事件！"

"如果失败了呢？大张没告诉你失败了会怎么样吗？"

我还真没问失败的后果。在我印象中，大张是绝不说大话、勤奋踏实的好形象，我几次三番想做他的专访，都因他的研究领域实在离人民群众的生活太远而作罢。我从没想过大张会失败。

吴妮摇头，说："我今天真不该来。扫墓、踏青、植树，哪件事都比守在这儿等一条不靠谱的虚龙强。"

"既来之，则安之。"旁边的钦佩说，"就是坐这儿看风景挺好。"

实习生已经铺好了野餐布，各种冷食、水果、饮料铺得满满的。今天天气比昨天还好，晴空万里，天空干净得发亮，没有云和风，阳光充足。四周杨柳新绿，桃李初芳，还有金黄色地毯般的油菜花。

"是的，尤其是能和你在一起。吴妮，我们俩绝对是好搭档。以后也在一起吧。"我温柔地说，频频向吴妮"明送秋波"。

吴妮笑了，说："好呀，等你告别出租房吧。我看东方名苑那小区就不错。离报社近，旁边还有地铁。"

我还想和吴妮胡扯，钦佩忽然"呀"一声跳起来，抓住相机冲到前面去了。

"来了吗？"吴妮紧张。

我摇头，说："主任那边没动静。他们的监测网连 10 千米外的电磁场轻微扰动都能捕捉到。"

"你说他们怎样诱捕龙来着？"吴妮问。

"'诱捕'两字我可没说过。"我强调，"大张他们采用高频电波，龙喜欢这个，它会来的。"

吴妮点头："肯定会。"她的目光中有些我不熟悉的东西，炽热而兴奋。

这时，天空与大地会聚之处，金黄色的油菜地上，一条银白色的大龙正蜿蜒爬升。它身形矫健、动作敏捷、姿态优美，在空中飞腾。空中仿佛有一条透明的长桥，让它如履平地、行走自如。

阳光照耀在它身上，它的鳞片反射阳光，渐渐变成了金色，华丽、璀璨、新鲜的金黄色。

我急忙呼唤大张："你看到了吧？那条龙，它……它来了。你没监测到？大张……大张你说话！"

耳机中一片嘈杂，声波无法转变为电波传送。网络信号中断，卫星信号中断，我们周围的电磁场乱成了一团。

龙离我们越来越近，我们看得越来越清晰。龙的爪下，涌出一缕缕、一片片洁白的云朵。云朵聚集滚动，时而像海的波浪，时而像鸟的翅膀。云在龙的身躯下翻卷，龙在云的簇拥下庄严前行。

人们呆望着天空，一动不动。《每日快讯》那边，甚至响起了哭泣声。

可惜这般华丽的场景我们直播不出去。我不由得叹息。

吴妮尖叫，钦佩惊呼，我刚想说"你们别神经了"时，一种巨大的压迫感顿时劈头盖脸而来，将我重重按在椅子上。

我挣扎着抬起头。龙已经飞到了我面前。它足足有 10 米长，直径 1 米多粗，鳞片微张，大眼如灯。它在呼吸，鼻腔中的气息喷在我脸上。它身上有青草和泥土的味道，腹部分明有心脏在有力地跳动。它悬停在空中，龙须差一点就扫到了我的脸上。

龙的目光清澈，在它眼中是我那渺小的身影。如此渺小的人类，怎么可能理解宇宙的奥秘？

我看着龙，忽然间眼眶湿润。我端起桌上的一盘清明饼，递到它嘴边。

我说："很好吃。你尝尝。"

几秒后，龙伸出舌头，将一块饼卷进口中。

吴妮悄悄走到我身旁，怯生生地伸出手，触碰龙角。

龙摆摆它巨大的头颅，仰天长啸。我被这声音震得耳膜疼痛。龙直直冲向天空，就像火箭发射，要飞进太空。

弧光闪动，从龙身上切过。一道道螺旋形的光圈湮没了龙的身体。空气在颤抖，阳光在颤抖，光圈聚积成球状，随即炸裂。一声惊天动地的爆响，将我们震倒在地。食物和桌子一起倒地，压在了我身上。

过了一会儿，我拍拍头上的垃圾、尘土，向天上望去。

万里碧空无云，龙已无影无踪。

十四

一个小时后，通信恢复了。

"你杀了它！"我愤怒地对大张怒吼，"它是绝对的真龙，它有血有肉，它在呼吸。我甚至感受到了它的思想！"

大张神色平静，说："诱龙失败后，只能放出高能粒子炮。我们无法承担龙活着的后果。"

我无言以对。

"往好处想。"大张宽慰我，"我们掌握了这条龙从量子化状态到生物化状态的所有数据，打开了人类认知的一扇窗户。以后，我们可能会从中受益。"随后他拍拍我的肩膀，说："你这假期没白忙。"

尽管我努力理清思路，可到底跟不上科学工作者的理性思维，只好冷笑道："是啊，说不定每时每刻都有量子龙到达地球，只是它们中的绝大部分能量都太过微弱，我们监测、观察不到。"

大张点头，说："你说得有道理。"

我喜欢那条会吃饼的龙。

这时，我的手机响了，是短信提示。我滑动屏幕，一个陌生的头像给我留言："我还会回来的。"

弦歌

郝景芳

一

天空沉寂而壮阔，金色的云碎成一丝一丝，铺陈在天边。夕阳的余晖照在鸟巢的边角，把巨大的钢筋铁架照得明暗分明。西侧向阳反光，东侧沉在暗处，强烈的对比让已锈迹斑斑的鸟巢显得更加憔悴苍老，就像是用真正的树木枯枝在悬崖上搭建的荒废的巢。在庞大的避难人群的簇拥下，老旧的鸟巢似乎也沾染了悲哀的气息，与正演奏的《葬礼进行曲》的第一乐章配合得天衣无缝。

演奏会在平淡中进行，这已经是我们开展的第 121 场演奏会了。乐手们演奏得缺乏激情，听众们也心不在焉，每个人都心事重重。尽管今天演奏的是观众不常听见的新曲目，尽管是《马勒第二交响曲》这样激情的曲子，但大部分人还是不能保持精神清醒。重复让人麻木。在第一声炮响传来前，一些人已经在台下睡着了。

面对攻击的到来，大多数人都毫无准备。当时我正从台上望着台下的听众，这是我每次演出的习惯。一些小孩不断想挣脱母亲的怀抱去玩，母亲不许，一直用双臂环抱住他们，手紧紧扣住他们的肩膀。母亲们总是面对着台上，只是她们并没有听，目光游移不定，头巾锁住额头疲倦的皱纹。在这种时候演奏《马勒第二交响曲》确实不是个好主意，它太艰难晦涩、庞大深沉，放在这时候演奏，就更不能抓住人心。除了指挥，演奏会的每个人都有些漫不经心，包括我自己。在第五乐章进行到一小半时，远方响起隆隆的炮声，与乐曲混在一起。有那么一瞬间，大家还以为那只是音乐的效果。

"轰隆！轰隆！"炮声再次传来，和低沉的音乐配在一起，那效果出奇地震撼人心。台上和台下的人一起呆呆地欣赏了片刻，才突然有人明白听到的是什么。

有人站起来，指着远方大声喊叫。人们吓了一跳，起身向他所指之处观望，森林公园方向有若隐若现的火光传来。一时间大家还在迟疑，没人说话，除了面面相觑，就只有手指抠着手臂。远处能看到火光，但看不到奔逃的人。演奏还在继续，女高音是唯一的声音，这让四周显得愈发寂静。

片刻之后，声浪传来。爆炸的激荡形成热浪，带着热气的空气经过压缩、膨胀、再压缩，穿过黄昏的冷气，一路呼啸，从远方传到人们身边，成为微弱却混杂着暴力和躁动的激流。远处闷声的爆破压抑着痛苦，越模糊越让人恐惧。身边的人开始奔逃，他们喊叫、慌张、混乱。尽管没有任何迹象表明攻击正在向身边转移，但人们还是不顾一切地向外挤去，前推后搡，汇成洪流，跨过摔倒和尚未起步的人。刚才那些搂着孩子的母亲此时像母鸡用翅膀护住小鸡一样将孩子护在身侧，左手挡着人群，右手挡住孩子，孩子跟不上，跑得跌跌撞撞。母亲为了将周围人的挤撞挡开，爆发出惊人的力量。

尖叫不时撞击着耳膜，但我们仍然想继续演奏，可是不管怎么努力，曲子还是被冲击得七零八落：小提琴手听不到黑管声，定音鼓进错了位置。舞台外有人跌向贝斯手，琴身发出碎裂的闷响。乐手们也开始恐惧，弦不用揉就能发出颤音。只有指挥在台上尽最大努力维持着乐队的平稳，可是不管他多么努力，我们也没能到达"复活"的天堂。

在橙红的火光中，我们放弃了演奏。天边的颜色随着夕阳的西沉，由橙变金，融入深蓝。我们坐在台上，没有和大家一起逃离。我们需要等到所有乐器撤走。我们之中没有人说话，仿佛听不见身边的喊叫和哭闹。

人流漫过身旁，舞台像失事的船只。我们坐在乐器中间，平静地看逃亡的人，他们却不看我们。按以往的经验判断，这不是一次激烈的攻击。天边的色调渐渐变浅，说明火光正在减弱熄灭。攻击很可能已经结束了，只是人们的逃离并没有暂缓。四面八方的难民源源不断地挤进鸟巢，似乎是想为被惊吓而勾起的恐怖记忆寻求一个庇护的窝。事后我们才知道，这里的一个隐藏的海军指挥控制据点被炸毁，攻击像以往一样精确，没有多余的死亡，战火没有弥漫到森林公园之外，当天的我们是安全的。可是在那时那刻，看着那些因惊恐而僵硬的面容，绝对没有人能说大家的逃离是夸张的。

曲终人散，凌乱的舞台只留下声音的碎片。

攻击者始终没有出现。直到暮色越来越浓，我才看到飞机的一影，四架扁平的三角机在幽蓝暗淡的天空滑过，一闪而逝，机翼留下闪光，消失在平流层。

从战争发生后的第 3 年开始，我们的演出就成了义务演出。不记得是从什么时候起，人们发现钢铁人不会破坏古老的城市和与艺术相关的场所。这起初只是个猜想，经过小心翼翼地验证，逐渐得到了证实。乡村和小镇的人们开始疯狂地涌进古老的文明之都寻求庇护，艺术演出团体也莫名担上了防卫的责任，每天都在各处演出，以使演出场所附近不受攻击。

这就是我们的演出的意义。

没人知道钢铁人的母星在哪里，他们懂地球人的语言，却不让地球人了解他们，没人知道他们到底是什么样的生物。钢铁人入侵才 3 年，战斗却如摧枯拉朽，地球人一败涂地。尽管地球人的抵抗一直在进行，人们却越来越绝望，逃跑的士兵如同瘟疫，不断地扩散开来。从电视里偶尔能看见现身的钢铁人的样貌：身高比地球人略高，在 2 米到 3 米之间，流线型的钢铁外表下，带着毫无表情的冷酷。

恐惧、悲愤、猜疑充斥于人群中，流言不绝于耳，几乎都是描述钢铁人的各种奇怪举动的：他们捕获了一名音乐家；他们劫掠了历史博物馆的资料；他们对古迹和美术殿堂加以拍摄、研究和保护；他们对抵抗的军队残忍杀戮，不留情面；他们对科学艺术以及历史的相关研究群体较为宽容……这是一幅既统一又分裂的肖像，一方面很残酷，一方面又很宽容，让人搞不清他们是暴力主义还是贵族主义。他们住在月亮上，像月之暗面一样，永远不以正面对人。人们只好胡乱猜测，在猜测中演出艺术，让艺术家成为莫名的超人。这算是一种保卫吗？连我们自己也说不清。

3年中，人们从热血变得现实，从激进的战斗变成求存的妥协，为了生存，人们努力学习。如果学习科学和艺术，钢铁人没准儿会网开一面。如果顺从地活在他们笼罩的天空之下，没准儿还能活得很好。只要屈服，只要放弃，只要在他们的天空下歌舞升平。

但总会有人不甘心，心怀着不切实际的"幻想"。

比如林老师，他竟然想要炸毁月球。

"老师，老师！"忽然有声音将我从沉思中拉回现实。

说话的是娜娜，她刚拉完一段协奏曲。

"这段拉得行吗？"娜娜问我，声音有点急躁。

"哦，还行。"我几乎没有听清她的演奏，有点不好意思。兵荒马乱中，很难让一个人心无旁骛地教授提琴。我知道林老师有这个能力，可是我没有。我在浅层记忆记录中搜寻了一下，似乎搜寻到刚刚听到的片段，她演奏得不完整，而且缺乏鲜明对照。我只好对娜娜说："还不错，比上周进步了，只是……还是能听出有一点急躁。"

"那是因为我不想拉了。"娜娜说，"您能不能告诉我妈妈，我不想学琴了。"

"为什么？"

"亚历克西斯要走了，下个星期就走。"娜娜脱口而出。

"去哪儿？"

"不是告诉过您吗？"她说，"他要和他的爸爸妈妈去香格里拉。"

"哦。是的。我一时忘了。"

娜娜确实跟我说过。她今年 17 岁，亚历克西斯是她喜欢的男孩。他们曾经是同学。尽管这两年停学了，他们的感情却越发深厚。亚历克西斯家里有显赫的势力。钢铁人在地球上圈出几块地，作为他们侵占地球的桥头堡，少数有钱和有权势的人被他们选中做傀儡控制者。亚历克西斯一家被选中了，他们借助古老神话和从天而降的征服者，移居人间仙境，成为人间国王。娜娜不能同去，伤心欲绝。

"老师，您也有爱的女孩，不是吗？"她说，"您一定明白，如果他走了，我再学什么都没意义了。"娜娜望着窗外，神情忧郁而悲伤。世间纷乱对她来说是无所谓的，两个人相爱才是重要的。她早就不想学琴了，只是妈妈逼她学。她想和亚历克西斯一起去钢铁人的管辖区。"您能不能告诉我妈妈，我不学了。我要走。他会带我走的。"娜娜再次恳求我。

我不知道自己该用什么样的态度回应。她信任我，不愿意告诉妈妈的事情却告诉我了，可是我不能回应这种信任。我可以信守承诺替她向母亲求情，然而从一个旁观者的角度，我不认为她和亚历克西斯能幸福地生活在香格里拉。

自从钢铁人的怪癖被曝光后，学琴的人数就呈现几何式的增加，每个家长都倾尽所有让孩子学习防身的艺术，让每个能做家教的乐手应接不暇。现在，我基本不能再单独授课了，小班上总要挤进四五个人，不宽敞的小屋显得越发拥挤。

越是这样，我越觉得没办法面对我的学生。为了生存而教琴，这样的责任感让我有一种无法言喻的压力。红木家具在身后压迫着，谱架上写着令人慌张的速度，窗口透入的月光洒下人人皆知的威胁。

娜娜和雯雯是最近找我学琴的两个女孩子。娜娜不想学，可是雯雯比谁都想学好。雯雯的母亲在逃难中伤了腿，只是为了雯雯才坚强地活着，她拿出一切家当供雯雯学琴，似乎她对未来的期望就寄托在细细的琴弓之上。雯雯比谁都努力，拉琴的时候也有其他孩子没有的、顽固的僵硬。

"雯雯，你放松一点儿，手指太僵了。"

雯雯涨红了脸，更加努力地拉，但这样一来，手指就更僵也更紧了，声音束缚而浮动，换弦的时候相当刺耳。看得出来，她是太认真，认真得过分了，导致反应迟缓。

"等一下。"我试图调整，微微一笑，"雯雯，你怎么每次都这么紧张呢？出什么事了？你闭上眼睛，休息一下，再安静地拉一次，来，深呼吸。"

雯雯听我的话，深呼吸，闭上眼睛再睁开。可是刚开头就拉错了。她停下来，不等我说就重新来，可是又拉错了……接二连三。她又闭上眼睛，深呼吸，再睁开，睁开的时候满眼泪水。她还想拉，可是弓子仿佛太重了，她一提起来手臂就坠了下去，身子弓起来，像受惊的小猫一样哭了，她害怕了。

我的心随着她的眼泪沉下去。她在哭声中嗫嚅着，她必须拉好，拉不好可怎么办……

月光透过窗子，洒在她弓起的背上，一片苍白。

二

钢铁人不屠杀，只对反抗军的指挥中心进行精确打击。他们飞在几万米以上的平流层，反抗军的武器射不到，他们却能准确炸毁位于地球的反抗军指挥控制中心。而且钢铁人只摧毁军事指挥机构和武装战士，不涉及平民。反抗军的指挥官不知死了多少，千万高精尖的人才如流沙一般烟消云散。就算换个基地也没用，只要反抗军使用电磁波进行工作，就等于把聚光灯亮在夜晚，钢铁人总能轻而易举地发现其隐藏的位置。反抗军的指挥部接连被毁，虽然军队和武器还在，但是能够指挥和操控的人越来越少。反抗军的溃散不可避免，偶尔的激情誓师就像对着空气打拳。

失败几乎是注定的，但现在的问题是：要不要投降？如果投降并顺应钢铁人的心意，人类就能活下来，因为没有迹象表明钢铁人想要毁灭人类。钢铁人对反抗军和平民的态度有天壤之别，其目的似乎只是想要地球臣服，如果不抵抗，他们并不杀戮，甚至对土地都没有占有欲望。钢铁人赢在精确，赢在区分。一切都表明，投降是人类最好的选择。

只有寥寥无几的人想要破釜沉舟，寻求最后的抵抗。

林老师是抵抗者，我不知道为什么是他。如果在钢铁人入侵前让我假想这一天到来时，谁会是抵抗者，无论猜多少次，我也不会想到林老师。他只是名音乐教师，一个快要退休的、普通的指挥系教师，性格内敛，从来不曾参加任何政治运动。他是学小提琴出身的，从我 10 岁起就教我拉琴，一直是我的榜样。他沉浸在音乐中，在一个比人世更广阔的世界中生存，专注而沉默，思维深入而持久，他或许也有忧虑，但永远不写在脸上，60 岁了仍在学习。

我怎么都没想到，林老师会提出炸毁月球这事。

"先别说这事，"林老师带我来到窗口，"你来看这个。"

我到林老师家，第一件事自然是询问计划的具体步骤，但林老师似乎有更重要的想法，什么都没说就将我带到窗边的写字台前。

我只好暂时放下心里的疑惑，跟着林老师来到他摊开在桌上的纸张和乐谱边，循着他的指点将目光投在一串密密麻麻、如诗歌般排列的数字上。数字全是分数，一行行从上到下，有的一行有两三个数字，有的一行只有一个数字，杂乱却错落有致。在纸张的另一侧，有零散的音符按照相同的排列规律与之对应，纸张中间有英文字母和符号，整张纸像用密码编写的天书。我扫视了一下，桌上还有五六张这样的纸。

"我最近才知道，宇宙中原来有这么多音符。"林老师的声音虽透露着喜悦却暗含伤感的赞叹，"宇宙的每个角落，都是天然的音乐。如果我早一点知道就好了。"他又拿起一张图片给我看。这张图片我认识，是彩色的太阳系结构图。林老师兴奋地说："你看这个，太阳系行星的轨道就是一串相同的音，每 2 个轨道之差都是前一差值的 2 倍，如果当作弦，那就是每 8 度地向上翻。还有这个，这是黑洞周围发现的信号，周期信号，叫作……叫作什么来着？"

林老师说着，回身望向身后，发出探询。我跟着他回头，这才发现屋中背对门的沙发上坐着一个人，一个比我略年轻的男生。窗口的光刚好直射到他脸上，他的头发短而直立，面孔带着些许笑意，显得异常干净。面对林老师的询问，他先是看了看我，带一丝歉意地笑笑，然后很自然地回答："准周期振荡。"

"对。准周期振荡。"林老师继续往下说道，"黑洞周围的准周期振荡，常常是两个峰，你看这常见共振频率，2：3，就是 5 度的 do 和 re，然后是 3：4，这是 4 度的 do 和 fa，这是最好、最天然的和弦。我现在想做的事是把这些绝对频率转换为相对音高，就像这样……"林老师手里拿着我刚刚看到的那张有数字和音符的表，说："然后用这些和弦作主和弦，谱成曲子，曲名就叫《黑洞》。"林老师看着我的时候，眼睛深邃而隽永，含着期待的光。他目光的专注超越年龄，低沉的声音有着隐隐的激动："我以前真的没了解过这部分，这实在太可惜了。原来我们的宇宙也是在共振中诞生的，就像大三和弦的天然共鸣，宇宙最初也是因为谐波振动的加强，从而创造出万物。如果能追溯到宇宙诞生的那一刹那，将那时振荡的频率化成音符，翻译成曲子，那该多美，我会给它取名《宇宙安魂曲》。可惜我太老了，学不会了，要不然可以让齐跃……"

林老师说到这里，忽然想起了什么，轻轻拉住我的手臂说："忘了介绍，这是齐跃，跟我学琴2年了，是研究天体物理的。"

林老师指向沙发，我这才和齐跃第一次正式面对面站在一起。

"你好。"他先笑着伸出手。

"你好。"我说，"我叫陈君。"

林老师继续说下去，说他想研究的理论，说宇宙与音乐的关系，说他完不成的宏大计划。他严肃而又热情地说了很久，说到关键处还在纸上写写画画，找到乐谱写下一串音符，作为对他的想法的说明。他说着说着就开始伏案涂改，偶尔掀开钢琴的盖子弹上几个小节，眉头舒展又皱起，到了最后已经完全投入日常的工作状态，几乎忘了我们的存在。我们能看见他穿着灰黑色高领毛衣的后背伏在书桌前，但无法接近他。他始终没提月球计划，尽管这是他找我来的本来目的，我想他是忘了。

出门的时候，我回头望了一眼，老师正在纸张中寻找着什么，动作迅捷而谨慎。

天色已晚，我和齐跃一起下楼。老楼没有电梯，我们从楼梯一圈圈向下绕。齐跃走在我身前，暮色透过楼道的小窗落在他头顶，让他的头发明暗跳动。他手插口袋，步伐轻快。

我忽然有种感觉，林老师的计划一定和他有很大关系。

"齐跃。"我在身后叫住他。

齐跃回过身看我，表情微妙，像是知道我要说什么。

"林老师的月球计划，你知道多少？"

"你问的是哪方面？"

"原理。原理你肯定知道，对吧？你能不能告诉我，究竟有没有成功的可能性？"

齐跃沉默了一会儿，微微笑了，对我说："特斯拉曾经说过一句话，

'只要我愿意，我能将地球劈成两半'。"

我琢磨了一下，说："那你觉得……月球计划是可行的了？"

他没有正面回答，只是用拇指指了指身后，说："如果你明天没事，就到我研究所来吧，我想给你看些东西。"

我惊讶于他初次见面的信任。在黝黑陈旧的楼道中，齐跃的面容显得很生动，鼻子以下的部分在阴影中，眼睛则熠熠发亮。

齐跃的研究所在城市边缘，很大，院子里有很多粗壮的梧桐树。我没料到这儿会这样清静，清静得人影全无，安宁中透着深入石缝的寂寥，树叶沙沙响起的时候，那种寂寥会扩大数倍，从四面八方侵入人的身体。

楼道空空如也，一眼望得到尽头。餐厅大门紧锁，办公室的小门却时不时敞开着，随风开合，露出里面宽大而空无一物的电脑桌和书柜。楼道两侧的宣传栏也都空着，沙漠般的展板上只有几颗细小的钉子，没有一字一画。走在这里，脚步回声很大，偶尔路过一两间陈列着巨型计算机设备的房间，屏幕上均匀地落满灰尘。

我很诧异这里的空旷，但没有发问，一路跟着齐跃穿过无人的大堂、楼梯和休息区，来到位于西侧顶层的一间小办公室。这是一块很大的控制区，控制区一尘不染，在整片荒废的楼宇中干净得醒目，看得出每天都有人打扫。小办公室是这片控制区内的一个房间，里面有黑色的木质书桌、书柜，放着一台老式音响，窗户很大，从窗口向外看，能看见视野宽广的草坪和山脉。

齐跃打开电脑，并排放置的 6 块屏幕同时启动。他熟练地打开一系列窗口，有黑色背景的频率谱图，有蓝色背景的数值坐标图，还有彩色背景的卫星云图，最后一个窗口是提琴和钢琴的特写照片。

"你知道吗？"齐跃并没有直接给我讲解，而是把电脑屏幕扔在一边，侧坐在写字台上对我说，"我这辈子最佩服的就是特斯拉，太牛了，实在太牛了！他的发现你一听就傻了：交流电、高压电传输、无线电通信、X射线成像、激光效应、电子显微镜效应、雷达原理、计算机与门逻辑，还有接收天外射电脉冲、制造球状闪电……他这辈子有 700 多项发明，随便说一个都吓死人。实际上，整个现代世界全建立在他的这些发现之上，这世界缺了谁都缺不了他。"

齐跃说得声情并茂，语调中充满向往。这情绪我能理解，就像我们有时候说起贝多芬，口中的赞叹不仅出自佩服，更是希望把发自心底的感情说给所有人听。

"咱们说正题。"齐跃接着说道，"特斯拉这个人很有意思，我昨天不是说过他的一句话吗，据说那是在这么个情况下说出来的，不知道是真是假。特斯拉曾经爬上过一座正在建的摩天大楼顶部，把一个小激振器放在钢梁上，激起钢梁的共振抖动，吓得工人们完全不知所措。他于是说：'只要我愿意，我能将地球劈成两半。'这句话像极了'给我一个支点，我可以撬起地球'。只不过他更牛，因为阿基米德只是比喻，但他说的是完全可能实现的。"

"你是说……共振吗？"我对物理的了解少得可怜。

"是，只要频率相当或成倍数，振动就能相互激发。"

"激发后就会振裂？"

"只要超过固体强度的限度。"

"那么……林老师就是想用这个原理炸毁月球？"

齐跃点点头，说："是，我们打算用天梯。"

"天梯？"

我倒吸了一口凉气。

别的知识我不懂，但天梯还是知道的。天梯是一座纳米长梯，可以从地表延伸到月球表面，也叫作杰克的豆荚，因为顺着它可以一直爬到云层外面。所有人都知道天梯。早在它上天之前，媒体就已经对它大肆炒作与跟踪，上天的过程更是进行了长达几个月的全球直播。由多个国家投资、合作，多个机构共同研制，多国宇航员参与护送。仅这些就足够吸引眼球了，更不用说由它带来的未来连通地球和月球的可能性。依靠天梯，月球的矿物可输送到地球，地球则传送给养给月球上的科研探索人员。未来也可在月球上建立月球实验站、发射站、居住点。

可惜，在天梯上天 2 年后，钢铁人就入侵了。自那之后，关于天梯的一切活动都停止了，它只能空自悬垂。如果不是齐跃提醒，我几乎已经把它忘了，就像所有为生存担忧的人一样把它忘了。5 年过得太快，尤其是这 5 年。5 年前天梯建成的一幕幕还历历在目，5 年后的地球已物是人非。这一点让人心凉，也让人触目惊心。

可是，用天梯怎么能把月球炸毁呢？难道用天梯当激振器，能让月球共振？这听起来也太不可思议了。天梯再怎么结实，也只是根细细的纳米线缆啊。我不解地问："天梯这么细，可能让月球振动起来吗？"

"只要找到共振频率，振动能增强很多。"

"那怎么才能让天梯振动起来呢？"

"一样，找到共振频率。"

齐跃边说边打开一段视频。我盯着屏幕，在视频播放器小小的窗口中间，出现一座大桥倒塌的画面。粗糙、抖动的画面，显而易见这个视频是出自古老的手持摄像设备。一座原本架在大江之上的宏伟大桥，在风的吹拂下突然开始抖动，没有任何可见的外在缘由，只是大桥越抖越厉害，桥面在震荡中扭曲，呈上下起伏不定的曲面。公路像橡皮泥一般弯曲，直到振到一定程度在顶点瞬间垮塌，桥面碎裂，没来得及撤走的车辆与行人皆跌入大江。

"这是于 20 世纪 40 年代建成的塔科马桥，有 800 米长，就因为大风起振而垮塌。你再看这里。"

齐跃说着，又打开一个小的动画窗口，画面上有一串白色的云雾状旋涡不断向后流动。从画面上可以看出，白色旋涡是云层的一部分，在一个圆形区域后形成，排列齐整，振荡着飘远。云层下是地球蓝色的海洋和白色的陆地山峦，白色的旋涡在高空陈列。我不知道这是什么，但觉得很震撼。天空中这样庞大而不为人知的结构，在辽阔得超过国家的尺寸上，壮美而安静地铺陈、拱起又飘散，天空下的一切仿佛忽然变得不值一提。

"这是空气绕过柱形之后形成的旋涡串，它们震荡着前后冲击，塔科马桥就是因为这个才塌掉的，这个现象叫卡门涡街，是冯·卡门发现的。这是我第 2 个佩服的人。"

我想了想，试图厘清其中的逻辑。

"因此，我们需要拨弦。"齐跃最后说。

就这一句话，我突然被点醒了。

这就是林老师的计划，我总算弄明白了。明白之后我更为心惊，如此匪夷所思的设想，拨动天地之弦，震碎月亮。即使有齐跃的讲解，我也心存疑惑。齐跃能接近天梯，他告诉我，他们以前的实验室是地月联合实验室，能远程控制月球上的实验中心进行核聚变、黑洞实验、宇宙射线探测等，尽管这种控制权现在被钢铁人切断了，但齐跃的实验中心还在地面上，还是有接近天梯的权利。

"可是，如果月球能被振裂，难道地球不会被振坏吗？"

"会。"

"会？"

"会的。只是不会那么严重。起振的局部会剧烈振动，如同一场地震，但地球整体不会有什么事。"

"这也就是说……"

齐跃慢慢收住了笑容，说："只有拨动琴弦的人会被地震裹挟。"

这一下，我明白了。林老师将用尽力量让天梯振动，为此不惜引发局部地震，让自身毁灭，这是用自己的生命换地球的生命。原来林老师是想用这样的办法来进行抵抗，他孤注一掷地拨动琴弦，让天地的哀歌响起。用同归于尽的办法换取人类的自由，这是反抗到绝望的最终抵抗。我从不知道林老师竟然如此决绝。当正面进攻没有机会时，只能用挽歌才能争一曲刚烈。我们的行动是演奏，而行动本身就是最决绝的演奏。

我很想问齐跃，你觉得这样值得吗？

齐跃忽然转过头，长长地吸了一口气，头向窗外开阔的草坪歪了歪，看着我说："你知道我们研究所为什么这么空荡荡吗？"

我摇摇头。

齐跃嘴角露出一丝微笑，说："其他人都被接到香格里拉和月球上了。"

原来如此，我怎么没想到呢？齐跃的研究所是地球上首屈一指的研究所，是天梯项目的主要参与者和月球先锋实验室的带头人。钢铁人保护艺术界和科学界人士，招募他们为自己服务，地球上最好的乐团也被接走大半，成为钢铁人倚重的新贵族，这丝毫不奇怪。钢铁人是懂科学的，他们知道地球上哪些人的头脑值得珍惜，或者说值得利用。

"你没走？"我问齐跃。

他低头瞥了一眼屏幕，抬头凝视我，目光带着一丝笑意、一丝讽刺和一丝悲怆，说："我喜欢特斯拉，不只因为他牛，还因为他喜欢单打独斗。你知道吗？他被爱迪生排挤得厉害极了，又被马可尼抢了专利，还被投资人摩根抛弃了，可是他还是一直奇思妙想到 86 岁。他是纯粹的孤胆英雄，一生都没结婚，也没有那些崇拜者前呼后拥。你知道无线电输电技术吗？他把地球作为内导体，地球的电离层作为外导体，用放大发射机在地球和电离层中建立 8 赫兹的共振，天地就成了谐振腔，可以传输能量。用天地做谐振腔，这是怎样的气度！那时人们不把这个当回事，谁也不愿做。还有一些公司攻击他，想抢他的专利。结果他到最后也没能实现这个计划。现在，他的计划全都实现了。可是那时的他就这么一个人孤独地去世了。"

我没有说话，但我能感受到他的情绪。这昔日繁荣热闹的所在，如今只剩下他孤单一人，远方的入侵者用优厚待遇吸引了一切同僚，这孤单越发显得冷清而毫无意义。

"其实大家想跟谁就跟谁，也没什么好说的。"齐跃又说，"但总还是会有些人不一样，我就喜欢这些人。"

我知道他是指林老师。

"陈君。"齐跃忽然念起我的名字，"你的名字很好。古人说君子比德于玉，宁为玉碎，不为瓦全！"

从研究所出来的时候天色已经很晚了，我们在硕大而空寂的院子里走了走。起风了，半黄半绿的枯叶呼啦啦地落下，铺了一地，顿时寒意十足。用梧桐搭成的拱廊原本葱茏密实，此时也稀落得萧索。我们立起衣领，用相似的姿势将肘夹紧，把手插在口袋里取暖。天上云很多，看不清楚月球，宏伟的楼宇沉入暗中，只有远处门卫的小屋还亮着灯，成为整个院子仅有的光亮。我们走了好一阵子，没有说话，在寂静中感觉脚步，偶尔相互问一下对方的信息，但对马上要面临的行动计划，我们没有再谈，也不想再谈。

齐跃问起我有没有女朋友，我如实告诉他，我大学毕业就结了婚，到现在已经 6 年了。

"真的？"齐跃显然有一点惊讶，"那你有小孩啦？"

我摇摇头，说："没有。我妻子去英国了，走了 5 年多了。"

齐跃怔住了，说："那你们……"

"没有，我们没离婚。"我说，"不过也差不多了。"

齐跃没有继续问下去，我也不想再说。我们又沉默地走了一会儿，齐跃带我离开了院子。出门的时候，我又回头远眺了一下院子里巍峨的大楼。这曾经是地球上最顶尖的研究机构，汇聚了全球最精英的头脑。现在被荒弃着，如同深山中人走茶凉的村庄。

晚上一个人步行回家，我在头脑中回想整个计划的细节。漫长的步行街冷冷清清，偶尔有一两个人步履匆匆地经过我身旁。商店都关着门，显得很萧条。我还是无法估量这个计划的意义，它会带来什么？带走什么？值不值得？该不该做？我不是想不清楚，而是无法抉择。夜晚的凉意让我头脑清醒，可这不是头脑清不清醒的问题，这是关乎内心的问题。我越是客观地将局势看清楚，就越不能确定这次行动该不该进行。

　　我开始明白，为什么林老师在演奏会上选了勃拉姆斯。

　　在最后一场演奏会上，林老师选了两首曲子：柴可夫斯基的《悲怆交响曲》和勃拉姆斯的《第四交响曲》。选《悲怆交响曲》容易理解，这首曲子充满激情而悲观的动人旋律，但选《第四交响曲》就令人费解了。勃拉姆斯的音乐通常给人温暖、保守的印象，他的曲子不瘟不火，没有贝多芬的愤怒和瓦格纳的狂放，也不打破常规，乍看起来似乎很不适宜。我曾经疑惑林老师为什么不选择贝多芬或理查德·施特劳斯的曲子，马勒的《复活交响曲》也更恰当一点。勃拉姆斯很少被人在这种激情的时刻想起。

　　这个问题我问过林老师，他没有正面回答，只说是个人喜好。但在这个晚上，我突然有些明白了。这件事从始至终就不是一场激动人心的战斗，而是悲凉的，甚至是无可奈何的。炸毁月亮，即使齐跃说了计划的原理和可行性，我对此还是深深怀疑，怎么听都不像能成功的样子……即便林老师自己是相信的，他也一定知道这不是英雄的抵抗，而是向悲剧结局进行的无力的抵抗。月亮能否被炸毁，没有定论，但如果共振引起演出之处地震，演出者十有八九自身难保。这或许是一种殉难吧，为仅有的自由殉难。

　　思来想去，只有勃拉姆斯适合现在的人类。有的音乐爱好者说过，听到最后，就只剩下勃拉姆斯了。勃拉姆斯的音乐一开始并不吸引人，但到最后最令大家沉浸的往往是他。勃拉姆斯的音乐，骨子里就带着悲剧感，不用刻意制造什么悲剧色彩，也不用刻意夸张。他内敛、深沉，表面上不露悲伤，像看似平静的海洋。现在想想，当他远离魏玛热闹的沙龙，独自守着古典主义的理想时，他已是与命运面对面，他无法改变这个世界的命运，茕茕孑立。

我戴上耳机，听着勃拉姆斯创作的协奏曲那沉静而凄怆的旋律。只有在这样的夜晚，走在这样无人的街上，看着扫街者的扫帚刷刷地扫过厚实的落叶，我才能感觉到勃拉姆斯音乐的力量。总有一些境况是你无能为力的，命运就是你就算看清也没办法改变的东西，这时候只能走向孤独，能面对孤独也是一种勇气。

三

一个星期以后，我踏上世界巡回演出的旅途。

我决定协助林老师完成这最后一场盛大的演出。林老师和齐跃的任务是布置场地，而我的任务是征召乐手。我要拜访所有我们认识的乐手，征召愿意陪老师一同行动的人。平心而论，这实在不是一个轻松的任务，我有好长时间连自己都无法说服，更不用说去说服其他人。我该有多大的勇气，才能向每一个人开口？

我问过自己为什么要答应林老师？林老师并没有强迫我，他在将计划阐述给我听之后，让我自愿选择。即使是在机场候机或分别上路的时候，林老师也没有给我压力。或许林老师不想强求，或许他认为我知道该怎么做。

机场的玻璃窗很冰冷，窗外有机械在起落。就像初次见到齐跃的那一天，林老师一直在说着自己沉浸的话题。

"我最近才学到轨道共振，非常有意思。它是说，当一些东西绕着中心转的时候，所有旋转的轨道都会相互影响。最初是随机分布，到最后只剩下几个轨道。这就像和弦，起初杂乱，最后留下的只是有共鸣的寥寥几个。有人说那些小行星就是因为某种共振而被振碎的星球。这么看，共振就是选择，从无穷无尽中选择。一个主调，总会选择出和它自己密切的属音。宇宙和音乐一样精细。"林老师兴奋地说。

林老师说话时，浓密的眉毛压低眼中的表情。有时候他会停下来，转过头，看看我的反应。林老师的眼睛里常写着他没说出的话，让我觉得林老师并不是天然地生活在理论的空中楼阁里，他对周遭心知肚明却只字不提，他故意进入另一个更宽广的世界。

与林老师分别后，我去了很多地方。在每次飞机起飞和降落的时候，我总会俯瞰地面，看每一个星罗棋布的城市与乡村，看这些相似又不同的人类居所。人活在大地上，天天劳作，却诗意地栖居。这话说得太抒情，人往往是带着睡意栖居的，醒来也仍在睡。当因梦魇来临而被惊醒之后，人们会用自我催眠的办法继续睡去。睡去比醒来好过得多，睡去之后，生活的一切都可以容忍：惊恐可以容忍，屈服可以容忍，自由被限制也可以容忍。

我不知道地球上有多少人每天为了未来担忧。在我的视线中，平原还是平原，草地还是草地，宁静的乡村还是有着红顶的小房子。乍看起来，一切都没什么变化。如果忘记头顶的月亮，现在的生活似乎和 5 年前也没什么不同。不过生活的变化已经发生，人类第一次感受到弱小，以往都是一部分人强过另一部分人，只有这次是所有人类同样弱小。一些大国没有经历过这样的衰弱，一度很难适应，他们惊讶地发现，曾经以为永存的英雄主义不见了，牺牲和为自由而战的民族精神也可以随着溃败而消散，这多么动摇人心。可没有办法，被征服的民族的分歧多过团结，爱国主义早已被诟病，此时的"爱球主义"则更像一场笑话。武力抵抗变成零星的火花，人们撤回自己在角落里的安全的房子，城市和公路在沉默中维持着原有的样子。

云下的世界仍然在运转。如果人们不想得到某种自由，似乎可以一直这么继续下去，直到习惯。这有什么不好呢？吃还能吃，睡还能睡，艺术灌输甚至比以前还多，只要承认钢铁人对人类的统治，一切就能继续。而承认这个事实对一般人的生活又有多大影响呢？钢铁人只是要一些资源和矿产，要地球屈服，要绝对的权威。如果能顺从，人类永远不挑战、永远承认钢铁人的地位，那就一切都没问题，人类会像以前一样幸福，像以前一样自由自在。

伦敦是我的第 6 站。在这之前我去过北美洲和欧洲。进展并不顺利，这也在我的意料之中。一方面，我不能把这计划告诉太多人；另一方面，在我所接触的乐手中，同意参加月球计划的人非常之少。我不知道要多久才能凑齐一支乐队。

在伦敦南岸的步行区，我见到了阿玖，我的妻子。

我们已经 3 年没见了。阿玖烫了卷发，脸庞隐在长长的刘海下，仿佛瘦了一点。她戴着一条精致的项链，我记得从前她并不爱戴首饰。除此之外，一切似乎都没什么变化。她穿着浅红色裙子和一件灰色长大衣，走在下过雨的石板路上，靴子发出有规律的咔嗒声。我们好一阵子都没说话，只剩下靴子的声音。

阿玖同样对林老师的计划感到惊讶，但没有多说什么就立刻答应了。这让我略微讶异。我又重申了一遍计划的困难性和风险性，她点了点头，表示明白，但没有收回许诺。我心里有一丝感激和微微的暖意。

"你现在还好吧？"我问她。

"还可以。"

"还在上次你跟我说的那个乐团？"

"不，"她摇摇头，"曾换过一个乐团，但现在不在任何乐团了。"

"为什么？"

"都解散了。"她看着夕阳中的泰晤士河，说得有一点迟疑，"然后……大部分团员，被接到了香格里拉。"

"他们也被接走了？"

阿玖刷地转头看着我，说："也？难道你们团也有人被接去了？"

"哦，不是。"我连忙解释，"是我一个朋友。他们研究所的科学家都被接走了。"

"哦……那正常，那太正常了。伦敦也被接走了不少人。"

我不知道说什么好，这局面让人觉得无比荒凉，荒凉得让我们不知该说什么。

"那么……"我犹豫了一下，"你没走？"

阿玖摇摇头。

"听说，他们给予乐团的待遇和照顾很好。"

阿玖声音凉凉的，听不出感情："好极了。"

"那你为什么……"我说了一半，又顿住了。

阿玖的脸对着泰晤士河，有好一会儿没有说话，似乎很平静，但再回过头来的时候表情变得怆然，她说："阿君，要是别人这么问我也就罢了，为什么连你也会这么问我？"

我瞬间失语了。阿玖的脸在夕阳中被勾勒出金边，边角头发轻轻飞扬，像金色的纤细的水草。她的眼睛因为湿润而显得很亮，眼泪绕着眼眶打转，到最后没有落下来。远处的伦敦塔桥有断裂的栏杆，露出大面积的灰黑。金色的河水一丝一丝暗了下去。我们面对面站着，良久无言。

过了好一会，阿玖说累了，想去坐坐，我们就来到皇家节日大厅剧院门口，在长凳上坐下。四周人很少。我记得上一次来的时候这里还有许多卖艺的人和玩新概念车的孩子，但现在这里冷冷清清的。

我们断断续续地聊天，聊这几年的生活和钢铁人入侵带来的改变。我们很久没有这样说话了，我不常给她打电话，她也不常打电话回国，我们联系的次数屈指可数，关系气若游丝。我设想过很多种和她再见的场景，但在这样一个晚上，当我们带着一种共同面向悲剧性未来的怅然感坐在一起时，我忽然发现这设想中的僵局竟然很容易就被打破了。我们谈起自己的恐惧、自己的思量；周围人的恐惧、周围人的思量。谈起这个世界现实的一面。我们惊讶地发现，彼此竟然仍有很多相似的感受。

　　"其实有时候，我也不知道该怎么看待抵抗这件事。"我说，"往好听了说是追求自由、不屈不挠，往难听了说是幼稚、顽固不化。有时候我都不知道我们在抵抗什么，有时觉得大部分人类都接受了、认命了，我们又何苦没事找事呢？这让我越想越不确定。"

　　阿玖温和地说："有时想想也挺讽刺的。"

　　"我就在想，被征服的民族也多了去了，他们不是照样活着，甚至活得更好。钢铁人在头顶上，时间长了就忘了。你不惹他们，他们也不惹你，干吗还要较劲儿呢？"

　　阿玖沉默了片刻，说："你这是何苦？你要是真这么想，那又怎么还会跟着林老师做事？"

　　我没有说话。

　　泰晤士河沉入夜色，反光的河面上驶来慢行的客轮。

　　"其实，"阿玖接着说，"我并不责怪我们乐团的人。他们各有各的理由。"

　　"什么意思？"

　　"有的人是想要安全，也有的人是倾慕钢铁人。"

　　"倾慕？"

　　"嗯。倾慕钢铁人的强大、力量、准确以及冷静的意志，还有更高的艺术修养。"

"那倒是真的。"我点头承认。电视里出现过对钢铁人的采访，他们那强有力的身体，有机躯体外面覆盖的整整一层钢铁外表，不形于色的喜怒哀乐，对一切都居高临下的态度，极为丰富的知识……这一切都让人折服。

"我理解你刚才为什么要说那些话，"阿玖接着说，"你怕自己选错，才故意找反对自己的理由。可是你明白你心里不是那么想的，你越是不说出口，心里的那种想法就越清晰。就像我也总想着其他人的理由，也觉得他们有道理，可我还是知道自己不会愿意跟着他们。"

我转过头看着阿玖。她双手撑在长椅上，脸上有一丝曲终人散般的空茫。

"你刚才问我为什么不跟着团员走，"她说，"其实我也说不好。钢铁人对艺术家很不错，去那边还有更好的条件创造艺术。不过，我就是不喜欢被逼着接受什么事，只要我还有能力拒绝，我就不会妥协。作为卑微的人，可能只有这么一点点东西能坚持了。"

阿玖的话让我想起齐跃。君子比德于玉，宁为玉碎，不为瓦全。我注视着阿玖，她静静看着河水。她的长发垂在颈窝，右手像她一向习惯的那样绕着发梢。她比从前冷静了，说话也变慢了，但声音还是一样有力。大学时的种种片段掠过我的眼前。齐跃曾经说过另一句话，他说每个人都有自己的频率，只有契合的人才能频率相同，频率相同的人哪怕一时不同，过一会儿也能共振，我那时就想，感情应该就是共振。

"阿玖，"我对她说，"如果这次行动我们有幸能成功完成，你就跟我回家吧，好不好？"

阿玖转过头凝视我，咬了咬嘴唇，像是说了什么，但我没听清，然后，她哭了。

我们又坐了很久，对着黑暗中的泰晤士河，看闪闪发光的河水反射着灯光和冰冷的月亮。我们似乎说了很多话，又似乎什么都没有说。我将她搂住，她的头靠着我的肩膀。我们静静地坐着，假想着各自不同的、无法到达的未来，这样的时刻很久不曾有过，也永远不会再有。我们之间的间隙被共振填补，那一瞬间似乎重新回到原点，不用再想那些逝去的时光。人类的无奈与悲哀、卑微与尊严，在那一刻成为连接我们的桥梁，我真的开始相信我们能回去了。伦敦眼在我们不远处荒芜地停着，有的座舱已经消失；身后剧场的演出开始了，观众陆陆续续经过我们身边；泰晤士河南岸的茶座和灯火通明的舞台并不曾弃置，只是空气中始终飘浮着僵持的惶恐。这气息我熟悉，和在鸟巢前面演出时的气息如出一辙。

在我奔波与游说的过程中，林老师孤独的背影也穿梭在世界各地。在布置最后的演出场地之前，他还想走遍世界上所有重要建筑，留下每一座建筑回响的声音。他穿过巨石阵，走过古代的楼宇与宫殿，搭起透明的弦，连接伦敦和北京；他在大教堂中听管风琴演奏，进入山林里记录鸣钟的庙宇。然后他拨动没有人听得见的旋律，一座座巍峨的建筑在共鸣中轰然陷落，应声倒地。巨石碎成粉末，风中卷起尘埃，在这独自一人谱写的交响诗中，世界成为旧日的废墟，成为属于他内心的地球的唱片。

我们的演出现场搭在乞力马扎罗山的山脚下，这是一片广阔而原始的人类家园。山连着草原，琴弦穿过赤道，天梯沉默地划过地球的脸。

四

演出之日来临了。

我们的飞机降落在内罗毕。在飞机上我试图寻找乞力马扎罗山的影子，但下降时已太接近城市，没能看到视频中旋涡般的山顶。降落后我们没多做停留，立马改乘大巴前往东非大草原。坦桑尼亚比我想象中美得多，城里充满奇异的花草树木，出城就可以看见大片草场和成群栖息的动物，在今天的地球，这样的环境仿佛不真实。

我一路想象着乞力马扎罗山的样子。在我的心里，它是一个隐秘亲切的地方。小时候，当老师讲到乞力马扎罗山时，说它是一座平地拔起的高山，如果一个人从山脚走到山顶，他便能从热带走到寒带，领略热带、温带和寒带的所有风情。那时我觉得很神奇，心里对它充满向往。回家查找关于它的介绍，却无意间搜到一篇故事，那个故事让我记忆深刻。当时我只有 8 岁，不知道海明威的名字如此响亮，他是这么说的："马基人称西高峰为'鄂阿奇－鄂阿伊'，意为上帝的庙殿。在西高峰的近旁，有一具已经风干冻僵的豹子尸体。豹子到这样高寒的地方来寻找什么，没有人做过解释。"

这句话在随后的 20 年我都记得。豹子到这样高寒的地方来寻找什么？最后还要死在这个地方。

大巴的车门拉开的那一瞬间，我的头脑一片空白。

那是草原、阳光、大象、远山，那是突然进入另一个世界的感觉。那是在多日的疲劳与纠结之后，在穿过无数个繁华城市、经历过许许多多不愉快的演出和尴尬的晚餐，在钢铁人离开后留下的钢铁城市中犹豫之后，瞬间见到的一切。一切都变得空灵了，身体因空灵而飘浮起来。草原绿得鲜亮，阳光洒满清澈的蓝天；大象慢悠悠地踱着步子，远处长颈鹿站着休息；山远在天边，近在眼前，伫立在草原中央、云端之上；草原上的树呈倒放的伞状，孤立静穆，一棵一棵地在旷野上站出美丽的姿态。我站在车门附近，沉醉在这一切中间，我被包围而来的清透空气凝住，眼睛离不开天空，无法移动步子，只是呆呆地站着，全然没有听到身后人的催促。

大巴停在公路尽头，剩下的路程必须步行前往。远远地，我看到布置的舞台，一些薄木板和透明的塑料板像风帆一样在舞台四周张开，作为调整声音的剧场布置。

每个人的眼睛都凝在弦上。阳光里的弦是比舞台更醒目的布景，尽管我事先已经知道了设计，但在看到现场实景时还是被震撼了。因为遥远，第一根弦显得短而精巧，后面的每根随之加长、加粗，整个场景逐渐变得壮观起来。弦的长度翻倍，从 10 米到 100 米，再到 200 米、800 米、2000 米、5000 米，全部的弦平行拉紧，斜入云霄。长达 5800 米的最后一根弦，用肉眼已经望不见两端，只能见到一根斜斜发亮的光芒，沿山峦锋利向上，连接草原与山峰的高度，琴弦因为反光而熠熠生辉。这是一个连接山与地的竖琴，5000 米高的竖琴。

我们向竖琴脚下进发，身上的乐器在此时显得轻巧起来。我踏在柔软厚实的草地上，只希望时间变得慢一点，再慢一点，能永远停留在此时此刻。

演奏开始了。

从柴可夫斯基到勃拉姆斯，生前不和的两人也许没想到，他们会在这样的时刻被团结起来。我听着自己琴弦的声音，闭上眼睛，还能听到风吹拂着青草的声音和大鸟偶尔的啼鸣。乐队的演奏相当整齐，这殊为不易，因为来自各地的乐手只经过了数次排练。勃拉姆斯的《第四交响曲》主题悲壮有力，弦乐在这宽广的舞台上似乎获得了一种前所未有的舒展，大家演奏得异常流畅。我听着隆隆推起的定音鼓，那是从第一乐章就定下的悲剧氛围。这曲子的柔美勾勒出蓝天中云的线条。我仿佛能听到大象踩过枯草的碎裂声，石子落入泉水的叮咚声。

如果问我，音乐给我带来了什么？那可能就是听觉的敏感。走在街上，我能听见每一种声音：工地规律的敲击声音、扫帚有节奏地扫过落叶的声音、洒水车的启动与暂停的声音。就像《蓝色狂想曲》的一个动画版本，世界的每一个声音，在空气里与我一起变成波澜起伏的洪流，渐渐地融为一体。

在这样的时刻，我忽然不再犹疑。地球的土地柔软沉厚，就在我们脚下。在之前漫长的9个月的筹备中，我无数次问自己，这么做值不值得？身边的人各谋生路：为钢铁人开路、求钢铁人宽容、在钢铁人的庇护下趾高气扬。同盟的队伍间钩心斗角：军火贩子借着战争的混乱大肆投机；寻常人大多只会躲避，为了生存愤恨那些惹事的抵抗，恨不得没有人出头，换来局势平安；地球的资源被一船船地集中到月亮上，像个无底洞，而人类却为争夺余下的资源大打出手。在对这一切的耳闻目睹中，我一次次问自己，何苦还要努力？这样的人类该不该毁灭？该不该拯救？为了这样的世界牺牲自己又有什么意义？这些问题我问过自己很多遍都没有答案。可是此时此刻，当音乐响起，当辽远无垠的蓝色将我们围绕，当长草延伸到天边而山峰威严耸立，我忽然不再迟疑，这一切都有了庄严的意义，即便是恐惧与求生也变得温柔、苦涩而厚重。

终曲终于响起来了。G大调这个明亮的和弦在此时却有着不可逆转的悲伤味道。管乐声庄严、宏伟，演奏会盛大地走向无法避开的死亡与悲剧的结局。我从来没有想过会如此投入地演奏，在这3年里不下500场救火般的演出中，我快要忘记投入演奏的感觉，那种与旋律一起起伏的感觉，整个身体随之震动的感觉，想要恸哭一场的感觉，这就是我此时此刻的感受。

尽管我还不相信月球能被振碎，但我愿为这尝试付出所有。

最后一个音符结束了。大幕落下，林老师一个人走上敲击的高坛。

林老师的眼前是一根22.8米的短弦，他举起一把用海绵包裹的小锤，静了片刻，开始敲击。我们坐在台下，静静地看着。弦亮泽而坚固，紧张而有弹性，短弦发出低沉的长音，在空气里回响。这是竖琴的开端，在敲击声中震荡出梭形的幻影，我们聆听着短弦的声音，它将自身的鸣响传播到四面八方，传到我们耳朵，传到我们心底，传到一旁55.6米长的第2根弦上。第2弦开始振动，从微弱到饱满，当声音减弱的时候，林老师继续敲击。第 2 次的敲击叠加在之前的声音上，弦振动得更加充分。第一弦的振动唤醒了后面每一根弦，第 2 弦的振动持续起来，然后是第 3 弦、第 4 弦……一次一次地敲击，弦长倍增，不断敲击，共鸣扩大。天地之间，仿佛只剩下一个人、一把小锤、一根弦。

天梯越来越近。在演奏进行到尾声时，我们已经看见地平线附近出现的长线了，此时此刻它又近了许多，细节已被看得清清楚楚。它的末端连在轨道上，由一辆灯塔状的滑轮车固定，滑轮车远看轻巧，离近了就显得巍峨高耸，天梯也不再是远处细细的长线，而是粗壮的、如基因结构的绳索。

天梯驶来得很快。尽管在草原和乞力马扎罗山的背景中看上去不快，但离得近了就看得出实际上的速度。无人驾驶的滑轮车如高塔般压迫而来，在离我们还有几千米的地方，我们就能感觉出它带来的呼啸。

弦音仍在持续响着，敲击仍在进行，林老师在高坛上像名击鼓的战士。高山的竖琴已经完全起振，从 22 米到 5800 米的琴弦，振动越来越剧烈，越来越超出控制。低频的弦音超出我们听觉范围，我们只能感觉到四面八方的空气和山谷的动荡正撞击着身体。在竖琴方圆数百米内，弦音正扩散，扩散到范围之外，撞击着天梯，我们能看到天梯正在晃动。

天梯越来越近了，它晃动的幅度开始增大且是不规则地增大。它滑过我们的时间并不长，就在这短暂却看似无比漫长的一段过程内，它开始明显地摇晃。38 万千米的线缆坚固如直棒，但此时，它正左右摇摆，边缘处因滑动和晃动而显得虚幻。我们仰头望天，天梯伸入双眼看不到的高度，底部微弱的摇摆化为曲线的浮动，在空中犹如一条扭曲的游龙。

振动开始了。滑轮车开始摇摆，我们脚下的地面亦开始轰鸣。天梯的摇晃使得塔状小车不能在轨道上保持平稳，它的速度似乎下降了，偏离轨道中央的摇晃急剧增强，像有一股力想将小车撕扯出轨道。与此同时，轨道将这振动的力量传到大地的四面八方。

我们的舞台开始不稳，开始左右晃动，随后又上下抖动。

接下来的一切快得让人来不及反应。轨道像提琴的琴码，而我们则坐在大地的琴箱上，琴箱振动，将弦音送到四面八方。我们失去重心，向地面倒去，在波浪般的地面随振动起伏。天梯的共鸣更加明显，梭形的幻影已然可见，撕扯的力量像有灵魂灌注其中，不规则的扭动化为愤怒的拉锯。滑轮车在抗拒中失去平衡，暴躁的震荡让它好一阵子无所适从，然后逐渐失去镇定，变得疯狂、疯狂地震颤。

这短短几分钟如同一个世纪之久，最后，滑轮车在狂怒中轰然倒塌，大地在同一时刻发出断裂的声音，一道长长的裂隙出现在地表，赫然撕裂地面温柔的面庞。

天梯保持着振动的余波，几秒之后才在半空断裂，甩成惊人的长鞭，呼啸着划过天际，在空中令人惊骇地甩来甩去。

振动慢慢减弱了，地震并没有如最坏的预期那样引起山崩。我们趴在地上，等待一切结束，用身体感觉土地和草原的余怒。我双手抓住土壤，将头埋在草里，有恸哭的冲动。轰鸣的弦音仍在身边。

过了好一阵子，地面终于平静下来。

就在我以为一切已经结束的时候，天边突然出现恐怖的机翼。一架三角形、流线平面、速度快得超出人的想象的飞机，从高空直降而落，在降落的过程中以激光射击舞台。

身边发出爆炸和火光，有人惊叫，也有人来不及惊叫就死了。我低头匍匐，躲避弹起的碎石。

第2次、第3次轰炸又开始了。

这时，飞机降到了很低的高度，这可能是他们来到地球以来第一次飞得这样低。

飞机向林老师飞去，我看到林老师仍然试图站立。我大声呼叫，声音淹没在四周的轰鸣里。我想起身去拉林老师，可一阵爆炸的冲击波从身后传来，我脖子上挂着的玉石突然炸开。我踉跄摔倒，再抬头的时候，只见一个穿红裙子的身影向林老师扑去。

那是阿玖！

混乱、慌张。我脑海里一片空白。

在飞机掠过林老师头顶之前的一刹那，我看到他纵身向地面的裂隙跳下去，而阿玖跟在他身后。两个人的身影如坠落的彩虹，在空中划出久久不能散去的光影。我整个人完全空白了，以为自己要死了，以为我们都要死去。而就在这时候，狂怒的飞机忽然像失去意识的昆虫，滑翔向远方，坠落在遥远的地方，开出烈焰的花，一切突然停下来。

我在不明所以中失去了意识。

五

一个月之后，我坐着齐跃的车，在郊外寂静无人的山路上蜿蜒前行，后座上放着林老师最喜欢的白菊花。

我们要去的墓园很远，山路延伸向看不见的地方，树木在一侧遮住山下的视线。车静默地开着，我们静默地肩并肩坐着。

齐跃的表情凝重，这一个月以来他一直很少笑。我知道为什么，他认为是自己的隐瞒使林老师死去，因此背上了沉重的心理负担。

我想了很久，林老师为什么会跳进裂隙？最终的结论是林老师已经做好了赴死的一切准备。从他策划这个行动的那一天起，他就坚信月球会毁灭，地球会裂开，齐跃的隐瞒加深了他的信念，而我们则抱着侥幸生存的愿望。

谁会想到是这样的结果呢……

共振引起天梯的断裂和倒塌，但毁灭的不是月球，而是月球实验室。月球实验室的倒塌引发核反应堆的爆炸，进而点燃黑洞实验设备，产生了微型黑洞，而它在短时间内迅速吞噬了周围的物质。钢铁人在最后的瞬间试图遥控处在地球上的飞机，但是只有片刻的挣扎。

这一切，谁能知道呢？

我问过齐跃，质问他为什么不早一点将真实的计划告诉我们。齐跃苦笑着摇摇头，说："你难道以为钢铁人真的不知道咱们的计划吗？他们其实早就知道了，只是他们知道月球不可能被炸裂，才没去管这种小儿科的牺牲。但是如果告诉任何人，让他们知道月球实验室有制造黑洞的能力，那么一切就不同了，我们会在第一时间被消灭。"齐跃说完看着我，眼中有着我第一次见到他时的苦涩和悲哀。

墓园寂静空旷，坟墓并不多，排列得很整齐。

我们走到林老师的墓前，低头吊唁。

花朵和石碑安静而朴素，石碑上只有名字，没有多余的字样，几束品种颜色各异的花束代表着在我们之前来到的吊唁者。

我们各自闭上眼睛，在心里对林老师说了话。

老师的墓旁是阿玖的墓。我将一枝白色玫瑰和那枚从我脖子上坠落的碎掉一半的玉放在她墓前。玉碎得晶莹，那是结婚时她送我的信物。

墓碑上，阿玖笑靥如花，如十年前我第一次见到她时的样子，洗去路上一切的尘土飞扬。

阿玖，我们终于回家了，不是吗？我望着她，在心里说。

照片里的她好像笑得更灿烂了一点。

我望着望着，望出了眼泪。齐跃将手搭在我肩头。

远远望去，空旷的墓园延伸成一座花园。草坪勾勒出死者安息的所在，如生前的居所一样透露出灵魂的气息。偶尔的鸟鸣让空气显得更寂静，青草的香气和着泥土的芬芳。天空很轻盈，春天又回到地球，暂时的拯救和喘息让生者的生活可以继续，等待着看不清的未来的下一次进攻。

我和齐跃坐下，坐在墓碑前与死者交谈，对饮一壶酒。在孤独的地球上，这小小的角落成为我们四人心里最接近的一隅。月亮在头顶，隐约透明。

◆ 第 23 届银河奖读者提名奖获奖作品

您好，异星人陪聊

廖舒波

病

　　吱的一声，汽车刹停，叶韵踉跄地走下出租车，司机赶忙叫住她，因为她忘了付钱。

　　她独自一人走进小区，走进漆黑的楼道，在家门口掏出钥匙，却又停下了。

　　过了很久，她拿出手机，拨通了一个号码。

　　听筒里传出富有磁性的声音："您好，异星人陪聊。"

　　叶韵一时不知道该说什么才好。

　　那边并没有放下电话，继续问："请问，您需要聊天吗？"

　　"是的。"叶韵咬了咬牙，"我现在……很怕。"

　　"会害怕其实是件幸福的事。"电话那边说，"因为大部分人害怕的是失去。"

　　"……这话说得真好。"

　　"能说说您害怕失去什么吗，女士？"

　　"是我老公。"叶韵说，"请别误会，他不是出轨，也不是第三者插足，而是……他得病了。"

　　"我很遗憾，是绝症？"

　　"说句不好听的，如果他得的是绝症，我反而会很高兴。"叶韵苦笑，"问题是，那是种怪病。"

"我听说过很多怪病，它们不致命，却能毁掉整个生活。"

"没错。"叶韵说，"事情还要从昨天下午说起。我丈夫让我给他递个苹果，可我顺着他指的方向一看，那里只有个大榴梿。当时我都快笑死了。要知道，结婚三年，我还是第一次发现他犯这么大的错！"

"人总有犯错的时候。"

"我逗他，说：'要什么，再说一遍？'他咬咬牙，看起来想了很久，可说出来的还是'苹果'。我这才明白，他不是逗我玩，是真的出事了。"

"然后你们去了医院？"

"嗯。十几分钟后，我们已经在医院的候诊室里了。我紧张得上蹿下跳。在其他人眼里，比起我老公，我才像个焦急的病人吧。我也不知道为什么会这样……大概，那时我已经感觉到，我们的生活会因此改变了吧……"

"到底是什么病？哦，很抱歉，打断您了。"

"病毒性失语症。"叶韵有些艰难地说道，"我现在还记得医生那冷冰冰的脸说出来的话：'这是朊病毒引起的，就像疯牛病一样，不要紧张，没有生命危险，只是……只是他以后很难说出准确的词了。'"

"什么意思？"

"就是说，我老公以后都会像昨天下午一样，看见的是榴梿，心里想的是榴梿，说出来的却是苹果。"叶韵说着，突然有些哽咽，"以后我们的日子可怎么过下去呢？"

"我听说过朊病毒。"异星人耐心地解说，"它会把感染者大脑中原先建立的蛋白质构象打乱、破坏，以及重组。"

"重组？"

"没错，重组。"异星人说，"朊病毒虽然名字里有'病毒'两个字，但它的本质还是蛋白质，最终会形成自己的一套构象和应急机制……"

"这，太深奥了……"

"实在抱歉，我应该换个通俗易懂的说法。现在您丈夫说话虽然颠三倒四，但实际上是有规律的。比如说，他以后只会把榴莲叫成苹果，而不会把它叫成香蕉。"

"医生好像也这样说过。"

"只要您愿意花一点时间，很快就能摸清他说话的规律。听起来有点像密码破译，是不是？"

"……你好像知道很多。"

"这个……"异星人撒了个谎，"我做过研究。"

"算了，你从哪里知道的与我无关。"叶韵的语气里突然显出前所未有的疲惫，"我只想问一件事，就是这件事让我害怕。"

"请尽管说。"

"假设，好吧，就是如果有那么一天，他开始用别的女人的名字来叫我……"叶韵说道，"我该怎么说服自己这只是病呢？"

异星人愣了愣，他不知该怎么回答这个问题。

"我不怕苦，不怕浪费时间，不怕听不懂他的话——但我只怕这件事。"

说完，叶韵挂断了电话，只留下一声叹息在黑暗中回荡。

几天后，一辆出租车"吱"的一声停在小区门口，一个满脸疲惫的男人从车里走出来，同样，他也因为没付钱被司机叫住了。

在黑暗的楼道里，他拨通了妻子前几天拨过的号码。

电话那头的声音依旧充满磁性："您好，异星人陪聊。"

"我该怎么办?！"男人嘶声喊道。

"别着急，您慢慢说。"

"我的妻子要去做志愿者，也就是当试验品！"

"什么样的试验？"

"在脑子里植入朊病毒。"男人咽了口唾沫，"以后不管我喊哪个女人，她听到的都会是她的名字……这不就是病毒性幻听症吗？自愿去得病？她到底是怎么想的……我真是搞不懂！"

死

每当打来电话的人疲惫至极时，异星人总会想办法让他们稍微精神一点儿。

就像今天，电话另一边仿佛有一只蚊子在哼哼，似乎对方随时会"咚"的一声趴在桌子上睡着。这不是聊天的好状态，异星人想。于是他先问了几个问题："请问您从事什么工作？"

"医生。"

"是哪种医生？内科还是外科？"

"法医。"那人说，"不过我学过很多年临床医学，做过内科医生，也做过外科医生，现在又转行了，所以什么都懂一点吧。"

"这我就奇怪了。"异星人说，"打电话来的有不少是医生，大多数是因为……没能拯救病人的生命，法医似乎不该有这样的问题，不是吗？"

"我的情况，"法医苦笑，"恰恰相反。"

"难道说，您要……"

"或许是谋杀，或许不是。"法医说，"有些事情，不会按照我们的设想来进行。"

"这说法很有趣。"

"有趣？不，我倒觉得这实在是麻烦，麻烦透顶。"法医说道，"比如我问你，什么是'人'？"

"这还真难回答。"异星人笑了，"大概是……一种高等的灵长类动物？"

"那么，什么是'生命'？"

"运动……新陈代谢……还有……"异星人顿了顿，"看来哪个答案都很难让您满意。"

"抱歉，我让你为难了。但我现在真的很困惑。"法医长长地吐出一口气，"我从前是从来不会去想这些哲学问题的，直到一个病人走进我的办公室。"

"病人？"

"我更习惯这样称呼他。"法医说，"一个病人……一个活人，一个普通的人，走进我的办公室，摘下帽子，露出亮晶晶的眼睛，然后对我说：'医生，我想和你打个赌。'"

"您没有接受吧？"

"当然，他来得实在太突然，我差点以为他是个精神病。然而他飞快地报出了一个人的名字，还有履历——这人是我曾经的竞争对手，是个很厉害的家伙，我甚至不得不用一些不怎么光彩的手段将他打败。当然，这部分我不想详谈。"

"没关系，还是说说那个病人吧。"

"我问病人有什么事，他对我说：'医生，我是个人。'当时我第一个念头就是：这不是废话吗？！要知道，眼前这个……'东西'，动作、表情和我没什么两样啊，不是人会是什么呢？"

"是机器人？"

"你怎么知道？"

"随口一猜罢了。"异星人说，"难道他还真是？"

"本来我还不怎么在意，但经他那么一说，我便仔细地看了他几眼。

我发现他的肤色有些不对，比一般人的淡一些。"法医顿了顿，"不是说他白，他就是不对劲，但是哪儿不对劲我也说不出。总之，长期干我们这行才能发现，那不是人的皮肤。"

"哦，那是什么？"

"一种高分子有机纤维，我也说不出它确切的学名，但它可以镶嵌在钢铁假肢上，代替人原本的肌肉进行活动。"法医说，"后来，我愣了愣，脱口而出：'你是个机器人？'"

"他怎么说？"

"'不，我是个人类。'病人脸上的肌肉平滑地移动，露出一个冷笑后接着说，'这就是我打赌的内容。如果你能在限定的几次手术中证明我不是人类，那么你就赢了。反之，你就输了。'"

"真是个奇怪的赌约。"

"他还补充了两个条件。第一，不能用材料不同来证明。"法医说，"第二，不能对大脑进行手术。"

"这也对。"异星人说，"想来他脑子里一定只有芯片和接线吧。"

"对普通人来说，做这种事情有点像活体解剖，听起来或许很恶心；可对一个医生来说，实在是充满了挑战性！不瞒你说，当时我的食指都动起来了。于是，我答应了他，赌注是我的名誉——也就是之前，我不愿细说的那些东西。"

"你们一共要进行多少次手术？"

"按照赌约，一共 30 次。"法医突然停住，长长地叹了口气，"已经进行 29 次了。"

"嗯……"异星人听出他语气里的沮丧，"进展如何？"

"我输了。"法医说，"彻底输了。"

异星人不知说什么才好。

"真是完美，实在是太完美了！他的每一个器官、每一条血管、每一段神经，虽然复杂，却都在有条不紊地运行。"法医说，"我切开他的肺叶、肝脏、脾脏，发现除了材质以外，没有一项不像人体，没有一项不精密。"

异星人倒抽了一口冷气。

"上一次手术，我检查了他的牙齿。"法医继续说道，"要知道，成年人应该有 32 颗牙齿且每颗牙齿都是不相同的。我不相信，那个制造这位'病人'的人，会有耐心制造出 32 颗完全不同于常人的牙。可谁知……"

"他的牙都是独一无二的？"

"没错。"医生又叹了口气，"同样情况的还有指纹……如果按照司法程序来讲，他完全可以算作是一个自然人。"

"真是个僵局。"异星人点头，"30……29，还剩下一次机会？"

"最后一次。"

"那么，您还有办法吗？"

"心脏。"

"您说什么？"

"我说的是，心脏。"法医声音变了，"跳动的心脏……就是生命的证明啊……想想看，一伸、一缩，再一伸、再一缩……只要做个简单的手术，切开他的胸膛，再用手术刀扎下去……不必太用力，轻轻地扎下去……"

"这是谋杀！"异星人大喊出声。

"啊……"法医那边也发出一声轻微的喊叫，看来他被吓醒了。

"谋杀！这绝对是谋杀！"异星人急了，"就算他是个机器人，也是你的病人啊！你是医生，怎么可以动害死病人的念头？"

"只有这个方法了。"医生喃喃地说，"我了解我的竞争对手，他肯定舍不得让这么一个完美的作品'死去'，肯定会想方设法让这机器人重新启动——也就是'复活'。"

"这不是理由！"异星人喊，"就算能重启，也不能杀人！"

"可是，"法医慢吞吞地说，"只剩这唯一的办法了。人死不能复生，如果这个病人能重启，那么我就能证明，他不是人类。"

异星人"啊"了一声，所有义愤填膺的话都被噎住了。

静默许久。

"这是谋杀吗？"法医低声问。

"是……"异星人说，"……我觉得是。"

"他是人类吗？"法医再次问。

"我不知道。"

"所以我说，'定义'真是一件麻烦的事。"法医说，"前面的就不说了，唯独最后一个问题，你一定要回答我。"

"……请讲。"

"明天，手术时那一刀，我是扎下去，还是不扎下去呢？"

……

老

"抓住他！"

"不要跑！"

异星人的浅梦被一阵喧哗打断，然后他又听见几声粗哑的嘶喊，其中还夹杂着一个尖细的哭声，听上去既稚嫩又可怜。异星人知道，小区里的这条路上有些年轻人专门以欺负上学的小孩子为乐。

"他们的父母不管吗？"异星人嘟囔。

他很快意识到自己错了。那些人随身携带 X 设备，能随心所欲地生成各式各样的皮肤。也就是说，孩子看见的，监控器拍到的，可能跟他们本人的样貌相差十万八千里。这样一来，想找到他们需要消耗大量人力物力，警察也是有心无力。

　　一个电话打了进来。

　　"您好，异星人陪聊。"

　　"您，您好！异星人……叔叔。"

　　异星人笑了，说："啊，早上你没事吧？"

　　"早上？嗯，已经没事了，咦，叔叔你怎么知道的？"

　　"我就住在附近。"异星人说道，"你没事，我很高兴。小朋友，请问你也需要聊天吗？"

　　"是啊，我想和你讲讲我的……爷爷。"

　　"好的，叔叔非常乐意听。"

　　异星人笑了，他还是第一次有这样的经历，像个幼儿园老师在听孩子讲故事。

　　"我爷爷……很老了，多少岁我不知道，反正是很老很老了，老到头发白了，脸也皱巴巴的。可是，他不喜欢别人说他老，如果有人叫他'老人家''老先生'什么的，他会马上瞪起眼睛来骂人，可吓人了！"

　　"我爷爷也是这样的。"异星人说，"很多老人都是这样。"

　　"他现在可闲了，不用上班，也不用写作业，整天看电视。可是他看电视也不安分，看一会儿就站起来找遥控器，其实遥控器就在他手边；要不就是到处找眼镜，其实眼镜就架在他鼻子上。对了，他还不能出门，一出门就找不到家了。"

　　"阿尔茨海默病吧？"异星人脱口而出。

　　"我不知道……这是一种病吗？"孩子说，"妈妈不喜欢他，爸爸也不喜欢他，爷爷也不喜欢爸爸妈妈，他只喜欢我。他给我买了很多好看的衣服，还有好吃的东西，都是爸爸妈妈不给我买的！"

"这样不好吗？"

"不好！我是很喜欢他给我买的东西，可我不喜欢跟他说话！他每次说的都是老一套：他是怎么当兵的，又是怎么学散打的，还有怎么当上教练，又怎么管那些学生，一点意思都没有。他还讲了又讲，要是我跟他讲什么，他只会'哦，哦'的，什么也不懂！"

"再正常不过了。"异星人安慰她。

"一个月前，我上学时被几个人欺负。他们抢我的书包，还把我的发带摘下来丢到地上，踩得脏脏的。他们全身都包着铁一样黑色的皮，我看不清他们的脸是什么样的。那天我没去上学，哭着回去了，告诉爷爷，他气极了，全身都在发抖。他握紧拳头，走出门去，过一会儿他回来了，手里抱着一个大箱子。"

"哦，他买好东西回来安慰你了吧？"异星人说。

"不！跟平常不一样，那箱子他碰都不让我碰，而是整个儿塞到床底下。趁他不注意，我偷偷钻到下面看了，可床底下黑黑的，我又赶紧出来了。我只看见箱子上有个大大的叉号，像是老师批的错号一样。"

"是 X 吧。"异星人说，"X 设备。"

"过了几天，我又碰上了那些人，他们叫我交出零用钱来。就在这时，一个大哥哥从旁边路过，他一下子跳过来，三下两下就把他们打跑了。我正想过去谢谢他时，他却突然倒下了。我吓了一跳，问他要不要叫救护车，他只是摆摆手，慢慢扶着墙走了。"孩子顿了顿，"我一直看着他上了公共汽车。谁知道刚上车，他就大声骂起来：'你们这些人，怎么没一个给我让座的？'可他差不多是车厢里最年轻的一个。"

"我大概猜到了，那个人是你爷爷吧？"异星人说道，"他用 X 设备改变了样貌……"

"你又说对了，叔叔。"

"孩子，我得告诉你，老人和孩子简直就是完全不同的两种生命，你不能要求他做的每件事都让你满意。"异星人说道，"我知道，你一定对你爷爷很失望。"

"一点也不。"孩子仿佛在电话那边拼命地摇着头，"我只是想问叔叔一件事，嗯，这件事我对爸爸妈妈都没说过……"

"尽管讲吧，我听着。"

"就在那天之后，那些人就再也没在这条路上出现过，大概是爷爷把他们全部赶跑了吧。但在上个星期五，另外一个我从来没见过的、也在欺负人的家伙出现了！"

"哦？谁那么大胆子，快告诉你爷爷。"

"不是别人……就是我爷爷啊！"

"怎么回事？"

"他……忘记自己到底是谁了！"

"啊，可以理解。"异星人叹口气，"是Ｘ设备。这种东西模仿生成的假皮肤实在是太逼真了，一不小心，还真容易把自己当成另外的人——特别是老人，更容易陷进去。"

"不是这样，你错了，叔叔。"

"哦？"

"原来那些人都逃了以后，爷爷变得很不开心。"

"这样啊，他不能再做你的英雄了啊！"异星人接口，像意识到了什么，"你是说，你爷爷开始又当英雄、又当坏人了？"

"就像今天早上，他装成坏人，抢走我的零用钱；到了明天，他就会以另一副面孔出现，和蔼地对我说：'小姑娘，你的钱我帮你拿回来了。'连续几天都是这样。"孩子声音低下去，"这几天爷爷非常开心。有事干，他就非常高兴。"

"那么……"

"每天都要装成被人欺负的样子，我真的好难受啊。"孩子说，"我是该对爷爷说清楚，还是继续装下去呢？异星人叔叔，能告诉我，我应该怎么做吗？"

异星人想了很久，终于想出一个答案："怎么做——只有等你老了，才能知道吧。"

生

一个夏日的午后，对面大楼的玻璃墙反射着耀眼的阳光。孕妇拉上窗帘，皱了几下眉头，然后艰难起身，拨通了一个电话号码。

"您好，异星人陪聊。"

"您好？"孕妇突然失控了，"好好好！好什么好啊？我都快被折腾死了，肚子里还有个孩子，真不知道当初我是怎么想的……"

异星人静静地等她喊叫完，才慢慢地说道："看来，你似乎不打算留下这个孩子。"

"我不知道！我真的……不知道。到底该不该把她生下来呢？"孕妇泣不成声，"要知道……这个孩子，不是别人……正是我呀！"

"是你？我有些不明白。"

"一个……副本，一个快速克隆体。"孕妇压低声音。

"价钱应该不便宜吧。"异星人似乎明白了，毫不惊讶，"通过胚胎培养、后期的激素注射，还有记忆蛋白质和神经元移植，这应该是一笔不小的费用。"

"还好。"孕妇说，"我曾经是个经理，有些积蓄，而且，我选的是5年型。"

"5年型，就是婴儿出生后只要5年就能长到22岁水平的型号吧？"

"不，是长到30岁。"孕妇说，"我在黑市里买的，可以……稍微做些调整。"

她说完这句话以后，电话那边没有了声音。很久之后，她才听见异星人一声轻微的叹息："已经很久没有遇到这么信任我的人了。"

"那是当然。"孕妇不知不觉恢复了经理的强势，"用人不疑。"

"既然如此，你一定非常想跟我说说……"异星人说道，"一些故事，或一些原因吧？"

"嗯。"

"选择这项技术的原因，还有放弃孩子——另一个你的原因。"

"这样做，是因为一个很可笑的理由……我累了，我太累了。每天起床，我都感到一阵烦躁，今天又要重复昨天的生活。骂下属、向客户赔笑脸、对上司的任何意见都要点头称是……真奇怪，我已经工作快10年了，可前段时间，第一次觉得工作如此讨厌。这是从未有过的。"

"很多人都这样。"

"有一天应酬完，我喝多了，脑袋昏昏沉沉的，心情却丝毫没有好转。于是，我拨通了一个短信里的电话号码，是在平时我会以为是骗钱的那种电话，那边是个低沉沙哑的男声。原本，我只想逗逗这些骗子，然而，在跟他通完话后，我突然间就全醒了！"

"他说的就是快速克隆技术吧？"

"虽然已经很久没关注过科技方面的内容，但我不是个科学文盲。"孕妇说道，"即使在那样的精神状态下，我也听得出，他没有扯谎，他说的一切，都是有科学理论依据的！只是……只是以前没人敢做而已！"

"不得不说，您是位勇敢的女性。"

"你是指我敢于尝试这项技术吗？"孕妇说，"实话告诉你，我原本也不打算做的，可那个低沉嗓子的男人说的一句话实在是太诱人了——他说："你不想让这个孩子代替你做那些工作，自己过上自由自在的生活吗？'"

"乍一听是不错。"异星人说，"可是有很多问题啊。"

"那时我也有很多疑点，不过，我竟连夜赶到他那里，当面问了他一串问题：'她跟我总有不同吧？她愿意这么做吗？她会不会有一天突发奇想，把我整个儿都代替了呢？'那人笑了笑，把我引到一个房间，让我看一个静静躺在激素罐里的男孩子。小男孩在静静地沉睡，面容和那人一模一样。那个男人把手伸过去，拨开男孩浓密的头发，在他光亮的头皮上，我看见了一串数字！"

"数字？"

"是的，数字。男人似笑非笑地对我说，快速克隆体身上都有这样一串数字，如果出了问题，凭这串数字就能分辨出哪个是本体，哪个是克隆体。'当然了，'他说，'这件事你必须对克隆体保密。'"

"然后你就接受了？"

"为什么不呢？"孕妇高声反问，"你不知道，我那工作是多么无聊、多么烦，简直就要把人活活折磨死！"

"可为什么现在又想放弃呢？"

"你想不出吗？有一天……不是现在，可能是 10 年后，可能更久，但总会有那么一天，这个孩子也会像我一样，感到厌倦，不想工作，然后她也会拨通那个电话，也会找到那个男人，也会怀孕……也会生下一个新的我！这就像是一根看不到尽头的链条！"

"也不一定。"

"谁能保证不会呢？"

"这……"异星人一时语塞。

"我真的好矛盾啊！"孕妇又一次大喊起来，用力撕扯身边的窗帘，"生还是不生呢？不用工作当然挺好，可一想到那根链条会一直延续下去，我……我就……"

异星人只能柔声安慰她。

异星人不知道，也无法看到，就在电话那边的玻璃幕墙上，映出了孕妇的头顶。

在那里，有一串数字。

怨憎会

"我又要去杀人了。"

电话里传来再平静不过的声音，是一位作家。

"是你下一部小说里的人物吧？"异星人起初还不以为意，"虽然没读过你写的书，但我陪聊的人里有不少是你的粉丝，他们不断地赞叹你的小说是多么真实，多么有代入感。罪犯用各种堪称绝妙的方法杀人，即将得手时却犹豫了。他们都说：'天啊，看到那里时我的手都在抖，跟小说里的人一样！'"

"想知道我写作的秘诀吗？"作家笑道。

异星人倒有些迟疑："这……算商业机密吧？"

"这些年来，我总在杀一个人，反反复复，杀了无数遍。"作家叹了口气，"小说里写过的每种方法，我都亲自试验过。"

"可你最后还是没有杀了他。"

"当然，那可是犯罪，而且不是一般的犯罪。"作家顿了顿，"是时空犯罪。"

"哦？你有时间机器？"异星人也压低了声音，"我听说，那玩意儿很难弄到手。"

"这就是当作家的好处。"作家扬扬自得，"粉丝总会有你想要的东西。"

"我真的很好奇，你要杀的那个人是谁？"

"一个司机。"作家说，"一个卡车司机，他可能和我们见过的千千万万个卡车司机没什么不同，只是他喜欢用帽子遮住脸，隐约露出一对带着血丝的眼球，下巴上的灰胡子又厚又脏，笑起来露出黄牙，同时还有口臭和比口更臭的脏话。"

"你为什么要杀他？"

"说来话长，不过我想你一定愿意听。"作家自信地说道，"故事还要从很多年前说起，当年我大学刚毕业，浑浑噩噩，我好不容易找到一份工作——在加油站的前台卖些咖啡和零食。"

"这不是虚构的吧？"

"完全属实。"作家说，"我现在还记得那些零食：绿色的黏黏糖豆、开心果、小碎甜饼，还有黑色的长条巧克力，配上热乎乎的速溶咖啡，都是司机们的最爱。"

"我相信了，这话绝对不是编出来的。"

"那时我还很年轻，甚至没长胡子，一脸稚气，戴着一副眼镜，司机们大都对我比较温和，不会像对待其他人一样，粗声粗气地骂上几句脏话。加油站里其他的员工遇到了什么纠纷，也愿意让我站出来，缓和一下气氛。"

"看来你很受欢迎。"

"我以为日子会无聊却安稳地过下去，直到有一天……"

"一个卡车司机把一切都改变了。"

"没错。"作家平静的声音里有了一丝颤抖，"那天他来到站里，在柜台里取了 3 包黏黏糖豆。

"'实在抱歉，没零钱找了，先生。'我好言好语地对他说。

"'什么？'他的脸马上沉下来，'你们是怎么做生意的？'

"'不如您再拿一包口香糖，这样就正好……'

"'我不要糖，给我钱。'

"'可我真没有，先生。'

"'你们这是宰客！'他暴怒起来，'我要告你们！'

"'……公司规定，你可以投诉的……'

"'今天我要是拿不到零钱，你们就不要开门了。让你们的公司规定见鬼去！'

"'你才应该见鬼去！'

"或许是年轻气盛，我顺嘴回了那么一句。他停下了，阴森森地看着我，我挑衅地回瞪着他。下一个瞬间，他举起拳头，一拳打中我的脸。"

"实在太过分了！"异星人忍不住愤愤地说。

"我想不到他真的会下手……要知道，对他来说，那时的我还只是个孩子……"

"然后呢？"

"然后我们扭打在一起，黏黏糖豆撒了一地，直到经理赶来拉开我们俩。几个同事赶紧把我拖进了休息室，经理似乎打算安抚司机几句，他却什么也不听，钻进车子走了。"作家说，"好不容易冷静下来，我这才发现，一张驾驶证不知何时粘在了我的衣服上——还好他买的是黏黏糖豆。"

"那之后你就一直在找他？"

"我再也找不到他，他就像人间蒸发了一样。可是，就算现在让我遇见他，我也做不了什么——我做过很多锻炼，可就是没法让自己强壮起来。"作家有些黯然，"可我忘不了他那副表情，阴森森的冷笑，好像在说：'小子，你算什么东西？'就算忘了他的脸，那副表情还是会出现在我的梦里，他……他总会让我突然惊醒，然后我在黑暗里，为自己的渺小和恐惧而哭泣！"

"想不到这件事对你的打击会这么大。"

"所以，我要杀了他，杀了他！只有这样才是我唯一的解脱！"

"可是你打算怎么做？"异星人不解，"且不说时空犯罪追缉队，还有'外祖母悖论'呢——这么说吧，如果，你在司机打你之前把他杀了，那么，司机就没打过你，你就不会成为作家，也就不会得到时间机器，所有的一切都会乱套的！"

"关于这个，你不需要担心。"作家又冷笑起来，"我有一个毫无破绽的好办法。"

"哦？我倒想听听看。"

"单说方法实在是无聊，不如……不如我们来说一个故事吧。"作家兴奋起来，"假设，不，就在明天一早，一夜没睡的我从床上醒来，刷完牙，想了想，最后还是不刮胡子。"

"很形象。"

"然后郑重地穿上衣服，提上一个包，里面放上一把能装 6 发子弹的手枪、一把锋利的小刀，再加上一瓶强酸，还有那张收藏已久的驾驶证。然后走到时间机器前，把手指放到按钮上，深呼吸，按下去。"

"你回到了过去。"

"是的。在一间破旧的房子里，一个男孩儿正病恹恹地玩着一辆玩具卡车。要知道这些天来，他的梦里总是反复出现一个奇怪的男人要杀了他，有几次他都难受得快死了，可那个男人最终还是没有杀了他。男孩儿并不知道，这不是梦。"

"梦里的人出现在他的眼前。"

"是的，我出现在男孩眼前，他用惊恐的眼神看着我，仿佛想起了梦中的场景，然而他还是笑着说：'您好，先生，请问您找谁？'我不说话，只是笑着看他。真是个可爱的孩子！谁能想到呢？十几年之后，他竟然变成了疯子、暴力狂、无恶不作的罪人！"

"请稍微控制一下情绪。"

"真抱歉，失态了。"作家停了停，"好吧，我们继续——孩子看我不说话，于是大着胆子问道：'先生，您手里的，是什么？'

"'时间机器。'我说。

"'我可以看看吗？'男孩儿向我伸出手，眼睛闪闪发亮，充满了好奇。

"我欣然递过去。下一秒钟，男孩儿的眼神凝固了，尖刀刺穿了他的手掌。他张大了嘴，还没来得及喊出声，6颗子弹已经穿透了他的身体，缓缓地，他向后倒下去，眼睛望向什么都没有的天空……"

"停，停，我对犯罪小说并不感兴趣。"

"是吗？那就跳过这一部分吧。总之，我杀了那个孩子，就是后来的司机。"

"作家先生，到目前为止，似乎只是一场普通的谋杀案。"异星人沉不住气了，"我只想听你所谓的完美手法。"

"总需要些铺垫啊！"作家有些生气，"好吧，接着说！杀了孩子后，我用强酸处理了尸体，然后又按动了时间机器的按钮。"

"去哪儿？哦不，去哪个时间段？"

"去我大学刚毕业的时候。到那个充满灰尘和汽油味儿的老式加油站。"作家说道，"当然，在那以前，我要租一辆车，还要把帽子拉低，低到只是露出眼睛，还有，把驾驶证塞到一个容易掉出来的裤袋里。"

"嗯，难道说……"

"接下来的事情不难想象了吧？"作家阴森森地笑起来，"找到一个年纪轻轻、嘴上无毛还架着眼镜的年轻小伙子，买他几袋黏黏糖豆，然后为了零钱，或者其他什么小事狠狠地吵上一架，越吵越凶，在恰当的时刻，狠狠地揍他一拳。"

"这么说，后面的……黏黏糖豆、驾驶证，都是……安排好的？"

"是的。那时的我怎么也不会想到吧？仇恨许久的人，竟然是我自己！"

"这……真的有用？"

"只要在年轻的我心里播下仇恨的种子，就能构成个完美的圆。"作家轻松地说，"我的一生，我的一切，不会有丝毫的改变——那样，我也就满足了。"

"你是说……"

"对，出了加油站，剩下的事，就是等时空犯罪追缉队了。"

"等等。"异星人说，"你不觉得，那个司机死得有些冤枉？"

"这我管不着。"作家说，"之前我可以杀他无数次，这一次，只是真的下手了而已。"

"真的不再考虑一下？"

"我早就跟你说过。"作家说，"我不怕。"

说完，他挂掉了电话。

几天后，异星人得知，这位作家又出版了一本书，不再是以往的犯罪题材，而是科幻题材。而在这以后，异星人再也没有听过这位作家的消息。

爱别离

流星雨之夜，异星人接到一个电话。

"您好，异星人陪聊。"

"您……您好。"一个低缓而苍老的妇人声音传来，"我想……我快要……死了。"

"快叫救护车！"异星人惊呼，"您在哪里？"

"不用了，我已经太老了，我知道，我已经没有力气活下去了。我不怕死，只是，现在我的床边一个人都没有，我想找个人听听我一生的故事，可以吗？"老妇人缓缓地说。

"当然，当然。"异星人赶紧说。

"我年轻时长得很美，真的，不骗你。"老妇人缓缓开口，"可是，我是这世上最不幸的女人。"

"为什么这么说？"

"有不少男人追求过我，不过……"

"不过什么？"

"每到关键时刻，总会出点意外。啊，说来你可能都不信。我第一个男朋友向我求婚时，突然地震了，他被吓得丢下戒指就跑。我第 7 个男朋友，花了一个月的工资邀我去海边共进烛光晚餐，却被连着 12 天的大暴雨浇得失去了耐心。"

"的确，很不幸。"

"还有更神奇的。我记不得是第几任男友了，总之，他打算在一片星空下，浪漫地牵起我的手，这时，一颗陨石砸到我们的车上，不偏不倚——尽管如此，我们的关系还维持了大半年，因为我们必须住在同一家医院里。"

"之后呢？"

"刚开始，我还心有不甘，但久而久之，我也就接受了自己的厄运。"老妇人说，"后来啊，我成了……你们年轻人口中的'剩女'。那段日子，我每天都到公园里散步，看着星空发呆，只有这样子才能稍稍缓解我的寂寞。"

"您……一生都没结婚？"

"有那么一次。"老妇人说，"在我快 40 岁的时候。"

"哦，是哪位男士那么勇敢？"

"你说对了异星人，他很勇敢！"老妇人咯咯地笑起来，"他是个天文学家，也是个真正的勇士，和我以前交往过的男朋友不一样，他的身体强健得堪比冒险家和武打明星！遇到地震，他一把抱起我就跑；遇到暴雨，他一口气游过半个海峡来为我送一朵玫瑰；遇到流星雨，他竟然把铁锅顶在头上，一边哈哈大笑，一边和我去约会。"

"真是浪漫，你们一定很幸福。"

"婚礼的前一天，我哭了整整一个晚上，真的，那是喜极而泣。"老妇人顿了顿，"只是，第2天，当我穿着婚纱走进礼堂时——他却不见了。"

"什么？！"

"他留下一张纸条，上面写着：'很抱歉，我知道了，它比我更爱你。'"

"他是谁？"

"不是单人旁的'他'，"老妇人纠正，"也不是女字旁的'她'，而是宝盖头的'它'。"

"您知道'它'……是谁吗？"

"我……知道。"老妇人的声音开始断断续续，"我在刚才……才知道。"

"它到底是谁？"

"看见……窗外的……流星雨了吗？"老妇人说，"原本三十年才有一次的，这几天，却降临了……一次……又一次……"

"您没事吧？"异星人问，"等等，我马上叫救护车！"

"就是……它啊！"老妇人仿佛没听见，"它就是我居住的……这颗小小的星球……在我这一辈子里，它一直爱着我……一直……"

"您别说话，我已经拨了急救电话了，撑着点。"异星人大喊，"恕我直言，这怎么可能呢？就算这颗星球真有意识，能控制暴雨和地震，它怎么能控制大气层外的陨石呢？"

"我……不知道。"老妇人的声音变得异常柔和，"我只知道，我是这世上最……幸福……的女人……"

"喂？喂？喂！"

电话里传来什么东西掉落在地的巨响，接着一片寂静，任凭异星人怎么喊叫，都没有回应。

半个小时后，异星人无奈地挂断了电话。

异星人往外看，天空正下着流星暴雨，就像是眼泪。

求不得

女孩知道，她爱上一个人了，那个人不是别人，正是异星人。

在某个阳光明媚的下午，女孩提前3站下了公交车。她下车的地方是北方常见的居民小区——红色的墙、堆满旧物的阳台、暗淡无光的门牌，还有私自乱拉的电线。小区边上有一排白杨树，黑绿色的叶子间透着明媚的阳光。

女孩把手拢到耳边，闭上眼睛，她的姿势让人想起那经典的广告形象。

这本该是个忙碌的下午，远处还有一栋大楼、一张办公桌在等着她，在那里，摆着永远签不完的文件，还有蚂蚁般密密麻麻的表格。不过在此刻的女孩看来，这一切都显得不那么重要了——和她的目的地比起来的话。

她要去寻找她爱着的人，那个人有磁性的声音和冷静的洞察力，他管自己叫异星人。

他们的相识，来源于偶然的一次打错电话。刚接通时她就发觉打错了，正想挂掉，却听到电话那边传来一个声音："您好，异星人陪聊。"

她一下被这声音迷住了。

她忘了原来的事情，只是一个劲地和异星人说话，刚开始只是简单的咨询和礼貌的对话，很快变成了闲聊，到了最后，已经变成了她单方面的倾诉。她将自己的事毫无保留地告诉异星人：她是个怪胎，不是一般意义上的怪胎，她的听觉比一般人要敏锐得多，能听见许多别人听不见的声音。就这样，在她不算长的一生中，每天都要不断忍受着没来由的声音的折磨，她还不能对别人说，要不别人非把她真的当成怪胎不可。

"你很幸福。"异星人说，"已经有个完全不同的世界陪着你。"

电话这一边，女孩愣了很久，她还是第一次听到这种说法。

从此她便无可救药地迷恋上异星人。在电话里，他磁性的声音勾起了她内心深处最甜蜜的味道。

之前，女孩不是没有想过和异星人见面，只是女孩没有他的地址，也不知道他的姓名。她只有这个神秘的电话号码，要靠这个在茫茫人海中寻找一个人，谈何容易？

可世间的事往往就是那么巧。就在这个下午，就在公交车上，女孩从一刻不停的背景音乐里听到一声清晰熟悉的声音：

"您好，异星人陪聊。"

直觉，还有听觉，一起告诉她，异星人就在附近。

女孩顺着白杨树小道往前走。她听见呼呼的风声，听见鸟儿轻轻落在电线上的声音，听见树上虫子"吱呀吱呀"的咀嚼叶片声，还有更多的声音，可她只专注那个磁性的声音，他正在和一位作家谈论病情。

几分钟后，这通电话结束了，声音暂时消失，女孩也停了下来，停在一扇灰色的、布满尘土和蛛网的老式大门前。

有那么一个瞬间，女孩听不见任何声音了，她的心跳声盖过了一切。一次又一次的深呼吸后，她轻轻抬起手，敲响了大门。

没有回应。

她再敲。

还是没有回应。

最后她终于用力地拍打起门来，手上都是灰。

可还是没人来开门。

她很失望，却并没有转身离开的打算。她呆呆地、安静地站在门前，大概半个小时后，门里传来轻微却又非常清楚的声音：

"您好，异星人陪聊。"

他的确是在里面，只是不知道为什么不愿意开门。

一个想法突然钻进女孩的脑海，她被自己吓了一跳。这怎么可能呢？那个每天穿着古板的套装、唯唯诺诺地坐在办公室里的自己，怎么可能会冒出这样的想法呢？她羞红了脸，转身走出几步，又绕回来，靠近门，她好像犹豫了，又好像做出了什么决定。终于，她贴在门上，用力度不大但坚定的语调说了几个字：

"请开开门，异星人。"

里面没声音了，又一通电话打完了。

"我爱你。"

说完这话，她的脸顿时一阵发热，还好周围没有人，但她相信，门里面的人能听见。

可那扇大门始终紧闭着，没有要打开的迹象。

女孩用手使劲拍了拍额头，懊恼顿时取代了所有情绪。她像是做错了事情的小孩，准备仓皇地逃离大人的嘲笑。

可就在这时，门里传来了那个声音："等等。"

是在叫我吗？女孩停下，异星人的声音清晰地灌进她的耳朵里："我知道是你，但我没法开门，你可以试着从阳台上爬进来——还有，请做好心理准备。"

女孩看了看阳台，发出一声低呼，那里果然有条缝隙，差不多可以钻进个人。她爬了上去，不顾形象地往里钻，甚至没有注意到袜子被栏杆扯破了几个洞。

这些动作只花了不到几分钟的时间，可女孩的心情异常忐忑，异星人的最后一句话让她非常在意。说实话，她有心理准备，她想象过无数种和异星人会面的场景，这些想象甚至还包括科幻片里的"大虾"或者"章鱼人"似的怪兽。

可不管怎么想，临到真见面时，还是会紧张的吧。

女孩深深吐出一口气，握住阳台上的球形门锁，轻轻一扭。

门开了。

一个再普通不过的空房间出现在她面前。

是的，一个空房间。

除了角落里一台老式转盘电话，房间里空无一物，更不要说有人在了。

"欢迎您。我记得您，您的听力好得出奇，真让人羡慕啊！"那好听又礼貌的声音在虚空中回荡。

女孩说不出话，她注视着那电话。话筒吊在桌子边缘晃晃悠悠，异星人的声音正是从那里传出来的。

"我很高兴。"异星人的声音不再那么礼貌，"真的……"

"你在拿我寻开心吗？"女孩不知为什么手脚变得冰冷，"告诉我，你现在在哪里？在哪里打这个电话？"

"在……该怎么说呢？"异星人说道，"您是第一个来到这里的人。"

"不要岔开话题！"

"接下来的解释可能会让您吃惊，但我可以发誓，没有一句是虚假的。"异星人说道，"我，其实是一束你们所说的'电流'。"

"不可能，电流怎么会……会……那么……"

"为什么不会呢？"异星人反问，"你们人类的神经系统，传递的不也是生物电流吗？"

"好吧，可以这么解释，可你的脑子在哪儿？"

"对您这样的人类来说，应该非常难以接受，但对于我来说，这的确就是我存在的形式。"异星人说道，"我就是一束电流，一束对你们来说有'生命'的电流。只要我愿意，我就能改变自身的强度和脉冲，这样就能在电话里发出你们所说的'声音'。"

"这……太离奇了……"

"对我们来说，你们同样离奇。"异星人说，"你们竟然还有蛋白质组成的'声带'，通过它的震动来发声——不过这不奇怪，宇宙间的生命形式原本就是多种多样的，每个生命都有它自己的世界，就像你我一样。"

"我……大概听懂了……问题是，异星人，我不能看到你，也不能摸到你，是吗？"

"但你可以听到我。"

女孩踉跄地从小区里走出来，下午的阳光依旧灿烂，楼房、电线和白杨树的影子交错地铺在她的长睫毛上，像一幅美好的图画。她等了一会儿，又上了一辆公交车，车上的人依旧很多，她缩进一个角落，开始哀悼她永远得不到的爱情。

很快她就会到达目的地，一头扎进办公室，扎进永远填不完的表格和文件中。她会过上新的生活，她会渐渐忘记异星人，她不会再在风中支起耳朵，去寻找一个充满磁性的声音。那么，她再也听不到空房子中异星人那一声暗淡的叹息——

她只能听见他。

而对他来说，看见她、触摸她，也都不可能。

可又有什么办法呢？心之所爱，总有求之不能得者。对异星人来说，也是一样。

◆ 第 24 届银河奖优秀奖获奖作品

在冥王星上我们坐下来观看

宝树

一

翟南和迪克发现，他们现在或许是全宇宙仅剩的 2 个地球人了。

在不知道经历了多少个世纪的冬眠之后，翟南和迪克被"方舟一号"的主控电脑从无梦的沉睡中唤醒，并获知飞船已经返回了太阳系。他们从冬眠舱中爬起来，还没有完全清醒，摇摇晃晃地走进驾驶舱。他们还没来得及查看电脑上的数据，只是向舷窗外望了一眼，就立刻瞪圆眼睛，张大嘴巴，呆若木鸡。

从这里看去，太阳是一个硕大的红色圆盘，外面似乎还有一层稀薄的"云团"。虽然比昔日在地球上看到的太阳要大许多，很像是从水星轨道上看到的景象，光芒却黯淡了一些，而且变成了狰狞的血红色。

翟南扑到电脑前，一行行查看着航行数据，满心希望是飞船出了什么差错，把他们带到了另一个星系，见到的是另一颗恒星。但电脑告诉他们，这里毫无疑问是太阳系，他们距离太阳大约 50 个天文单位，正穿过柯伊伯带，进入太阳系的内层空间。

翟南的心往下一沉，这里到太阳的距离是地球到太阳的距离的 50 倍，从这里所看到的太阳，本该是几乎辨认不出形状的一个光点。但现在看到的，是一个硕大无朋的红色巨怪。

翟南知道，这意味着太阳已经膨胀成一颗红巨星。电脑分析显示，太阳的半径已经越过了金星轨道。说不定地球和其他类地行星已经全部被太阳吞没了，木星等外行星也已面目全非。

2500 年过去了，太阳膨胀成了一颗红巨星，人类文明毁灭了。

二

"方舟一号"大约是 2500 年前离开太阳系的，那时是公元 2048 年。飞船航行的任务，是为了应对 21 世纪上半叶突然爆发的太阳危机，为人类寻找合适的移民星球。

太阳危机早在 20 世纪 60 年代就显露端倪，当时，科学家发现太阳核聚变产生的中微子只有标准模型的三分之一左右。自 2008 年以来，太阳出现了一系列古怪的异常现象：太阳黑子一度完全消失；在可见光波长上的输出少了 0.1%；在远紫外线波长上少了 11%；磁场强度也降到了上一个周期的一半，使得日鞘收缩，进入太阳系内部的宇宙射线大为增加……这一切最初还只被当成普通的科学难题，但 2013 年的一场强烈耀斑爆发事件导致整个地球范围内的电磁通信全部中断，人们终于认识到问题的严重性：太阳出大问题了。

经过 3 年的研究，科学家公布了一项震惊世界的结论：科学家原先对太阳结构模型的认识有根本性的错误，太阳并非像人们以为的那样，是一颗处于其生命中期的主序星。恰恰相反，太阳的生命周期已经接近尾声。

早在 6 亿年前，太阳就已经进入了自身演变的末期，光度增加了许多。正因为如此，地球上覆盖的厚厚冰雪才渐渐消融，促成了寒武纪生命大爆发，赋予智慧生命的出现以最初的推动力。而之后的若干次生物大灭绝事件，如第一次生物大灭绝事件，以及二叠纪和三叠纪之间发生的生物大灭绝事件，都与太阳表面的突发闪烁有关。人类纪元是太阳活动的最后一个稳定时期。如今，太阳已经进入末期的末期，诸多迹象表明，它即将迎来最后的生命阶段：核心已经燃尽，外围的氢气层即将被点燃，并释放出巨大的能量，使它膨胀为一颗红巨星。

根据新的理论演算，最后的爆发，将在 2000 年内随时发生。一旦爆发，太阳的直径将在短时间内膨胀 200 倍左右，达到金星甚至地球轨道，地球绝对不可能幸免。而实际上，太阳只要稍微多释放一点光和热，人类就完蛋了。

此后 30 年，人类社会开始了疯狂自救，联合国改组为地球联合政府，整个人类世界都将重心倾斜到逃离太阳系的任务中，宇航事业以一日千里的速度发展起来，远超阿波罗登月后半个世纪的总和：10 年后，人类登上了火星、水星和木星，并发射了上百个太阳探测器；20 年后，人类利用可控核聚变技术造出了恒星际飞船的雏形并掌握了人体冬眠技术；30 年后，人类向一个合适星系的方向发射了第一艘载人冬眠飞船"方舟一号"，它将作为改造系外行星的先驱，为人类即将到来的星系大移民铺路。翟南记得，那时候由于宇航科技的高速进展，人类对于未来还是满怀希望的。

但是"方舟一号"却比预计返回时间晚了 1000 多年，而且他们的任务也不幸失败了。

"方舟一号"这次航行的目标，是 70 多光年外的一颗推测带有宜居行星的恒星系，但是由于出发后不久突发的故障，飞船大大偏离了原来的航向，转而飞向 150 光年外的另外一个星系。那里位于一片原始星云中，除了一对刚刚在星云中诞生的炽热双星外，还没有形成行星。人类绝对不可能往那里移民。他们刚到那个星系，就知道自己的任务失败了。

他们急于了解太阳系的状况，但当时他们被包裹在绵亘几光年的星云内部，在那里，遥远的太阳是完全不可见的。他们不清楚太阳系现在的情况，只得借助若干较近的亮星定位，让飞船自动返航。因为绝大部分时间处于冬眠中，对他们来说，时间只过了 10 年左右，但在太阳系中，2500年的岁月已经悠然流逝。

最终，地球还是没有逃过这一劫。太阳在预计的期限内爆发了，这是他们一直担心，却不愿正视的可能，如今变成了无情的现实。

飞船又向太阳系内部飞了一段距离，陌生而巨大的太阳如同一只血红的眼球，正无比狰狞地盯着他们，简直令人发疯。即使是木星轨道之外，也处处弥漫着太阳喷发出来的等离子气体，即他们依稀看到的"云团"。整个太阳系简直变成了一间巨大的桑拿房。到处都找不到半点人类可能藏身的场所，甚至留下的卫星、飞船、太空站之类的遗址也没有找到。翟南知道，那些残骸不是已经坠入太阳或其他外行星，就是飘荡在广袤的空间深处，无从寻觅。飞船不断通过各种波长的电磁波、中微子、引力波发出信号，却没有收到任何回复。

翟南更关心的是太阳爆发的时间是否给了人类逃生的余地。显然时代越晚，越有利于人类逃生。这一点并不难查明。太阳的猛烈膨胀，必然在瞬间辐射出巨大的能量，从而在整个太阳系范围内留下无法抹去的痕迹。飞船在土星环上采集到的岩石样本显示，在 2400 多年前，这些岩石曾受到过超出正常值至少几亿倍的辐射。也就是说，在他们离开地球后最多几十年，太阳就爆发了，但处在冬眠中的他们一无所知。

两人的心进一步沉了下去，稍有常识的人都知道，这么短的时间内，人类科技不可能有很大进步，逃生的概率几乎为零。残酷的宇宙没有给人类机会。

一片死寂中，飞船越过了木星轨道，没有发现地球的踪影。不过他们发现了火星，唯一一颗残存的类地行星。由于太阳的光度暴涨上千倍，火星已经变成一个表面遍布岩浆的酷热地狱，成了名副其实的"火星"。这里不可能有任何人生存。当看到火星上熔岩滚滚的景象在荧屏上出现后，迪克沉默了半晌，然后一言不发，从舱室的墙壁上取下一把激光枪，抵在自己的太阳穴上。

"你干什么?！"翟南惊呼。

"不干什么，"迪克沙哑着嗓子，哽咽地说，"只不过想了结这一切。地球早已经坠入太阳，人类已经灭绝了，我还活着干什么？只需要按下扳机，我就能从宇宙中最可怕的孤独里解脱出来，重新见到亲爱的爸爸、妈妈和玛丽……"

"别冲动，现在太阳已经膨胀得太大了，也许地球正好转到了太阳背面……"翟南无力地找着连他自己也不相信的理由。

"别自欺欺人了！"迪克吼道，"连火星都变成了'烤肉'，地球早就被太阳一口吞下去了！"

"但我们还有人类的基因库！我们还有希望……"飞船的基因库里有上千男女和其他重要生物的干细胞，以及进行克隆的设施，理论上可以令人类重新繁衍出来，这也是当初派遣"方舟一号"出行的目的之一：为人类保留火种。

"别做梦了！刚才我已经检查过，在我们穿越原始星云时，基因库受到了大量高能射线的辐射，人类基因全部毁灭了！整个宇宙中只剩下我们两个男人了。"迪克苦涩地说。

翟南瘫软在地，这最后的一击将他推向了崩溃边缘。他也无力阻止迪克，事实上，他自己也有这么做的冲动。

就在迪克要扣下扳机时，飞船的电脑发出了提示：它接到了太阳系的另一侧的一颗星球上发出的微弱信号。难道地球真的还存在？他们激动万分地扑到电脑面前——

不，不是地球，是大约 180 亿千米外，太阳系尽头外的一颗小小的星球。电脑告诉他们，信号来自冥王星。那颗曾经被列为九大行星之一，又不幸被开除出去的著名矮行星。如今，由于太阳爆发过程中损失了大量的质量，导致其引力减弱，冥王星的轨道也大为外移，所以他们一时没有发现。

无论如何，有信号就有希望，他们命令飞船立即飞向冥王星。

三

一路上，他们不断和信号源联系，以进一步获取信息，但收到的回复一模一样：只是给出冥王星上的一个坐标，机械地指引他们降落。尽管这似乎是一个智能程度很低的自动回复系统，却是冥王星上有人类存在的希望所在。

终于，太阳的血红烈焰在身后远去，太阳系尽头，一颗小小的星球显出了形状。

冥王星自从被开除出太阳系后，就逐渐淡出了公众视野。在翟南他们的记忆中，冥王星只不过是一个死气沉沉的冰冷世界。而今的冥王星却和他们记忆中的不太一样。由于太阳在膨胀后光度暴涨了千倍，冥王星虽然轨道外移，温度却大为升高，目前平均气温保持在零下二三十摄氏度的样子，表面的固态氮和甲烷已经蒸发成了稀薄的大气，整个行星裹在一层淡淡的黄色之中，在远处血红色太阳的照耀下，更是给它镀上了一层美丽的橙色。这给了翟南和迪克一种错觉，好像人类已经将这颗星球改造成了新的宜居的家园。

但当飞船进入大气层后，这种错觉很快消失了。这里绝大部分地表仍然满目疮痍，只有赤裸裸的冰层和岩石，没有人类或任何生物存在的迹象。但飞船跟随着信号的指引，找到了明显的人工建筑。翟南看到，信号的来源地，是一个巨大的圆形广场，它修筑在一座数万平方千米的高原上，直径约 10 千米，从中心到四边有多条对称的辐射形的道路，像车轴一样排列起来，如同印在冥王星表面的菊花形纹章。

信号指引着飞船，在广场上缓缓降落。随着高度的降低，他们看到在广场上停着许多形状各异的飞行器，如同一个巨大的停车场，看上去颇为热闹，这景象带给了他们更多的希望。广场的正中心有一座大约 300 米高的白色纪念碑，四四方方的，像是古埃及的方尖碑，上面有着多种语言的铭文，他们认出了其中几种，内容都是一样的——"地球文明之碑"。

当他们按指示在一处空地上降落后，终于出现了进一步的信号，有人对他们说话了：

"尊贵的来自宇宙的客人，欢迎来到冥王星。这颗星体的名字，在我们的语言中是'死神之星'的意思，但这个命名只是一个巧合。最初的命名者不会想到，几个世纪后，这颗孤独的矮行星将成为我们这个早夭文明最后的墓地所在。"翟南和迪克注意到，信号使用的语言相对简单，似乎并非对人类同胞，而是对所有可能到访的外星访客所说的。

即使人类已经毁灭，也要在这无常的宇宙中倔强地刻下自己的名字，向宇宙证明自己曾经存在过。翟南感慨地想。

信号继续说着，首先简述了地球的位置和人类的历史，然后说："……在我们纪元的 21 世纪上半叶，人类发现太阳已经到了自身演化阶段的末期，经过探测，确定了太阳膨胀的巨大灾变将在近期内发生。为了应对灾难，人类制订了若干逃生计划。但我们知道，不论逃生能否成功，地球不可避免地会毁灭，因此地球联合政府决定，在冥王星上建立我们文明的最后一个纪念碑和博物馆，并将地球上重要的岩石、化石、生物标本和人类历代的珍贵文物、历史文献、影像图片等移到冥王星上保存，这个博物馆之大是史无前例的，地球上各大博物馆、图书馆、纪念馆和档案馆中的所有重要的藏品都将转移到这里，藏品将达到 5000 万件以上。我们还在这里建立了地球大部分生命物种的完整基因库，它们将在接近绝对零摄氏度的液氦中被保存数千年以上。这一切，都在地下 500 米的深处，以防止太阳灾变、陨石撞击等来自外界的破坏。"

翟南和迪克对视了一眼，都感到了彼此的兴奋。即使这个星球上并无人类存在，只要得到冥王星上的生命基因库，那么即使人类已经灭绝，包括人类在内的地球生物系统也仍然可能重生。莫非这个宇宙真的要再给人类一次重生的机会？

"欢迎参观我们的地下博物馆，目前对银河系内的游客免费开放。"那信号最后幽默地来了一句。但翟南觉得，这语气似乎有些古怪。

翟南和迪克商量了一下，以防万一，迪克先留在船上，翟南独自去地下的博物馆探索。翟南穿着宇航服，走下了飞船。此时，冥王星这一面的太阳已经落下，夜空中，冥卫一——卡戎正发出冷冷的寒光。它的半径虽然只有月球的三分之一，但是由于距离冥王星只有 2 万千米，看上去远比在地球上看月亮要大得多，表面坑坑洼洼的撞击坑都清晰可见。卡戎正悬在方尖碑顶上，看上去像是"地球文明之碑"上顶着的一个大球。这或许是有意为之：因为由于卡戎和冥王星之间的潮汐锁定，彼此相对的方位是不会变化的。

"没错，地球文明顶个球……"翟南自嘲地说，并向方尖碑走去。

冥王星的表面重力还不到地球的十分之一，因此行走起来十分灵便。翟南足尖点地，如幽灵般飘飞着，在这个死寂的广场上四处察看。他发现现实情况并没有第一眼看上去那样美好。这个广场遍布崎岖的岩石，很不平整，看来人类还没来得及对自己最后建造的这座"陵墓"进行进一步的修整和装饰，就已经被灭顶之灾所吞噬。

广场上那些停泊的飞行器也露出了破败的真面目，它们基本上都是用于在太阳系内部旅行的行星际飞船，样式简陋，技术低级。可以想象，在最后的大灾难时期，大量的难民乘坐土制飞船逃难的情形。有些飞行器看上去在降落时就坠毁了，还有一些碰撞在了一起。因为冥王星表面有稀薄的大气和水，经过 2000 多年之后，这些飞行器已经有了明显的生锈迹象，这使得广场看上去很像翟南小时候见过的那种报废汽车的处理场。整个广场显得一片凄冷，鬼气森森。

信号指引着翟南走向纪念碑的底部，当他到达那里时，一扇自动门打开了。翟南小心翼翼地走进去，发现了一部电梯，电梯门合上后，屏幕上的数字闪动起来，将他迅速带到地表以下。看来在过了 2000 多年后，这里大部分设备还运转良好，当然，从广播介绍的情况来看，可能也支撑不了多少年了，他们回来得还算及时。

电梯带着翟南到了 500 米深的地底深处，他走出电梯，最初是一片黑暗，但是灯光很快亮了起来，面前是一条长长的甬道，七八米宽，四五米高，一眼望不到头，两边都是房间，每隔 10 米左右有一盏灯，已经依次全部点亮。

然后，他见到了毕生难忘的情形，那噩梦般的场面几乎令他瘫软在地：

甬道中皆是横七竖八的尸体，至少有好几十具，在低温且空气稀薄的地下，这些尸体虽然已经完全干瘪，但保存得相当完好，许多人的面部神情还能看得很清楚，那扭曲的脸颊、张大的嘴巴、怪异的姿态无不表明，这里每一个人都死得极为痛苦。

四

翟南好不容易让自己镇定下来，他推测可能是这里的空气维持系统突然崩溃，导致人类呼吸的空气外泄到地表或者由于别的原因被抽走，气压急剧降低，使得这些人几分钟内全部死去。要知道，不仅是缺氧，当气压降低至为零时，就连血液也会沸腾起来！他们大概是这个博物馆里最后活着的人，也可能是除自己和迪克外，最后一批活着的人类了。

但他们是谁，是博物馆里的工作人员？看上去可不太像……

"迪克！你知道吗？我看到了——"翟南想把看到的一切告诉同伴，但是耳机里一片沉默，他这才想起来，自己在500米深的地下，一般电磁波无法穿透，需要用中微子通信。为了节省能量，他决定待会儿再说。

翟南深深吸了几口气，冷静了几分钟之后，扭头向两边看去，两边每隔几十米就有一扇门，每扇门背后显然都是一个展室，按照时间顺序排列。房门都紧闭着，门口用拉丁文、英文、法文、德文、俄文和中文等七八种语言写着不同的名称："地球和生命的形成""太古宙及元古宙""埃迪卡拉纪及寒武纪""奥陶纪""志留纪""泥盆纪"……

这些庄严的地质名词略微驱散了翟南内心的恐惧，他小心翼翼地向前走着，尽量不看地上的尸体。他在标有"地球和生命的形成"的第一个房间门口停下了脚步，门口的墙壁上铭刻着1000多字的说明：

地球形成于46亿年前的原始太阳系。最初，地球表面是完全融化的，被一层岩浆所覆盖，一亿多年后逐渐形成了固体的地壳，频繁的火山喷发使得地球内部气体被释放，从而逐渐形成了大气层。来自外层空间的流星的撞击带来了丰富的水分，地球表面开始出现了海洋。大约40亿年前，生命形成于原始海洋中，由于火山、闪电、空间辐射所释放的高能让简单化合物得以通过多种反应组合成较为复杂的有机分子，它们进一步相互作用和结合，直到一个足以复制自身的大分子的出现……

看上去像一个给中学生进行科普教育的自然博物馆，但这是完全有必要的，翟南想。地球已经不复存在，地质学和古生物学的基础已经没有了。即使来到这里的外星人科技再发达，也不会知道这个星球曾经是什么样的，这个星球上的生命和智慧又是如何诞生的……这就需要有人对他们讲述这一切，这些对我们来说无比重要的知识才能保存下来。这个房间里展出的会是什么呢？远古的岩石标本、最早的藻类化石、原始地球的模型，还是相关书籍或图片？

他还没有去推门，但可能有什么电子设施监测到了他的出现，门自动打开了，展室中的灯光也随之点亮。翟南向里面看去：那是一个非常大的房间，长上百米，宽 30 米，高五六米，光源在上面，但看不到灯，光线十分明亮柔和。

但除此之外，这个房间里空空如也，什么都没有。

翟南走进了房间，期待着有什么智能设施忽然闪现，比如从地下升上来一个放置着展品的平台，或者墙壁上出现介绍的三维画面，但他失望了。他转了一圈，房间冷漠地迎接着他的到来，并没有想拿出什么东西给他欣赏的意思。

"咦，展品呢？"翟南下意识地问了一句，好像要那个刚才喋喋不休的广播回答似的。当然，他没有听到任何答复。

翟南在里面待了 2 分钟，困惑地摇了摇头，退了出去。

下一个房间在对面，是"太古宙及元古宙"，门口墙壁上刻的是英文说明：

太古宙开始于 38 亿年前，结束于 25 亿年前。这一时期火山活动和板块运动仍然十分猛烈。但是海洋中已经出现了细菌和蓝藻等最早期的单细胞生物……

翟南没有仔细看便再次进门，结果仍然是一个空空荡荡的房间，似乎展出的不过是"无"本身。

翟南隐隐想到了什么，他退了出来，快步走向"埃迪卡拉纪及寒武纪""奥陶纪""志留纪""泥盆纪"……看到的房间基本都一样，里面什么也没有。只有一个房间有些东西：两具和外面类似的干尸，倒在房间中央。

翟南不甘心，一个个房间看过去，还是没有任何发现。前几个房间还有解说文字，到了后面的房间，连文字都不复存在，只有一个空洞的名称。当古地质时期结束后，人类的时代到来了，"灵长类的进化""猿人时代""旧石器时代""新石器时代"……毫无例外，大部分房间是全空的，少部分有几具尸体及杂物，似乎他们曾经生活在这些房间里。而那些古老的世界如同从未存在过，只剩下一个空洞的名字。

最后到了有记载的历史时期。翟南站在空无一物的"两河流域文明"的展室里，待了片刻，忽然想明白了是怎么回事。猛然间，他无法抑制地哈哈大笑起来，笑得眼泪都飙了出来。

倾全球之力建造这么一个地球和人类的什么博物馆，都白费了，白花心思，白费力气！

很显然，这里刚刚建好不久，内部装修还没有完成，正式的转移工作还没有开始，可能第一批文物和资料还没上船，太阳大灾变就到来了。地球上的一切在瞬间汽化，什么史无前例的博物馆、资料库、基因库……根本就不存在，这里除了一堆难民的尸体，什么也没有。哦对了，还有那自吹自擂的广播。

人类向宇宙展览的只有一种东西：自己的失败。无法逃出太阳系的失败，无法在这里存活下去的失败，无法转移出哪怕是最小的一块化石、一个头骨、一只陶罐的失败！如果有外星人来到这里，大概会乐不可支地将这个笑话向全宇宙广播：你们知道吗？在银河系的一个角落，有一个愚蠢得令人难以置信的种族。他们家的炉子要爆炸了，他们不去赶紧修理，也不另外换个地方，而是在自己家的后院挖了个大坑，想把值钱的东西放进去，结果刚挖好坑，什么东西也没放，自己家的房子就炸掉了。他们在世界上留下的唯一纪念，就是那个什么都没有的大坑……

翟南坐倒在地，笑声渐渐止息，悲上心头。他想哭，但是哭不出来。

五

不知过了多久，对讲机里传来迪克的声音："怎么样，有发现吗？有没有活人？找到基因库了没有？你千万别出什么事，我一个人在上面，都快发疯了！"

翟南想了想，觉得迪克情绪很不稳定，暂时还是不要告诉他实情为好，只有含含糊糊地说："你别急，这里面很大，我正在探索，目前还……有什么发现我会马上联系你。"

翟南站起来，从房间中出去，机械地继续走了下去。他经过一个又一个展室："古埃及文明""古印度文明""古代黄河文明"……不久后，每个展室的划分更细了："公元前5世纪的希腊""罗马共和国时期""罗马帝国""秦汉时期的中国"……但他不用看也知道，这些房间里面都是空的。

沿着长廊慢慢地走着，翟南觉得，自己像是沿着时间的长河从上游走向下游，但下游不是一望无际的蓝天碧海，而是突然被一道深不见底的悬崖所隔断，人类历史就是从那里跌了下去，变成了一道瀑布，从此坠向虚无的深渊。如今所有的水都已经流干，剩下的只有干涸的河床而已。他甚至怀疑，走到那尽头之后，自己也会掉下深渊，从此消失……

长廊中的尸体仍然三三两两地出现，但翟南现在没有刚才那么恐惧了，他多观察了那些尸体几眼，有一个奇怪的发现：这些尸体都是男人，而且是青壮年男性。他回想了一下，一路上的上百具尸体中，他没有看到一个女人，也没有老人小孩。这只是巧合吗？

这又是为什么？难道最后来到这里的只有壮年男性吗？这不太可能吧？

抱着一肚子的疑问，翟南终于走到了甬道尽头，一扇巨大的门出现在他面前，上面有一块牌子，铭有"地球生物基因库"的字样。这里应该就是整个地下建筑的核心了。

他伸手去推，那扇门纹丝不动，但是过了片刻，门自己打开了。那是一扇足有一米厚的合金大门，里面最初是一片漆黑，不久便透出了明亮的光线。

翟南发现自己站在一片蔚蓝色的海洋之前，他的面前是一块巨大的绿色大陆，形状异常熟悉，是亚洲。在一刹那，翟南几乎有一种自己正悬浮在那个已经消失的地球上空的错觉。

然而很快他就发现了不对，那块大陆是奇异地向着他凹陷的。翟南定了定神，才发现在他面前的实际上是一个巨大的球形大厅，直径大约有100米。大厅的背景是蓝色，镶嵌着绿色的大陆图案，和地球上的位置完全对应，看起来就好像是在地球的内表面一样，而他大概站在赤道附近，沿着弧形的墙壁，每隔5个纬度便有过道，上下以楼梯衔接，而墙上是密密麻麻、数不胜数的孔槽。

这或许是人类最后一座伟大的建筑了。这个形状，当然不是一个方便省力的设计，却充分展现了设计者对于地球的眷恋之情。再一次看到熟悉的"地球"，翟南觉得自己的眼角湿润了。

他又向身边的墙上看去，那里所对应的区域相当于赤道穿过的太平洋中部。在一些小槽边上，他看到了一堆斜体的拉丁单位："*Orcinus orca*""*Geochelone nigra*""*Sphenodon punctatus*"……虽然不懂具体是什么意思，但翟南推测这是某些生物的拉丁学名。翟南思忖片刻，忽然明白了过来。这个巨大的球形大厅就是基因库，生物基因应该就以某种方式储存在这些墙壁上的小槽中。但这些小槽大多空空如也，这是怎么回事？

他好不容易看到一个槽孔中有什么东西，轻轻抽出来，是一个方片形的透明晶体，里面有一个夹层，却是破的，边上缺了一个口子，里面自然已经空空如也。如果里面曾经存储了什么基因或细胞的话，现在也肯定没有了。

翟南将那个晶片放回去，困惑地摇了摇头，然后不经意地向下看去，顿时倒抽一口冷气，血液为之凝结。

在大厅的底部，横七竖八都是尸体，情形和外面相仿，但数量比外面多得多，令人触目惊心。翟南粗略估计了一下，这里的尸体大概有五百具，仍然都是男人，毫无例外。

而在尸体的中间，相当于在南极洲的位置，有一个巨大的黑色正方体，边长约30米，中间有圆柱形的凸起，翟南知道那是什么：这是一种小型核聚变反应堆，可能是整个基因库的动力系统。要将几百万种生物细胞保存几千年，必须保持极低的温度，需要大量的能量。

更确切地说，这个反应堆曾经是基因库的动力系统，因为现在的它没有半点正在运转的迹象，所有的指示灯都熄灭了。翟南的心沉入了深渊：这样一来，无论基因库里有什么东西，如今都已经丧失保存条件了。

"来自宇宙的客人们，你们来了，你们终于肯来了！"一个男人的声音骤响，在大厅中回响，和刚才平静的广播不同，这声音里充满了绝望和怨恨。

同时，在大厅的墙壁上，在相当于印度洋的中部，出现了一面宽大的显示屏，一个披头散发、胡子拉碴、30多岁的男人出现在面前。他的形象是个亚洲人，穿着脏兮兮的21世纪的服装，手里拿着一杯好像是啤酒一类的东西，坐在一个胡乱堆放着各种东西的房间里。翟南一时也看不清楚房间里放着些什么。

令他震惊的是，这个男人讲的是汉语，翟南的母语。

难道还有人活着？这个念头刚在翟南的脑海里浮现，对方就打消了他的幻想："不用看了，你看到这录像的时候，我已经死了很久了。我叫卢瑟，是建造这座地下掩体的工程师之一，这个仿地球形的基因库就是我设计的。我是整个宇宙中的最后一个地球人。

"我不知道你们是虫子、蜥蜴还是章鱼，也不知道你们是从哪个星球来的，也不知道你们是商人、科学家、考古学家，还是无意中跑到这里来的倒霉蛋，总之既然来了，就是我的客人。现在我有一个好消息和一个坏消息。你们要先听哪一个？"说着，他诡异地咧嘴笑了起来。

翟南看着那家伙的坏笑，目瞪口呆，不知所措。

"还是我来说吧，坏消息是：你们白跑了一趟，什么也捞不着。好消息是……算了，待会儿再说吧，我先告诉你们为什么什么都找不着吧。当然你们能不能听懂，我就管不了了。

"我估摸着宇宙中总会有些人在四处寻宝，虽然我们是个未开化的破烂星系，总也会有些独一无二、让人感兴趣的地方：历史、文化、生物基因……所以你们来了，不是吗？你们以为在这里可以发现这些，然后回去在银河系的考察报告里增加一点光彩的履历？错了，这里什么也没有！

"告诉你们吧，从来就没有在冥王星建立地球文明博物馆的计划，这一切只不过是烟幕！哈哈，烟幕！

"在太阳爆发的危机中，人类首先想到的自然是向更远的行星或巨行星的卫星移民，但太阳膨胀后，火星、木星和土星都必然受到灾难性的影响，不可能安全。天王星缺乏大卫星，海王星也只有海卫一，而且卫星距离海王星过近，不够稳定，当海王星轨道改变时，它很可能坠入海王星的云层中……所以事到临头，人类又想起了早已被遗忘的冥王星，这颗矮行星注定和人类有着不解之缘。

"经过分析，冥王星是最有可能帮助人类逃过这一劫的太阳系大天体，因为它距离太阳最远，受到的影响最小。可惜，同样因为它太远了，地球上没有多少人能到达这里。即使我们倾尽全力向冥王星移民，也只能移民几千人——不到地球人口的百万分之一。虽然几千人已经足够我们的种族繁衍下去，可问题是，另外几十亿人不会坐以待毙。

"每个人都想走，而如果自己走不了，我们也不愿意让别人走，这就是我们这个种族的本性——自私……结果可想而知，任何向冥王星移民的计划最后都被否决了。"

翟南想起来了，在太阳危机爆发后不久，确实有这样的提议，撤一部分精英到冥王星上去，保存人类的火种，但在民众的强烈反对下，这种声音很快就消失了。取而代之的是派遣他出行的"方舟计划"，现在想想看，所谓"方舟计划"其实是很不现实的：即使在最好的情况下，来回一趟也要上千年时间，而太阳可能在此之前就会爆炸！更不用说，第一次恒星际载人航行，绝不可能如此顺利，中间不知道会出多少问题。

似乎猜透了他的心理，卢瑟接着说："为了应对民众，地球联合政府取而代之，推出了一个'方舟计划'，让2个宇航员去宇宙中碰运气，寻找移民的星球，鬼才相信他们能活着回来。昨天我们连上个火星都困难，今天就能到银河里去探索了吗？这不过是缓解民众心理压力的安慰剂：我们一共造了3艘'方舟'，第一艘成功了——至少发射成功，第2艘却失败了，飞船在发射台上就炸成了灰；第3艘新型方舟还没造好，太阳危机就爆发了。即使是第一次发射的'方舟一号'，根据最后接收到的数据，也偏离了预定轨道，肯定完蛋了。

"不管怎么说，'方舟计划'给了民众一点希望，但实际可行的方案当然还是在冥王星建立移民点，这件事必然要依赖全人类的工业体系，同时还要消耗惊人的资源。为了应付民众的反对，各国领袖终于达成了秘密协议，以建造人类文明纪念工程的名义启动冥王星掩体工程。理由冠冕堂皇，如留下人类文明的纪念啊，向宇宙展示人类的成就啊，等等。再找几个科学家、文学家、电影明星来游说一番——当然要秘密给他们前往冥王星的名额——最后这个提案终于在地球联合议会勉强获得了通过。"

六

卢瑟接着说："我们花了 30 年时间，耗费了无数人力物力，终于完成了冥王星计划的主体工程，但民间的反对和质疑从来没有消失过。整个过程必须在社会大众的监控之下，所以我们造了毫无用处的纪念碑，并且将地下生活区外表造成博物馆的样子，贴上标签，以掩盖真正的方案。但人类的能力还是太有限了，很多设想中的方案由于资源不足无法实现，最后建成的部分只能供 1000 人左右长期生活，而不是事先预期的 3000 人。

"虽然启动冥王星工程的目的并不是给你们这些外星人捡便宜的，但无论如何，基因库是重中之重，早在工程完工之前，数百万种动植物的冷冻细胞第一时间就已经运过来了。另外，我们也的确打算运一部分文物和珍宝过来保存。只是一切还没来得及进行，太阳灾变就发生了。

"幸运的是——不，或许更应该称为不幸——太阳的膨胀有一个过程，前后持续了好几年。最初几天太阳异变还不显著，并没有给地球以致命的打击，人类还有一点逃生的机会。预先通知的 1000 多名社会精英中的大多数都到位了。可这帮所谓的精英，不管是财阀巨头还是国家元首，或者什么科学家、工程师，碰到灾难时和一般老百姓没任何区别，这个要带老婆孩子，那个要带爸妈朋友，还有人要带七大姑八大姨的，真是一群蛀虫……最后人数整整多了一倍。加上纸包不住火，秘密在最后关头终于泄露出去，全太阳系能弄到飞船的有钱人都玩命地往冥王星赶，大部分人在路上就死了，可最后还是有 3000 多人到达了冥王星……那时候，我们还没有扯下文明的面纱，犹豫一番后，最后把他们都放进来了。此时太阳已经膨胀了一倍，地球仍然存在，但是其表面已经没有任何生物了。侥幸逃生的，只有大约 5000 人。

"只能供 1000 人生活的生态维持系统，现在有了 5000 人，外星人，你们说应该怎么办？"荧屏上的卢瑟怪笑着问。翟南心中一寒。

"不用我说大家也知道，在宇宙中任何地方都是一样的，"卢瑟继续说，"丛林法则，弱肉强食！我们这个种族又有一个特点，雌性的体力远远不如雄性……

"首先出现的就是供氧的问题，这里的空气循环系统最多只能供 1000 多人呼吸，因此不得不动用储备的液氧，但至多只能支持 6 个小时，是的，只有 6 个小时。最初人们还假惺惺地商讨什么女士优先，什么牺牲一部分人的原则。但氧气耗尽的一刻很快到来了，最后一个小时里，人人都喘不过气来，挣扎在死亡边缘。这个时候，没有任何思考的空间和讨论的余地，按照国家、种族、语言、宗教进行理性结盟也都来不及了，窒息得快死掉的人们只能按本能行事，杀死身边最容易杀死的人，以减少氧气的消耗。

"不知道是从哪里先爆发的，总之窒息让所有人瞬间都变成了野兽，杀戮此起彼伏，在半小时之内，所有的老人、孩子、女人都倒在了血泊中，另一部分孱弱的或试图保护妻儿的男人也被杀了……"

"你们是畜生吗？怎么能这么做？！"翟南忍不住骂了出来。没有女人和孩子，人类不可能延续下去啊。

"随便你怎么想，这是无法抑制的生理本能。在那个时候，能多呼吸一点点空气，就是最大的诱惑，比亲情、爱情更重要的需求。"卢瑟叹息着说，"最后我们只剩下了 1500 人，半小时内人类现存人口中的 70% 都被消灭了，这是人类自有人口控制以来最伟大的成就。

"剩下 1500 人，氧气勉强还够用，但仍然超出冥王星基地的承载能力上限。我们又撑了 2 个多月，把能吃的都吃光了，包括之前 3000 多人的尸体——我们并没有直接吃，而是扔进了食物循环系统。这倒不是出于道德上的戒条，而是因为这样才可能最大限度地利用其养分，不浪费任何一点不可直接食用的成分。

"但仍然不够，大部分人还是饿得发慌。这时候不知道从哪里传出一个谣言：可以去吃生命库里储存的细胞。虽然那些细胞都小得看不见，但是谣传说，包裹着它们的营养质解冻后也是可以食用的。甚至还有无知的谣言说，其中包含着从细胞变成人所需要的全部养分，喝一口可以补充一个月的能量……饥饿让所有人都变得疯狂了，首先是一两个，然后所有人像潮水一样涌向基因库，当然首先要关闭冷冻系统……人们跑进去胡乱吃了一通，结果，很快人们就发现这是胡扯，谁也没有吃饱……我们倒是没有吃掉全部的基因，但是冷冻系统一关闭，基因库上升到室温，又没有人想着妥善保存，所以那些细胞很快都报废了……"

"你们这些白痴！"翟南破口大骂道。

"在为了吃一顿饭而毁掉了地球40亿年来的全部进化成果之后，"卢瑟喝了一口啤酒，悠然地继续道，"发生了一起更加惊心动魄的事件。在剩下的1500人中，发生了人类历史上最后一次战争，同时也是唯一一场在外星球进行的战争，也是唯一一场全人类都参与的战争。剩下的男人们分裂成两个阵营，彼此大打出手。战争的主要工具是拳头和棍棒……具体过程我懒得说了，总之，最后剩下了700人，勉强能够在冥王星上活下去了。

"我们活了3年。

"是的，3年。我们呼吸着浑浊的空气，喝着肮脏的水，吃着用自己的粪便制造出来的食物，没有新衣服可以穿，没有澡可以洗……我们像狗一样活了3年，看不到任何希望……看看我喝的东西，你们以为这是什么可口的饮料吗？是用人的排泄物制成的饮用水啊！"卢瑟举着那杯淡黄色的"啤酒"怒吼着。

"在这3年中，除了那些连上天都觉得恶心的事情之外，我们最主要的，甚至称得上美好享受的生活乐趣就是看电影。基地的主电脑里还没来得及储备电影，但我的电脑里还有 1500 部影片，够我们看的了。看那些昔日地球上的人的生活，看他们的音容笑貌、悲欢离合、天伦之乐……我们试图忘记在这个地狱里发生的一切，想象自己还生活在地球上，生活在那些都市、小镇或者乡野，在家庭、酒吧、汽车、教室、图书馆、医院……过着平凡而幸福的生活，过着人过的日子。

"1500 部影片，我们坐在那里，看了 3 年，每天从早看到晚。最后，终于连电影也看腻了。就在这个时候，地球最后毁灭了，我们目睹了地球坠入太阳的全过程。请看，这就是我们曾经的母星。"

荧屏上出现了地球和太阳的画面，这一画面显然是在冥王星上用望远镜从几十亿千米外拍到的，模糊不清。看上去，地球只是太阳表面一个运动的小圆点。只听卢瑟继续说：

"自从太阳开始膨胀以来，随着太阳质量的损失，对地球的引力渐渐减小，地球的轨道也在外移，从而延缓了毁灭的到来。虽然地球还存在，但这时候地球的大气已经被太阳风吹散，海洋也蒸发干净，表面被岩浆覆盖，早就没有活人了，不过，我们还是希望它能够逃过被太阳活活吞掉的命运。地球好像也预感到了自己的悲惨命运，沿着螺旋形轨道拼命向外逃，几乎逃到了火星轨道上，但是从太阳中喷发出来的等离子气团弥漫在它的轨道上，令它的速度不断下降，而逐渐被膨胀的太阳赶上。

"地球的密度远远大于膨胀的太阳，不会因洛希极限而粉碎，但在这个过程中，太阳引力引起的剧烈地质活动仍然导致地幔的喷发，撕裂了整个地壳层。古老的大陆板块四分五裂，被掀了起来，脱离地球而坠入太阳……此时，地球如同火海表面的一只飞蛾，再怎么挣扎也不可能脱离太阳的控制了。终于，已经非常靠近太阳表面的地球被一道将近 10 万千米高的日珥裹在里面，整个燃烧了起来，然后迅速被卷入太阳内部，再也看不见了。整个过程就好像青蛙伸出舌头吞掉一只飞虫一样轻松，甚至没有在已经硕大无朋的太阳表面激起多少浪花……这时候，我们才真切地知道，家园已经毁了，我们这 700 个男人和这颗渺小的星球就是地球文明最后的残余了。"

随着卢瑟的叙述，翟南仿佛看到了地球渐渐被太阳的光芒所湮没时那壮丽而又恐怖的画面。

卢瑟停了一会儿，说："目睹地球的毁灭后，绝望日复一日压了下来，我们不再有一丝一毫的希望和欢乐，甚至生命也越来越远去，摆在我们面前的，只有一条路可以走，那就是离开这个变态的宇宙。

"我不知道你们这些外星人有什么天才的法子能离开这个宇宙。或许我们人类没有那么了不起的技术，不过即使对我们这些低级生物来说，也还有一个最简单的办法。哈哈！"卢瑟的笑声令人毛骨悚然。

"当然，不是每个人都想用这个办法，或者说，也许每个人都想到过，但大部分人没那个胆子……这个时候，需要有人帮他们做决定，而这个人就是我——这里的工程师，我已经腻歪了这一切。我趁他们不注意，关闭了空气循环系统，让空气泄漏到外部去，在 15 分钟内就完成了。"卢瑟狞笑着说。

"天哪，你杀了所有的人？！"翟南不由得惊呼出声。

"这没有什么稀奇的，"卢瑟似乎预料到了翟南的惊怒交加，不以为意地说，"就算我不这么做，他们也活不了多久。再活 3 年、30 年、60 年，有什么区别？等你们到来的时候，我们肯定早已经死光了。而我在录完这段录像后，也会选择同样的归宿……

"不管怎么说，远来都是客。既然来了，总得给你们看点东西，让你们知道我们地球人曾经的生活也没那么糟糕。下面是我刚才说过的好消息，让我给你们展现一下我们地球文化最精彩的一部分吧……"卢瑟贼兮兮地笑着，随即他的头像消失了。

这时候，迪克又在呼叫他了："翟南，下面究竟怎么样了？我好像听到有人说话，你找到人了吗？"

"没有人，"翟南平静了一下心绪说，"一个人也没有。我只是在……看电影，你要不要下来一起看？"

七

一个小时后。

"这个该死的卢瑟，居然还收藏了这么好的电影！"迪克骂道。

正当电影演到最精彩的时候，卢瑟的脸又切到了画面之前，说："对了，顺便说一下，我还给你们安排了一个余兴节目……在这个片段结束后，具体来说，就是 5 分钟之后，一颗 100 万吨 TNT 当量的核弹将在你们脚下引爆，让你们同时也炸上天，这个安排够创意吧？"

翟南和迪克顿时惊呆了。翟南向他们进来的那扇门看去，不知何时，那扇门已经关闭了。

"明白了吗？"卢瑟恶狠狠地说，"你们掉进了落后的地球人的陷阱！凭什么你们这些外星人能在银河系里耀武扬威，乘着超光速飞船来去自如，而我们只能在这个星系里哭着等死？就算我死了，也要拖你们一起下水。这个地下基地本来就是用核弹炸出来的，我们准备了 4 枚核弹，用了 3 枚，最后还剩下一枚，我特意把它留给你们。我倒要看看，你们的那些先进技术能不能防止自己被炸得灰飞烟灭！"

"哪有什么外星人，我们是你的同胞！"迪克大叫道，2000 多年前的卢瑟当然听不到。翟南跑到门边，用力砸门，那门却纹丝不动。

"你们出不去的，"卢瑟从容地说，"就算你们的技术能轰开这一米厚的合金大门，电梯也被封死了，除非你们会瞬间移动，否则不可能在 5

分钟内离开这颗核弹。

"不过，我还是给你们一个机会。只要能回答出我的问题，核弹爆炸的倒计时就会停止。当然，必须用人类的语言回答，你们的回答要通过电磁波信号发送到我的电脑里进行语音匹配。你们要是不会说人话，那我就没办法了。不过你们放心，这些问题都是全宇宙所关心的终极问题，我不会问地球上那些犄角旮旯的事情。你们明白了吗？"

"混蛋，该死的疯子！"迪克大声叫骂着，虽然他曾经企图自杀，不过此时却万万不想被人炸死。"闭嘴，迪克！"翟南说，"事情已经到了这个地步，骂也没用，不如听听这个混球问了什么！"

八

"请听题！ 1+1 在什么情况下等于 3？"卢瑟开始提问了。

"这……1+1 在任何情况下也不等于 3 啊！"迪克抗议说。

"难道是在黑暗森林状态下进行数学攻击，改变基本数学规律的时候……"迪克的脸色一变，想起了翟南在飞船上跟他讲过的某部科幻小说中的情节。

卢瑟还是没有出现。眼看着时间不断流逝，迪克冷汗涔涔，大口喘息，几乎要绝望了。这时候翟南终于开口了，一字一顿："1+1 在算错的情况下等于 3。"

"回答正确！恭喜你！"卢瑟出现了，"看来你一定来自一个超高智能的种族。"

"这……这也可以啊？"迪克简直要抓狂了。

"这个嘛，你要是看过赵本山的小品就知道了。"翟南苦笑着说，他也是刚刚才想起来。在太阳危机后，艺术发展早就停滞了，人们只有反复消遣公元世纪的艺术品，所以 21 世纪初的相声小品还一直被人们所熟知。可是这个卢瑟竟然拿赵本山去考外星人，还有比这更疯狂的吗？

"好了，不要高兴得太早了。最后一个问题，也是宇宙中最为深奥和艰难的终极问题：生命、宇宙和一切的答案是什么？"

"哈哈哈哈！"迪克终于得意地狂笑了起来，"这个问题难不倒我，我 15 岁的时候就把《银河系漫游指南》倒背如流了，给我听好了：生命、宇宙和一切的终极答案是——42！"

可是卢瑟没有回应，时间继续流逝着。

"forty-two！也不对？Quarante-deux！Zweiundvierzig！"

迪克把自己所知道的各种语言中的"42"都说了一遍，还是没有反应，他气得怒骂道："你这个笨蛋！难道那么著名的小说你都没看过吗？"

不，也许答案是别的什么。翟南想，是上帝的爱？是生命意志？是最高理念？还是真空中的一个泡泡？种种哲学的、科学的、文学的、宗教的答案涌进他脑海，但他知道，绝不会是随便一个答案那么简单。

"还没想出来吗？只有一分钟了，就快来不及了。"卢瑟又出现了，怪声怪气地笑道。

"你这个变态，去死吧！"翟南忽然听到身边的迪克大吼一声，他还没来得及反应，就看到迪克拔出激光枪，抬手向着荧屏上卢瑟的脑袋扣动了扳机！

"不要！"翟南惊呼一声，但来不及了。激光当然伤不了早就死了10000 多年的卢瑟的影像，只是在影像所投射的墙壁上多了一个黑点而已。而迪克刚扣动扳机后不到一秒钟，从大厅的北极点上，一道树枝形闪电便对着他劈了下来，正中他头顶，迪克哼都来不及哼半声，就仰面倒在了地板上。

这是可以预料的，这个大厅既然是整个冥王星基地的核心，包含着人类最重要的基因库，在设计时自然要考虑应对破坏性攻击，因此不可能没有自动防护反击的武器系统。

"迪克！"翟南扑到迪克身边，发现他全身几乎都被烧成了焦炭，只听他颤动着双唇说了半句话："反正都一样……"就缓缓闭上了眼睛。

翟南坐倒在地上，脑子里不悲不喜，一片木然。这么多年来，他和迪克两人相依为命，如今只剩下他一个人了。自己成了宇宙中最后活着的一个人，但和行尸走肉毫无分别。在一刹那，他理解了卢瑟当初的心情，与其这样，不如死掉算了。他甚至期盼核爆炸快点到来了。

反正都一样。

地球就是毁于一场核爆，天然的核爆，想当年它也诞生于同样一场核爆……而今最后一个人类也将毁于人类自己制造的核爆，真是公道得很。

卢瑟又出现了："最后一次机会，说吧，生命，宇宙和一切答案是什么？如果说错了，核弹就会立刻爆炸。"

"不知道，我怎么知道？"翟南喃喃地道，等待着最后毁灭的到来。

但是一秒过去了，两秒过去了……一切如常。周围的一切仍然存在。相反，迎接他的是一声幽叹："答对了。没有人知道答案，所以答案就是：不知道。"

九

这算什么，黑色幽默？

翟南还没有明白过来，就看到屏幕上换了一幅画面。仍然是那个房间，仍然是一脸颓废的卢瑟，但卢瑟脸上那种玩世不恭的表情消失了，取而代之的是一种凝重的哀伤：

"我知道我在做一件没有意义的事……这段录像不会有人看到的，就算被外星人看到，也根本不可能答对这 2 道题目，这盘录像和一切都将毁于核爆炸的烈焰……不过，不管怎么说，如果你能看到，那么你就看到了。而你——"卢瑟脸上出现了一个古怪的表情，仿佛在说一件荒诞得连自己都不相信的事，"你不会是别人，在整个宇宙中只有一个人能做到这一点。你是翟南，'方舟一号'的翟南。我等的——就是你。"

在时间之河的上下两端，翟南和卢瑟遥遥相望，2500 年的洪荒岁月横亘在他们之间。一个痛苦地闭上了双目，一个惊奇地睁大了眼睛。

这是一场不可能的对话，却真的发生了。

"太阳系毁灭了，冥王星基地也完蛋了，'方舟一号'是人类唯一的希望，我以为自己早就放弃了这个希望，但是在最后的时候我才知道，在我内心深处仍然从未放弃过这个念头：总有一天，方舟会回来，你们会找到殖民地，人类会得到重生……这个希望太渺茫了，但它依然存在……"说到这里，卢瑟居然哽咽了，抑制不住的泪水从他的面颊上流了下来。

"你明知我们会回来，你还要引爆核弹！你还害死了迪克，你这个疯子！"翟南忍不住大声骂道。

"其实，这 2 个问题的答案是什么并不重要，只要摄像头检测到人类的形体，只要你们的回复是用人类的语言，核弹就不会引爆，这只是一个玩笑。"卢瑟像为自己辩解一样说道，"但如果有人能答对这两个问题，不，只要有人能答对其中任何一个问题，那个人必然是你，翟南。下面的话是专门要对你说的。"

卢瑟深深吸了一口气，说："翟南，你这小子。我知道你多半已经在外太空喂黑洞去了，不过就让我想象你已经回来，已经建立了人类在外星系的第一个殖民地，站在了这个大厅中，并回答完了这两个问题……这会让我感到一点安慰。也许在某一个可能的宇宙中，这一切真的会发生……

你当然不知道我，我是当初应征'方舟一号'宇航员的千百个落选者中的一个，但我早就知道你，作为第一个离开太阳系的人类，你是世界级的名人。我在电视上看到你通过遴选、接受训练、出发、飞过木星和土星……我专门研究过你的资料，甚至看过你上大学时在社区上发的帖子……我嫉妒你，翟南。

"但你是我的同类，不仅是同类，而且是同胞。我知道，我们在内心深处都是相同的。因此，你是最佳的人选，你听着，我要送你一样礼物，一件非常非常珍贵的礼物……

"想知道吗？在这面墙壁中间有一扇小门，你来吧。"

翟南依言，找到了墙上的那一道门。门在他面前自动打开，翟南飘了进去。

里面是一个气密过渡舱，只有五六米长，尽头是另一扇门，翟南进了那扇门之后，发现自己站在一个满是屏幕和仪表的宽大房间里，他看出来了，这就是冥王星基地的总控制室。这里几乎是真空，没有灰尘，温度极低，因此在两千五百年后，还保存得相当完好。但房间里没有一个人。

"进左边的小门。"卢瑟继续指示说。

翟南找到了那扇门，推门进去，发现正是荧屏上他看见过的那个又脏又乱的小房间。房间的布置和 21 世纪普通的单身宿舍一样：床上的被子还没有叠，桌子上胡乱放着些杯子和碗碟，地上扔满了酒瓶和纸团……卢瑟的尸体就对着电脑，仰倒在椅子上，脑袋上多了一个大洞，四周是早已冷凝并挥发了的鲜血，只剩下一片深褐色，身下掉着一把手枪……卢瑟早已是一具干尸了。

"礼物就在桌子上。"卢瑟在他耳边说。

翟南在卢瑟的手边发现了一个小小的 U 盘，一个银灰色的长方体，只有拇指那么大。

"顺便告诉你一声，这个 U 盘是一把智能钥匙，里面储存了我的信息，可以打开基地最底层的能源供应系统，在那里，还有一个残存的基因存储模块……"

翟南感觉自己的胸口被重重撞击了一下，忽然觉得自己无法呼吸了。

十

翟南的心跳得如脉冲星的自转一样快，他奔跑着，跳跃着，迅速穿过充满死亡气息的大厅，向外冲去。卢瑟的声音在他耳边回响：

"我是工程师，对于基因库的分布情况了解得很清楚。人类基因库分为几百组，按重要性和种类的不同分别装在不同等级的模块里。在基因库被洗劫一空的时候，我本想救出更多的基因模块，可是等我回去，基因库已经完了，只剩下这些了。"

殷商文明、克里特文明、苏美尔文明、古埃及文明……翟南经过一个个空荡荡的房间，这些文明真的存在过吗？那些人生活在怎样的世界里？他们穿着怎样的衣服？在怎样的城市或乡村里生活？他们如何狩猎和种植？他们如何相爱和繁衍？5000年的人类文明，虚无缥缈，似乎从未真实存在过。

"与动物基因的储存不同，人类基因储存模块有独立的液氮循环系统，有能够支持3天的备用能源。为防万一，我将剩下的基因储存模块抢救出来之后，就悄悄来到地下，设法将整个模块接到了主基地自身的能源系统上。虽然整个基因库需要一个专门的反应堆供电，但单独一个模块的耗能相对很小，所以如果没有人来，这个模块将与主基地存在同样长的时间，直到能源耗尽……"卢瑟说。

新石器时代、旧石器时代、尼安德特人、爪哇猿人……人类一步步退向历史的起点，褪去所有的人性，退到他们的最初的母亲中去……

"但是基地的克隆设备在最后的混战中被毁掉了，懂得克隆技术的专家和工程师也都死了，我只有将这些基因放在那里，直到时间的尽头，等待着奇迹般的爱和拯救，或者永恒的死亡。"

更新世、上新世、中新世、渐新世……白垩纪、侏罗纪、三叠纪、二叠纪……猿人们从草原上缩回到树上，从树上回到地洞里，从地洞里回到河边，回到大海中……它们四脚着地，褪尽皮毛，披上鳞片，它们的大脑越来越小，四肢也缩回到身体里，它们变成了鱼，无忧无虑，在大海中畅游……

寒武纪过去了，埃迪卡拉纪也消失了，显生宙、元古宙和太古宙也离翟南而去。漫长的时间逆旅中，人类一步步变成了虫子，虫子分解为一个个细胞。细胞又破碎成无数基因的碎片，无数大分子结构，消散在原始海洋中。最后，海洋也已干涸，地球散归星云，太阳还没有诞生，甚至宇宙大爆炸也没有发生……

"老实说，我并不确信你会回来，但是我听说，宇宙中存在无数种可能状态，也会产生无数平行宇宙……也许在 100 万亿个宇宙中你都会像条狗一样死去，但是仍然会有一个宇宙，你会回来，会听到我说的话……"

翟南走进电梯，按了最底下一层。电梯向下沉去，如同沉向虚无的深渊。

卢瑟的最后一句话是："如果你听到这一切的话，请你把人类带回人间吧。"然后，是一声轻得几乎听不到的叹息，接着只有一片寂静。

电梯门开了，但面前并没有路，而是一堵金属墙，如同死亡一样横亘在他面前。墙上除了一个方形的小孔，一无所有。翟南思忖了一下，将那把智能钥匙放了进去，方孔中闪现出绿光，于是那道墙升了上去。在他面前出现了一部巨大的黑色机器，如同一头远古怪兽一样蹲在这地下的洞穴中，等待着死亡。

而在那部机器之前，在一堆黑色的管道和电线中间，有一个不大的正方体，晶莹透亮，半透明地发出蓝莹莹的光。他屏住呼吸走过去，轻轻摸了摸那正方体。被他的触摸所感，上面的智能显示界面上立刻出现了许许多多的名字。

翟南的泪水从他的眼角流下，随即转为啜泣，最后终于变成了号啕大哭。他紧紧抱住那个正方体，像是抱着人类最后的希望。

尾　声

"那后来呢？"

"后来，就有了新地球，有了一代又一代的人，有了各种各样的动物、植物，有了我们世界的历史，有了我们的爷爷奶奶、爸爸妈妈，也有了我和你。雪奈，这就是我们祖先的故事，也是我们这个世界的起源。"翟卫说。

雪奈若有所思地点了点头，望着远处弧形的海天之际，陷入了沉思。此刻，她正和少年翟卫一起，坐在悬崖边的一块岩石上，面朝大海。万顷碧波倒映在她的深瞳中，微风吹拂着她乌黑的秀发，雪白的浪花拍打着她脚下的峭壁，不时溅起拳头般大小的水珠，飞腾起几十米高，打湿了她的裙子，又悠悠落下。

雪奈向天上望去，一轮玫瑰红的太阳正挂在东方的天边，像盘子一样大小。而在天穹之顶，则是一个更为巨大的蔚蓝色卡戎，隐隐还可以看到卡戎表面闪着波光的海洋……

她很难想象，以前的太阳看起来只有现在太阳的十分之一，却是金黄色的；而以前的"月亮"，是一个灰蒙蒙的球体，表面一滴水也没有。

她也很难想象，以前那个世界比现在的要大很多，地平线是一条直线，引力要大十多倍，每天有24个小时，而不是150个小时。甚至还有所谓四季，一个人一生中可以经历无数个春夏秋冬……那个世界真是奇怪，奇怪极了。

　　她更难想象，如今这个春风和煦的星球，这个碧海蓝天的世界，这个生活了好几万人的大花园，在过去亿万年的时光里一直是零下200多摄氏度的冰之地狱，是没有任何生命的星系边缘，所以才以死神的名字被命名。而在那个以前的世界消失后的2500年，这个新地球才得以出现。在16岁的她看来，世界好像一直都是这样的。

　　"后来，我们的祖先翟南留在了这里，留在了冥王星上，"翟卫继续说，"并将它重新命名为新地球。新地球有四分之一的成分是由水与冰组成的，利用'方舟一号'上的设备很容易分解出氢气和氧气来，加厚和改造它的大气并不困难。本来它围绕太阳的公转周期是240多年，在太阳膨胀后变为1300年左右，它的轨道偏心率很高，近日点离太阳只有30多个天文单位，当它逐渐向太阳靠拢时，由于太阳光度的激增，它变得和昔日的地球一样温暖，它表面的冰层会融化，变成液态的海洋，更容易播种生命，改变世界。我们目前正在第一次海洋时代初期，海洋时期将会维持400年左右。因为卡戎和冥王星之间相互潮汐锁定，表面海洋分布稳定，并不会引起很明显的潮汐……"

　　"好了好了，"雪奈有点不耐烦地打断了他，"不就是从历史书上看到的东西吗？说到现在，闷死啦。"

　　"刚才你不是很爱听吗？"

　　"刚才是讲故事啊，我喜欢听故事，可不喜欢听这些什么科学数据。喂，我们回去看电影好不好？"

　　雪奈朝翟卫眨了眨眼睛，一笑转身走了。翟卫赶紧跟了上去。在开满鲜花的草地上，他们欢笑着、打闹着、飞奔着，如轻盈的天使，如矫健的小鹿，一步可以迈出 10 多米，如飞翔的小鸟，尽情地舞动着青春的翅膀，一先一后，向着这座岛屿的中心而去。那里，在森林和草地的中间，在美丽的爱之广场中央，在卡戎的正下方，屹立着一座古老的方尖碑。那座如今已爬满了常春藤的巨碑上，"地球文明之碑"几个大字在玫瑰色的阳光下熠熠生辉。

宅一生

王尚

A 是一个宅男，一直都是。

大约 4500 年前，A 出生在黄土高原上一个不知道名字的地方，大概的位置应该离如今的渭河以南不远。那时候，这里的山上到处都是郁郁葱葱的树木，清澈的渭河水欢快地从密林中、山谷间穿过，然后汇入当时依然清澈的黄河。2000 多年后，当大秦帝国派人在这里疯狂地砍树来修建宫殿皇陵之时，A 早已逃离此地，转入今河南境内。

A 的寿命很长，却很少有精彩的故事。也许用下面这些不多的文字，就可以详细地讲述他的一生了。

当 A 长到 25 岁的时候，他就不再变老了。在那个时候，他的身材算是相当魁梧。A 很聪明，是族里最先会写字的人。当时的汉字（如果那时有"汉字"这种说法的话）非常复杂，而且随意性很大——"茴香豆"的"茴"字若在当时恐怕有不止 40 种写法。因为能识文断字，A 在村子里很受村民的尊敬。很快，50 多年过去了，看到 A 一点都没有变老，村里人开始议论起来。住在隔壁村的族长听说了，认定 A 是可以长生不老的灵药，便想抓他来吃。A 听到风声就逃了出去。不久之后，那个要吃 A 的族长被另外一个部落的首领杀了，那位胜利的首领被后世称为黄帝。

A 在山上搭了一间草房，在半山腰垦了十来亩田。他白天种地，晚上发呆。

禹治水时，A 被抓去做工。因为认图识字，他很快得到了禹的赏识。

尽管 A 比禹年长很多，个头也高一些，但是禹有着他难以企及的智慧和气概。

禹常常用那粗大的双手拍着 A 的肩膀说："你若是能有些胆识，倒也是个人才。" A 听了并不为所动。他认为勇敢会让人送命的，别人死了，只不过少活十几年或者几十年，而自己若是死了，便是少活了千秋万代，实在不划算。

经过 10 年的艰苦工作，禹终于解决了水患，也从禹变成了大禹，开始变得跋扈起来。此时的大禹变得十分奢靡，光手下的奴隶就有上千人。很快他就自己登上了王座。

一天，大禹让 A 去见他。A 急匆匆地跑进大殿，却见大禹盘腿坐在大殿上，弓着身子，半睡半醒地打不起精神。大禹见 A 步履矫健地走进来，突然心里一动，问道："这已过去 10 多年了，为何你依然如此矫健？"

A 不敢看大禹那被多年风霜砥砺得像树皮一样的面庞，只是低头跪在那里说："大王忧民操劳，日不安食，夜不安眠，是以老得快些。"

"不错。"大禹看着 A 年轻的面庞，若有所思地说，"这天下的事情便是让我活千年万年也做不完。"

A 伏地高呼万岁。

见完大禹，A 收拾了细软，也没和妻子、孩子告别，就径直逃进了山里。

A 在山里过了几十年野人一样的生活，直到觉得曾经认识他的人都已经死绝了，他才回到人群中。但他衣衫褴褛，而且说话口音也很奇怪，当时的领主正缺奴隶，见 A 还算健壮，就在他胳膊上烙了印，充了官奴。

奴隶的生活十分凄惨。即使到了现在，当 A 在电视里看到有关奴隶时代的纪录片时，他依然可以想起皮鞭抽打在脊背上的剧痛，脚下镣铐的"叮当"声似乎还在耳畔环绕。不过，他的奴隶生活并不是太长。3 年之后，一场奴隶起义让他获得了逃跑的机会。他没有和别的奴隶一起去参加战斗，而是偷偷地逃开了。后来起义失败了，军队搜查逃匿奴隶时，Ａ并没有被认出来。因为在当时，军人是根据奴隶身上的烙印来辨别其身份的，而Ａ身上从来都不留疤痕。

后来，Ａ就在城郊一处僻静的地方住了下来。平时从城外的水塘里捉些鱼贩卖到城里，勉强糊口。就这样，又过了很多年。其间，夏朝几次迁都，外族人也常来入侵，但Ａ的生活一直没有变化。即便是商汤伐桀时，他的房子被烧了，他也只是换了个地方又盖了一间草房，照样活了下去。

商朝的生活和夏朝比并没有什么区别，每日吃的、用的变化无多。唯一不同的是手工匠人逐渐多了起来，贵族们也开始大建窑炉，铸造青铜器。Ａ凭借自己能识文断字的优势，很快就找到了一份不错的工作：在铸造青铜器的陶坯上写上祭祀的文章。

此时的文字已经比仓颉造字那时抽象得多了，所以能熟练使用的人非常少，于是Ａ也就成了香饽饽，全城的贵族都来邀他刻鼎。鼎虽然最早只是用来吃饭的家伙事儿，但由于其外形美观，再加上崭新的青铜如同黄金一样耀眼，而且鼎的价格十分昂贵（也许这是最重要的一点），很快就成了当时的精英阶层用于炫耀的重要物品。Ａ在当时的地位等同于现代的艺术家。

时间慢慢过去，越来越多的人从东边回来，说东边的尽头是无边的海洋。这样的传说由来已久，但是真正去过大地尽头的人并不多，而Ａ也一直不相信。他本来打算亲自去看一看，但转念一想，这一路风餐露宿，而且还有怪物猛兽什么的，很快便放弃了这个想法。

不过，那些敢于冒险的人还是有回报的，他们带回了大量的贝壳和珍珠，而这些在当时可是硬通货。当然，这些大量涌入的贝壳也结束了其作为货币的时代。

在Ａ的眼里，时间仍然过得很快。在每天发呆和吃饭的过程中，商亡，西周立，然后西周亡，天下大乱。

春秋战国时期是 A 漫长生命中最惬意的一段时光，因为什么都乱了，他不再需要整日提心吊胆，怕别人识破自己的身份。

然而有一天，A 遇见了一个身材很高但相貌平平的年轻人，这年轻人识破了 A 的秘密。

"这么多年你都这样生活，不寂寞吗？"那个年轻人问道。

"偶尔吧。"A 回答道。

"这么说，你见过尧、舜他们？"

"没错。我还见过姬发、周公旦、夏桀王、商纣王……"A 有些自夸地说。

"那你还见过姜太公了？"

"见过。"A 回答道。当年，姜子牙骑马穿街而过时，A 挤在人群中看见了那个年迈的身影。传言这位老人可以驱神驭仙、降妖除魔，但那时的他看起来并没有什么稀奇的。

"姜太公真的那般神通广大吗？"年轻人问。

"没错。他呼风唤雨、撼天动地，无所不能。"

"哦。"那个年轻人淡淡地说了一句。

"你不信？我是亲眼看见姜太公施云布雨的。"A 不知道自己为什么要这么说，但似乎不如此说就显得他白白活了这 2000 多年。

"嗯。"那个年轻人依旧淡淡地说。

"你不信。"A 好歹活了那么久，敷衍的脸色他还是看得出来的。

"我只是觉得，如果所有的事情你都见过了、经历过了，只怕你活不了这么长的时间。"那个年轻人的表情依旧很平静。

A 低下了头，这个年轻人所言非虚。想到自己这 2000 年的岁月，觉悟竟不如一个 20 来岁的小伙子，A 感到惭愧。

"不著一字，不建一瓦，纵寿与天齐，又有何用？"年轻人说完就离开了。

A花了10年时间去琢磨这句话，依旧无所感。后来，A听说那个年轻人名叫孔丘，而且出名了。

又过了很多年，一队旅人在A的家门口歇息。他们都饱经风霜，瘦骨嶙峋，身上穿着褴褛的粗麻深衣，头顶上并不戴冠，如同枯柴一般的斑白头发有些随意地绾成发髻。他们中有一个白髯老者，衣着稍微整齐一些，但那勉强算得上干净的衣服已经褪色得很严重了。老者身材非常高大，只是现在已经有些驼背了。

A觉得这个人有些面熟，仔细回想，竟是当年遇见的那个孔丘。不过，时间像一条无情的河流，将孔丘的青春活力几乎都冲刷殆尽了。

A对于当年之事仍然有些介怀，于是就走到近前，向孔丘的一个弟子问道："你们从哪里来？"

"从孔氏那里来。"

"就是那个知其不可为而为之的孔丘？"A有些得意地问道。

那个弟子一下愣住了，不知道该说什么好。这时，孔丘听见他们的对话，转过头来，也稍稍愣了一下，显然他也认出了A。

孔丘微笑着向A点了点头，然后说："君子行事只问该与不该，不问能与不能。"

这下轮到A不知道该说什么好了。

"给你个建议。"孔丘又说道。

"什么？"

"试着从时间之中学一点东西。即使是对于你这样的年轻人来说，时间也不是无限的。"孔丘说。

天啊，这人真是太可恶了。A在心里想。

春秋战国的这段时间对于A来说，就像几页纸（当然那个时候还没有纸），轻轻一翻就过去了。他曾见过聂政的姐姐在闹市认尸后毅然自尽，也曾见过朱亥自扼其喉而死，但他见得更多的是为了活命而抛妻弃子，为了富贵而背信弃义的人。在那个混乱的年代里，有很多英雄和勇士，但更多的是败类和苟活之徒。A 就这样过着，这样宅着，看着秦国花了几个世纪冉冉升起，然后在一夜间轰然倒塌。

秦朝严苛的户籍制度曾让 A 很头疼，因为这样会增加他隐藏身份的难度。幸而秦朝很快就灭亡了。他很幸运，没有被拉去修长城，也没有被抓去修阿房宫和始皇陵。当时，全国五分之一的人口都被迫服了各种劳役，几万人上山砍树，导致咸阳附近三百里的山头上一棵树都没有了。

周朝风雨飘摇，可延续了 800 年；秦朝不可一世，结果二世而亡。A 觉得这就是活生生的例子，所有过于耀眼的东西都注定要早逝，低调才是长久活下去的唯一方法。

汉武帝年间，黄河泛滥，几百万人流离失所，逃荒者无数。A 随着逃荒的队伍一直向东流窜，最终转入今山东境内，然后在这里看到了大海。

从 A 听说大海到他真正亲眼见到大海，过了 1000 多年。无边无际的腥咸海水轻轻地拍打着他的脚，巨大的声响仿佛来自宇宙的每一个角落。A 呆呆地看着大海，整整一天之后，他又站起身，继续逃荒。

来到曲阜，A 又想起了几百年前坐在他门口的孔丘，又想起了当年的对话，又想起了大海。于是，他又停下了脚步。他坐在田野上，看着天上的云和天下的事一起不停地变换着。

汉朝持续了很久。两汉加上三国绵延了 400 多年。在这 400 多年间，A 一直住在曲阜附近的一些村庄里（只住在一个地方是不现实的，因为这样很容易引起怀疑）。当年，秦始皇举全国之力去寻长生不老药，一名方士竟发现了他的不同之处，就想把他绑起来献给秦始皇。幸好半途遇到农民起义军，A 这才侥幸活下来。所以这 400 多年来，他时时刻刻都在警惕外人。他没有娶妻，没有朋友，一个人找了块偏僻的农田耕种十几年，然后离开再换另外一个地方。这么多年，他一共养了 71 头耕牛，却只存下了二两三钱七厘的银子。

A 很久没有读书了，拿起竹简，他竟然不知道上面写的是什么内容了。于是到了晋朝，他花了 50 年的工夫，恶补了一下文化知识。好在那时候的作者言必称春秋，倒是省了他不少力气。

　　可没安稳几年，西晋就在内乱中垮台了。不得已，A 随着南迁队伍来到了烟雨朦胧的江南。

　　到了建康（今南京），A 才知道世间繁华。高大的城墙、热闹的街市，以及路上走着身穿各式服装的四方人士。A 又想起了自己出生的那个小部落，所有人都衣不蔽体。"这世界变化真快啊！"A 不禁感慨道。

　　在江南的日子是非常清闲的，因为北方的官员都逃到这里来了，但是没有这么多的事情让他们做。这些官员平日无聊，领完俸禄之后就去酒馆、乐坊消遣。A 看准商机，在建康城开了一家酒馆，生意火爆。短短几年内，他所赚到的钱比他种 1000 年的地赚到的钱还多。后来，他觉得开酒馆太张扬，容易暴露自己，于是就将酒馆盘了出去，自己在建康城里买了一套小宅子，每天养花喂鸟、读书练字，生活倒也非常逍遥。

　　王羲之在那个年代名气就很大，很多人为求其一字不惜倾家荡产。A 也特别喜欢王羲之的字，偶得一纸半字便要临摹千遍以上。久而久之，他模仿王羲之的字竟让时人难辨真假。

　　因为学问做得好，又写得一手好字，A 被举为孝廉。不过对于"青年才俊"一词，A 倒也常感到羞愧。

　　才做了 2 年的官，A 就被谢安召去了。

　　谢安热情地接见了他。三言两语之后，谢安发现 A 很有才华，而且似乎对先秦的旧事颇有研究，便问他可懂古玩。

　　A 还在山东种地的时候，便知时人好古玩，当时，他很后悔自己没有存下一些前朝的盆盆罐罐什么的。虽然自己手上没什么古玩，但古物的断代判别对他来说还是很轻松的。

　　"略懂一二。"A 有些谦虚地对谢安说道。

谢安当下差人将一尊小小的青铜鼎搬了出来。这鼎长满了铜锈，但是上面的铭文依然清晰。Ａ仔细一看，他竟在一个不起眼的角落里看到了自己的落款——这鼎竟是自己铸的！当年这鼎刚铸好时，金光灿灿，所有人都认为它会一直这样光彩夺目，千秋万载一直这样传下去。不想，今日竟然变成这个破败样。也许它和Ａ做出了同样的选择，放弃了所有出类拔萃的品质，换得了长久的存在。

Ａ将鼎上铭文的大致意思告诉了谢安。谢安听了之后很是满意，而Ａ也借此成了谢安门下最受赏识的幕僚。

正当Ａ享受着秦淮河的风月时，突然传来北方蛮族要打过长江的消息。苻坚带着百万铁骑在江北摩拳擦掌，让这个偏安一隅、软弱的晋王朝恐惧得瑟瑟发抖。

Ａ得到消息后，胡乱收拾了些家当，给谢安留了张纸条，连夜逃出了建康城。

Ａ见过北方的剽悍铁骑，那些马背上的战士就像草原上的狼一样，凶狠、冷酷、毫不留情。而南方的汉族政权太软弱，掌权的文人、士大夫只会吟诗饮酒、谈风论月，军纪也早已松弛不堪。面对苻坚洪流般的百万大军，晋朝军队一点取胜的机会都不可能有……Ａ想：总之，走为上策。

后来的事情在历史上非常有名，而Ａ对此也相当后悔。如果他当时不逃的话，就还可以再过几年锦衣玉食的生活。Ａ实在想不通，像谢安这样温良的人，到底是从哪里来的这么大的勇气。东晋满朝武将，没一个能有像谢安一样的气魄。

大战之前背主而逃，被抓住是要砍头的。所以Ａ只好向北逃窜。他借道安徽，又回到了河南境内。

所谓"分久必合，合久必分"，中国又迎来了一个大一统的王朝。虽然隋朝坚持的时间只比秦朝长了那么一点点，但是这个朝代对于Ａ来说有着非常重要的意义。

A在隋朝时参加了他人生中的第一次科举考试。在此后近千年的时间里，A中进士15次，中举人近百次，中秀才无算。不过，A从来没有中过状元。他最出风头的一次，是在明朝的时候写八股文得了二等头名，险些杀进前三名。

　　由于有了功名，A在此后的1000余年中，生活一直比较舒适。虽说官总也做不大，但是他心中并没有什么治国平天下的抱负，再说做官总比当农民好得多。通常来说，他都是做官20多年，然后隐姓埋名躲在某地二三十年，再出来考一个功名。

　　唐朝初年，A来到长安（今西安）做官。在这里，A第一次见到了金发碧眼的外藩使臣。早在先秦的时候，便有人传言在很远很远的地方住着些金发碧眼的胡人，面色煞白，犹如恶鬼。不过真的见到胡人之后，A发现他们还是比较好相处的。这些胡人说着不太流利的汉语，但是为人处世什么的都与汉人没有太大的区别。这些胡人多是在汉朝以前来到中亚地区定居的突厥人，后来汉武帝兴兵北伐，这些人就被赶到亚欧大陆最中部的地方。不过，也有很少的胡人来自更远的地方。这些胡人声称在这块大陆的最西边也是海洋，他们还说我们生活的世界是一个球形。A就认识一个这样的胡人。

　　那个胡人的名字叫马克西姆，他信奉神明。不过A对此并不以为意。他活了3000多年，很少去考虑鬼神的问题。别的人一出生就活在对死亡的恐惧之中，这种焦虑会让人追求和崇拜超越自然的力量。而A则不一样，只要他足够小心，他可以活很长很长的时间。A比所有的人都害怕死亡，但他对死亡的那种害怕和其他人是不一样的。对于别人，死亡是必将到来的；而对于A，死亡是可以避免的，只要他足够小心。

　　不过，A对于马克西姆所宣称的其他事情感到好奇。马克西姆表示，从太阳投射的影子中他们就能推断出大地是个球体，而且，他们算出的地球长度是一个大得令人难以想象的数字。

"如果是这样，为什么生活在圆球下面的人不会掉下去呢？"A问道。

"不知道。"马克西姆愣了一下，他从来没有想过这个问题。

A得意地笑了笑，说："你们胡人的东西都太不实用了。中国人研究天文历法是为了耕种和祭祀先人。我们的历法非常准确，千百年来也没有让农民误了农时，这就足够了。而你们想的东西都是不着调的，这地是圆是方跟这四季更迭有关系吗？"

马克西姆觉得A说得不对，但又不知道如何去反驳。

没多久，马克西姆在长安染病而亡——但愿他的神能保佑他，A想。

巧的是，马克西姆去世的那一天，长安城张灯结彩，锣鼓喧天。玄奘经过17年的艰苦跋涉，终于从天竺取来了佛经。唐太宗很高兴，在长安城外专门建了佛塔以存放经书。

不久，A因为知文善画，被调去敦煌参与壁画和石窟的建设。那时候敦煌的气候比现在好一些，但毕竟是偏远之地。A起初不是很情愿，但又想到自己在长安待得太久了，也该换一换地方了。

一行人足足走了两个半月，才走到敦煌。A在离莫高窟很远的地方就闻到了工人们烹煮羊肉的气味儿。这里的工匠是从全国各地选来的，每个人都身怀绝技。他们中的大多数人并不笃信佛教，只是被政府征役来此劳动。

A作为政府派驻的官员，主要负责管理工人和检查工程质量。也就是在这个时候，A才真正地接触到了佛教。他觉得既然自己可以活很多很多年，那么如果他去修佛的话，一定会比别人更有成就。不过，一个老和尚却说A不是有缘人，没有得道的慧根。A不服气，辞去官职，躲进深山潜心钻研佛法若干年，果然毫无所得。

无奈，A只得从山里出来。他没有回长安，而是直接从京杭运河下江南而去。隋唐时期，曾经的建康城已经辉煌不再，只剩下些残垣断瓦，稀稀拉拉地住着些人家。彼时，中国南方的经济重心在广陵，也就是扬州。

A在扬州买了一套小房子，依靠收购、转卖古玩字画度日。

唐人好文，所以各种书画艺术品都有很好的销路。当时那些大家的书画都可以卖出不菲的价格。不过，正如所有其他的时代一样，那时候人们追捧的主要还是古人的东西。书法家或是画家死了之后，他的作品才会真正成为珍品。一张颇为普通的北魏时期的作品，其价格和颜真卿的书帖不相上下，若是谁有"二王"的真迹，只怕可以买下半座扬州城了。

一天，A正在店里核算账目，却见一个中年男人神色不定地从外面走了进来。

"阁下可是枕山先生？"

"枕山先生"是A为了从事古玩买卖专门取的别号。

A点了点头。

"我有一件宝贝，想借先生慧眼一辨真伪。"那人恭敬地说道。

"那就拿出来让我看看吧。"A在这一行还是有些威望的，所以常有人找他甄别古董。

"只是那件宝贝实在珍贵，小人并没有带在身上。可否劳烦先生去寒舍一探究竟？"

"哦，什么东西这么珍贵？"

"不瞒先生，是王右军的真迹。"

"当真？"A一听说是王羲之的字，马上就来了兴趣。

"还请先生到寒舍一叙。"

A和那个人乘马车来到扬州城郊一座很大的宅子前停了下来。也不知道穿过了多少道门，终于来到了一个偏僻的小院。小院前后都有很多家丁把守。

走过一座小花园，A和那个人走进一间书房。那个人推开笨重的书柜，从后面的墙洞中拿出两个一样的卷轴。

那个人只把其中一个卷轴打开，A就呆住了。

《兰亭集序》，还是真迹！当年，Ａ在谢安的府上做幕僚时曾亲眼见过这张帖子，当时他不知道临摹了多少遍。"先生再看这幅字。"说着，那个人又把另外一个卷轴也展开了。Ａ一见眉头就皱起来了。

这幅还是《兰亭集序》，几乎和另外一幅没有什么区别。

"先生，我只知道这两者中间必然有一幅是真的。但到底是哪一幅，我实在无法分辨。"

Ａ不用比较便知道哪个是真的。对于他来说，《兰亭集序》实在是太熟悉了。他至少临摹了几千遍，至于读帖更不知有多少遍了。这张帖子的每个细节他都了然。虽然整张帖子被重新装裱过，上面还多了不少收藏者的印章，但它就像你在年少时所爱慕的那位美人一样，尽管多年以后她不再有艳丽的容貌，头上也不再戴着那些由鱼骨做成的头饰，尽管她不会像从前那样戴着那串由狼牙和虎牙穿成的显眼的项链，也再不会双手叉腰发出"咯咯"的笑声，但当你见到她时，依然可以从皱纹和满脸的泥浆中找到那张你曾经挚爱的脸。

另一幅则是仿品，但是仿得非常非常像，只在极细微处的笔法上稍有不同。

"你得了这字想要做什么？不如卖给我吧。"Ａ没有直接回答那个人的问题。

"先生您看我是缺钱的人吗？再说这东西您也买不起。不瞒先生，我打算把这帖子献给当今的皇上，换得一官半爵，福荫子孙。"

依当今皇上的作风，这幅字一定会被他带到墓里去的。这样的珍品无法流传下来，实在是太可惜了。

Ａ想到这里，就指着那幅假的《兰亭集序》，非常肯定地说："这幅是真的。"

果然，唐太宗死的时候把那幅字带进了棺材。又过了很多年，坊间又开始流传所谓《兰亭集序》的真迹。Ａ惊奇地发现那幅"真迹"竟然就是当日他所指的那幅"真品"。这幅字不是跟唐太宗陪葬了吗？ A想了很久才明白，原来那个人根本就没有打算把真的《兰亭集序》交出去，不想由于A故意混淆，此人竟然把真品给献上去了……

后来，A每次想到这事情就唏嘘不已。自己活了那么长时间，好不容易想为后世做些好事，不想却弄巧成拙。或许老天之所以一直让他活着，就是叫他老老实实地做一名观察者，永远都不要改变历史。也许他可以成为最好的历史记录人，但可惜的是，记录历史的权力并不在他的手里。

转眼间，唐朝结束了，宋朝结束了，元朝也灭亡了。A看着一代代的人登上历史舞台，然后又匆匆地离去。他真害怕有一天所有的人都离去了，只留下一个空荡荡的舞台和他自己在那里回味。所幸这可怕的场景还没有发生。A发现人类有着一种难以理解的生命力。不论战乱使人口跌落到什么水平，只要能有些太平年月休养生息，人口总数便可以很快地增长回来。很多年后，A在电视上看《动物世界》时，知道非洲草原的生物在旱季的时候种群数量大减，可一旦雨季来临，它们就会像发疯一样生长繁殖。也许二者是一个道理吧……

明崇祯十七年，A正在扬州做官。坊间突然传出农民军攻入北京、崇祯皇帝自杀的消息。扬州城一时间人心惶惶。

不久之后，又听说清军入关了，接着，史可法就带兵进入扬州城驻防。史可法严令禁止官员私逃，所以A一直没有机会逃走。

清军围了扬州城很长时间，扬州城最终还是被攻破了。A从死人堆里捡了一条命回来。这是这么多年来，A最接近死亡的一次。直到多年以后，A还能够清晰地记起当时的情形。

一队已经好多天没有吃饭的部队唱着扬州本地的小曲儿，义无反顾地冲向清军的骑兵。很快，他们像韭菜一样被割倒了。另外一队士兵又接着顶了上去，然后他们又很快倒下了。接着是另外一队士兵……

A的理智这样告诉他，这简直是疯了！但他泪水止不住地流了下来。

终于轮到 A 和他手下的士兵了，他用颤抖的手举起刀发起了最后的冲锋。

一个清兵的马刀砍在了 A 的头上，血顺着头顶汩汩地流下来。A 发现整个世界都变成了血红色，然后他倒在了地上。

到现在 A 也不明白当时自己是着了什么魔，竟然会如此不顾生死。后来再想到这个事时，A 总觉得很难堪。他是一个理智的人，不会意气用事。再说，一个朝代的兴亡对于他来说又有什么意义呢？他不知经历过、旁观过多少家国兴亡的大戏，从没有这样投入过。为什么偏偏在那个时候，他也投身进这个舞台，像其他所有人一样去感受生死的考验呢？

更何况明朝并不是最好的时代。A 感觉明朝的一切都是死气沉沉的，处处都能嗅到这个古老国度身上接近于腐烂的气味。

为什么？A 自己也想不清楚。不过，他用行动再一次证明了自己几千年来一直信奉的观点：感情用事比任何杀人的刀子都可怕。

从死人堆里爬出来后，A 乖乖地剃了头发，留起了辫子。虽然是由少数民族统治的朝代，但科举制度还是存在的，A 照样可以参加科举考试，去混个一官半职。他的生活和在明朝时并没有多大的区别。所以，他就更加为自己之前的冲动后悔了。

到了民国时期，做官就不容易了。不是需要关系，就是需要钱。而 A 除了做官也就只能写写画画、倒腾古玩。于是，A 在北京开了一家古玩字画店，做起了他 1000 多年前就做过的买卖。

传说有一种奇怪的虫子叫青蚨，不论离自己的幼虫多远，母青蚨都能找得到幼虫。于是，做生意的人就把母青蚨的血和幼虫的血分别涂在铜钱上，然后再轮流使用，这样花出去的钱就总能飞回来。A 从来没有见过这种虫子，但据说沈万三用过这个方法，从前瑞蚨祥的几任老板也用过。他们都曾阔绰过，不过后来也都破产了。

虽然 A 没有青蚨，但总有些东西会在他的生命中重复出现。也许这只是一种巧合，但因为他活得太久，以至于很多巧合都成了必然。

Ａ的古玩店在同一天收到了两件要卖到国外的古玩：一件是他在3000年前铸的青铜器，另一件则是他在敦煌督造的壁画。他觉得自己应该把这两件宝贝留下来，一方面是觉得这些东西和自己有缘，另一方面他觉得中国的宝贝还是留在中国比较好。但是他没有足够的钱，经过不是非常艰难的考虑，他留下了那口鼎，放弃了壁画，毕竟那口鼎的价格要便宜得多。

日军侵华的时候，Ａ仓皇从北平（今北京）出逃。为了换盘缠，Ａ把其他的古董都当掉了，唯独留下了这口鼎。他一路背着那口鼎从北平逃到上海，从上海逃到南京，从南京逃到武汉，又从武汉逃到重庆。在重庆时遭遇空袭，那口鼎最终还是损坏了。

Ａ很沮丧，难道就没有一样东西可以像他那样，一直存在下去吗？也许可以陪伴他的只有这从不停歇的时间而已。他似乎昨天还在为日本人空袭重庆发愁，而今天，大地上就已经唱起了《春天的故事》，Ａ也来到了20世纪80年代。

在这个年代，大批的人开始向深圳和海南岛进发，同样也有人选择了敦煌和拉萨。

在一个初秋下午，Ａ遇见了位年轻的诗人。这个诗人很瘦，很黑，戴着厚厚的眼镜，身上穿着白色的的确良衬衫，通过衬衫可以隐约看见里面还穿了件贴身的白色棉汗衫。在西装式样的大裤衩下面是干瘦的、毛茸茸的小腿，脚上穿的是一双完全破烂的胶底球鞋。

诗人和善地和所有遇见的人打招呼，他也向Ａ打了招呼。Ａ见了他就皱了皱眉头。这些不安分的年轻人。Ａ在心里想。

"朋友，我刚从青藏高原上回来，而且我爱你们每一个人。"诗人热情地说。

周围的人都笑起来。尽管那是一个崇尚诗歌的年代，但这位年轻的诗人依然显得太过特立独行。

"高原上有什么？"A向他问道，话中带着些好奇又有些嘲讽。

"众神，还有长久失落的自由灵魂。"诗人热烈地笑着，被紫外线灼烤后的皮肤下面是血液的颜色。

"你是位诗人吧？"

"诗人？"他坚定地摇了摇头，"我不是诗人。我只是布达拉宫的一块青砖，我只是朝圣者手里的经筒，我是雪山折射出的一缕阳光，从山鹰身上飘落的半根羽毛。我不是什么诗人，我是我的灵魂。"

他无疑是位诗人了。A在心里想。A从来都搞不懂诗人。在他眼里，诗人就是一群有事没事都要流两滴眼泪、叹两口气的疯子。A曾见过屈原，这是一个有洁癖的人；A也曾见过李白，这是个酒鬼；A也曾见过杜甫，这是个……杜甫简直太普通了，就是个普通人。

"你们诗人的追求是什么？"A问道。

"我说了我不是诗人。"年轻的诗人回答。

"那你们追求的是什么呢？"A一直对这个问题很好奇。

"永恒。"

"永恒？你是说永远不死？"

"哈哈哈哈……"诗人狂放地笑起来，"我们要永远不死干什么？！我们要的是用我们最苍白的语言，尽可能地去表现那永恒存在的美和真理在某一瞬间的表露。"

A听不懂他的话，接着问道："永远不死不是很好吗？"

"当然不好！"诗人不假思索地回答。

"为什么？"

"世界上什么动物活得最长？"诗人突然问道。

"什么？你问这个是什么意思？这个我确实不太清楚，也许是乌龟吧。"

"乌龟寿命长，是因为它的生活不需要冒险。如果老鼠有乌龟的寿命会怎么样？"

"我真不知道我为什么还要回答你的这些蠢问题。"A叹了口气，接着说，"也许它们会变得非常多？"

"错！它们都会死得很惨。你想想，一只老鼠的一生有多少天敌？有多少危险？如果它们有像乌龟一样的寿命，没等它们活到那个年龄，它们就会因为各种意外而死亡了。如此一来，它们就浪费了自然赐予它们的长寿。"

"你到底是什么意思？"

"每个生命的寿命是由它在一生中所要经历的危险决定的。对于那些整天处于危险之中的生命，大自然便不会耗费精力给它们打造一具长寿的身体。"

"你接着说。"

"人也是这个道理。人的寿命是由我们可能遭遇到的危险程度决定的。你学过数学吧……"

"你还会数学？"A诧异地问。

"每个正常的人都应该学习数学。再说了，这其实也很难算得上是什么数学。假如一个人在一年里因意外死亡的概率是千分之一——要知道，数据表明这个概率并不算高，那么在他自然死亡之前，有极低的概率会意外死亡。如果他能活1000岁呢？那他因意外死亡的概率便高得多。如果他能活4000岁呢？"

A有些惊恐地摇了摇头。

而诗人依然兴高采烈地说："如果一个人活了4000岁，那么他死于意外的可能性就超过了98%。如果一个人的寿命是10000岁，那么他寿终正寝的可能性就几乎不存在了。天上偶尔掉下点东西，也总有一天会砸到他的。"

"如果有人真的能活那么久呢？"A小心翼翼地问。

"不可能！如果他真能活那么久，那他一定是个十足的窝囊废！"诗人斩钉截铁地说。

"为什么？"Ａ有些生气地问。

"如果他能活那么久，那说明他总是躲在一角，总是置身事外。他把自己的寿命看得比什么都重，却不知道生命并不是靠长度来衡量的。如果有人能活这么长时间，那么他一定是一个无比懦弱、无比无能的人。与其这样窝囊地生活千年万年，还不如精彩地过完一天！所以说，永远不死不是什么好事情！"诗人终于完成了自己精彩的论证。

Ａ脸色煞白地站在那里，想着自己注定横死的未来。

"一派胡言！"Ａ生气地离开了。

后来，他在报纸上看到诗人死了。诗人死的时候，他的年龄还不到22岁，而Ａ则刚好度过他4522岁的生日——好吧，大约是4522岁。Ａ并不记得自己准确的岁数了，只能依靠模糊的记忆和历法的推断大概定了个日子。很久以前，每到这个日子，他就在一块石头上画一道痕迹。直到石头画满了，后来又换成了竹简，最终变成记事本上的几个阿拉伯数字。

诗人的话让Ａ惶恐了很长时间。但是时光荏苒，就像某首家喻户晓的歌曲里唱的那样，中国已经进入了新时代。Ａ也随着这伟大的时代，逐渐淡忘了诗人的话。Ａ现在每天穿的、用的大部分东西，在50年前都没有出现过。他对于有些东西很喜欢，比如电脑、方便面、外卖和网上银行等，不过有些东西他并不喜欢，比如身份证、DNA鉴定和数码相机。根据那些身份证明，他今年也已经50岁了，Ａ想要隐瞒自己身份会变得越来越艰难。好在现在的人足不出户也可以生存。Ａ有积蓄，在北京还有房子。Ａ不是一个好动的人，所以70年之内他哪里都不想去。

这几天，Ａ的心情不错。他在家也待累了，就决定出门转转。这一天阳光很好，天上几乎没有一朵云彩。Ａ的家就住在北京西三环附近，每天去公园散步都要穿过三环主路。平时，他都会选择走地下通道，不过这一次不知道为什么，他选择了在高架桥下面的辅道横穿马路——这样做对他来说真是太冒险了，但他不知为什么就这么做了。

看见红灯亮着，Ａ停在路口耐心地等着，竟又想起了之前和诗人的谈话，他对当初自己的诚惶诚恐觉得有些可笑。生活完全没有诗人说的那么危险，再说了，一个半大的孩子知道什么？

正想着，他突然听见高架上面传来急促的刹车声和碰撞声。他一抬头，刺眼的阳光晒得他睁不开眼，在那阳光中，有一个黑暗的东西向Ａ飞过来。他突然有一种非常不祥的预感。之前他在书上看到过，古希腊有个人被一只鹰扔下的乌龟砸死了，因为鹰误认为那个人的光头是石头，想利用"石头"将龟壳摔碎，结果乌龟没死，那个人的脑袋却开瓢了。他还在书上看到一艘正在里海捕鱼的小船被从天上掉下来的一头奶牛砸沉了，原因是一架运送奶牛的飞机在飞行过程中，有一头奶牛突然发了疯，乘务员就把疯牛推出了飞机。Ａ看着那个从天而降的东西，马上想到了乌龟和奶牛，又想起了诗人对他说的那些话，心里想：我不会也这么背吧……

"轰隆"的一声，一块破碎的保险杠掉在了Ａ的身边。

看来是高架桥上一辆车的保险杠被撞飞了，从上面掉了下来。Ａ松了口气，然后有些自嘲地对自己说："我就说不会这么……"

话还没说完，一辆疾速驶来的车将Ａ撞飞了十几米，然后他重重地摔在了地上。Ａ努力想睁开眼睛，但什么都看不见了。他隐约听见急促靠近的脚步声。

Ａ的意识越来越模糊，他已经感觉不到疼痛了。临死之前，Ａ有些不甘心地想："这也太没有创意了吧……"

◆ 第 24 届银河奖读者提名奖获奖作品

移魂有术

江波

如果一个人相信自己有前世，而且还有很多个前世，自己的生命会一次次轮回，从未终结，并且以一种肯定的口吻告诉你这一切，你一定会认为他疯了，因为这和现代科学观念水火不容。宇宙里没地方可以容纳从古至今的无数个灵魂，以及未来即将产生的更多灵魂。

　　然而眼前的这个人的话却让我不得不信，因为他关于前世的记忆让我拿到了 500 万。一个人平时有点儿疯疯癫癫并不算奇怪，然而如果疯到了和钱过不去的程度，那么此人就真的疯了。他把信息告诉我，而我真的拿到了钱！

　　这个事意义重大，足以颠覆我的世界观。我一直是一个无神论者，一个人有前世，这充满了神秘色彩，让我无法相信。然而，实实在在的 500 万放在面前，还有什么世界观值得我坚持？哪怕让我相信自己前世是他的一条狗，因为对主人俯首帖耳、恭敬有加而得到这笔横财也值了！

　　我抑制住自己的兴奋，平静地把我拿到了 500 万的消息告诉他，他也异常激动。"这是真的，这是真的！"他反反复复地说着这一句话。

　　我悄悄退出，把他一个人留在房间里。出了房门，我情不自禁地拿出那张小小的卡片，它可以让我拥有阿尔卑斯山脚下某个著名度假地的一套永久产权的别墅，而且不用缴纳物业费。我忍不住在卡片上亲吻了一下。作为一名医生，这种举动显然有失风度，然而医生也喜欢钱，更何况是天上掉下来的 500 万。天知地知，他知我知……想到这里，我的心突然一沉，虽然这一切手续合法，但有没有第 3 个人知道这笔钱呢？虽然是赠予，但是如果被人揭发出去，只会引起无数人的羡慕嫉妒恨，肯定不会有什么好结果。

"梁医生！"屋子里的那个人突然大叫起来，我慌忙把价值500万的卡片塞进兜里，推开房门，以专业的步伐走了进去。

"什么时候能给我做催眠？"他语气急促，迫不及待地问。

我清了清嗓子，让语调显得平静而专业，说："催眠有一定危险性，你昨天刚做了深度催眠，如果再做，可能会对大脑造成损伤，造成不可逆的后果。我们最好等2天。"

"不行！"床上的病人大叫，"我要马上就开始。你拿了钱就要办事。"

我一时语塞。我很想把病历本狠狠摔在他的脸上，扬长而去，然而这样只能一时痛快，没法堵住他的嘴。再说……一个阴险的念头不可抑制地在我脑中萌发出来：他死了，这500万我才能踏实地拿着。

既然想死，那么我就成全他。我把心一横，摆出一副公事公办的面孔说："我必须再次提醒你，频繁进行深度催眠会导致神经衰竭，进而导致脑死亡，甚至有生命危险。催眠所使用的阿匹胺苯片剂，属于神经麻醉剂的一种，可能导致心律失常，甚至呼吸衰竭……"

"我知道！"这个人暴怒，"你只管做就是了。"

我走出病房，拿回一份告知书，还有一份催眠协议。我已决定要让他去死，不过一切必须看起来符合规范、无懈可击。这对于一个决定昧着良心动手的医生来说，虽然有些麻烦，却并不是太难。

病人痛快地在上面签了字。我拿过来一看，倒吸了一口凉气。

王十二！这是他签下的名字。这是他认为自己应该是的那个人，而不是他自己的真实姓名。我感觉被一个疯子摆了一道。

"李先生，你必须签自己的名字。"我告诉他，然后给他一份新的协议书。

"什么？"病人有些困惑，"我签的当然是我自己的名字。"

这种情况屡见不鲜，我早有准备。"这是你的身份证。"我把他的身份证递过去。很多病人到最后都不知道自己是谁，也没有家属来认领。因此病人进入这所医院时必须抵押身份证，当然身份证也可能造假，因此医院都与国家个人信息管理中心核对过，不可能收取假的身份证。必须确认病人的身份属实，这是精神病院全体员工数十年的经验总结，或者说血泪教训。

"李川书。"他把身份证上的名字念了出来，然后愕然地看着我，"这是我的名字？"

我不动声色地点头。他的病情加重了，昨天，当他宣称自己是王十二时，至少还记得李川书这个名字。人格分裂的精神病患者就是这样。最初他感觉自己曾经是某个人；然后，他偶尔觉得自己就是某个人，但还对真正的身份有着清醒的认识；再后来，他已经不知道自己到底是谁，不同的人格在他身上打架，让他的行为变得古怪，失去逻辑；到最严重时，不同的人格彻底地分隔开来，他时而是这个人，时而是那个人，彼此毫无关联，下一秒钟不记得上一秒钟发生的事。如果病情还有发展……病情不会再发展了，到了这个地步，死神已经在敲门了。李川书的病情发展很快，他的臆想人格占据了上风。

"李先生，你先休息一下，晚饭后我再来看你。"我看他不再歇斯底里，趁机把协议书和身份证拿了回来，把床头的阿匹苯胺片放回药袋。杀死一个人总是需要很大的勇气，我得承认，我是一个懦夫，不过短短的几分钟，方才的杀机就消失得干干净净。我慌忙掩上门，趁着病人仍旧平静，逃也似的走了。

医院在山上，远离市区。下晚班的时候，山道上通常没有车。因为习惯，也因为这意外的 500 万，我把车开得飞快。

突然间，迎面射来强烈的灯光。该死，会车也不关远光灯！我来不及抱怨，猛踩刹车，强烈的惯性让我重重地撞在挡风玻璃上，车歪出山道，撞上了路边的墩子。

对面的车缓缓开过来停下，有人下车过来看个究竟。

"你怎么开车的！"虽然我一直认为自己很有涵养，但还是忍不住破口大骂。

来人却一声不吭，只是走到我的车边，掏出一支手电筒照着我。

"你干什么！"我感到愤怒，同时有些惶恐。来人高大威猛，黑黑的身影颇有些压迫感。我的声音不自觉地小下去，却仍旧保持着愤怒的语调，喊："开车要当心点儿，别拿远光灯晃人。把你的手电筒拿开！"

他收起了手电筒，我依稀看到了一张标准的、像是黑社会的冷酷脸。这张脸不带一丝表情，没有一丝歉意，只是直直地盯着我，就像狮子盯着猎物。我突然感到害怕，只想逃走。"快点儿走开，我要开车了。"我壮着胆子呵斥他，然而声音虚弱无力。

他扬起手，我闭上眼睛，然后听见玻璃破碎的声音。车门被拉开了，还没有搞清怎么回事，我就被拖曳出来。我不认识他，不知道他到底要干什么，只是本能地感到绝望，伸手紧紧地抓住车把手，大声叫喊救命。

猛然间，我后脑一疼，眼前一黑，昏了过去。

我醒来时，脑袋仍旧昏昏沉沉的。阳光刺痛了我的眼睛，我伸手遮挡。

"梁医生。"有人喊我，逆着阳光，我依稀看见一个黑色的身影。我回想起夜晚遭受的袭击，猛然一惊，站了起来，说："你是谁，我在哪里？"

来人缓缓向前走来，在我面前不到一米处站定。他衣着光鲜，西服笔挺而得体，左手上 2 个硕大的红宝石戒指异常引人注目。

"我们在一个很安全的地方，你放心，不会有事。"他缓缓地说，样子很沉稳，显得风度翩翩。这样的神态和语气让我安心下来，至少他不会抽出棍子来打人。

"我被打晕了，"我回想起那个模糊的黑影，心有余悸，"有人袭击我！"

"办事的人误会了我的意思，他应该把你请来。我已经狠狠地骂了他，希望梁医生不要介意。我会赔偿你的医药费和车子的维修费。"

他说得分外客气，我却心中一凛——眼前的人有钱有势，没准儿还是黑社会的老大。我还能介意什么？能够全身而退就是万幸。

"我……"我嗫嚅着不知道如何应答，最后说，"找我有什么事吗？"我连他的姓名称呼也不敢问。

"很好，既然梁医生这么客气，我就开门见山——你有一个特殊的病人，"他说，"他叫李川书。"

一句话仿佛惊雷，我的心突突直跳。这一定是那 500 万惹出来的事，整整 500 万从某个账户里取出来，这一定惊动了某些人。

"不错！"我尽力掩饰心虚，"他有什么特殊？"我刚问出口，就意识到了自己失言，接着说："哦，我不想知道太多。您想做什么？能帮的忙我就帮，只要不违法就行。"

对方露出一个微笑，说："梁医生太客气了。我只是想请梁医生帮一个小忙，绝对不违法。"他向前凑近一点，说："我要一个他病情的详细的记录，包括这个病人的一言一行，他说的每一个字都要记录下来。当然，我会为此付出一点酬金，不多，一点小意思，但是梁先生你必须承诺记录完整，而且对这件事绝对保密。"

他既没有提到那 500 万，也没有要求我去杀人，我慌忙点头，说："好，好。我一定帮忙，该怎么联系你呢？"

他从口袋里掏出一部手机，递给我，说："你必须每天用笔记录，你们医院的那种记录册正合适，不要为了省事用电子簿。这里面有一个电话号码，每天下班前打这个电话，会有人告诉你在哪里交接记录。"

我接过手机。这是一部三屏虚拟投影手机，是大米公司的旗舰机。我从来没敢奢望这样一部手机会握在我的手里，而他所要求的只是每天打一次电话。

我小心翼翼地把手机放进兜里，承诺道："放心，我一定会把这件事办好。"

他点点头，突然说："我知道你拿了500万。"我的心头咯噔一沉，害怕地看着他。

"这500万是你的。"他微笑着，"我可以告诉你，这500万是从我的账户上拿走的，但是，它是你的了。"

我感到额头上沁出一层冷汗。

"事情结束之后，你还可以拿到另外500万。"他看了看我，脸上满是笑意，"1000万的酬劳，这应该让你感到满意。"

我心头发怵，说出来的话也不自觉带上了颤音："这钱不是我去拿的，是李川书让我拿的。我没动这钱。"

"别怕，那就是你的钱，是你该得的酬劳。这当然不是小钱，这笔钱可以让人非常体面地过一辈子，所以，你必须把事办好。我相信梁医生你一定有这个能力。"

我僵硬地点点头。他微笑着向我伸出手，说："我们的合作一定很愉快。"

连续一个星期，我都生活在担忧和恐惧之中。让我监视李川书的人叫王天佑，那天谈话之后他让人送我出去，那人正是那个绑架我的大汉。一路上我连大气也不敢出，但是我的眼睛并没有闲着，庄园的豪华展露无遗，我做梦都没有想到我能在一个这样的庄园里出入。这庄园像极了欧洲中世纪的城堡，甚至还有一两个穿着欧洲传统服饰的人在小溪里泛舟，清理漂在水面上的落叶。虽然我见识浅薄，但也大致明白此间的主人试图把欧洲的氛围复制过来，尽量原汁原味。这样的手笔和气魄让我感觉自己仿佛只是一只小小的啮齿类动物，在荒原上迷失了方向，没有藏身之地，甚至忘记了奔跑，而庄园主人巨大的阴影覆盖了我——他是飞翔在天上的猎鹰。

1000万！我从来没想过能拥有一笔如此巨大的财富。有了钱，我可以周游世界，然后去做自己喜欢的事。虽然我还不知道自己到底喜欢做什么事，但无论如何也不会是端坐在一群精神病人中间，听他们讲述不知道属于哪个世界的故事，或者干脆没有故事，只有用狼嚎来释放粗犷的原始野性。

1000万！这个巨额数字平息了我的担忧和恐惧。我悉心照顾李川书，比照顾任何一个病人都要细致。我和他聊天，记录他说的每一个字，然后按照电话中的要求，每天把包装着记录的纸袋丢进各种不同的信箱。

李川书不是那种喜怒无常的精神病人，他只是人格分裂。进医院后的大部分时候，他是李川书，但有时会变成王十二。每当他自称王十二时，脾气就变得暴躁，动不动便发火。也只有当他变成王十二的时候，他才会记得给过我 500 万，要求我给他办事。因此，我深刻地希望他一直是李川书。

不管是李川书还是王十二，他都是一个理智清醒的人，因此并不难以交流。他显然对于自己为什么待在一所精神病院里感到困惑，为此多次询问我，甚至威胁要踩死我。我只是一名小小的医生，根本不知道每一个病人背后的故事，然而被一个病人问倒是一件很丢脸的事，我只能很严肃地告诉他，医院有责任保密，他既然进了医院，自然有进来的原因，不准多问。

然而我产生了一点好奇：这个李川书到底为什么被送到这里？

如果有人要送 500 万给这所精神病院，那么合适的对象应该是院长而不是我，现在我看到院长，竟然有一丝偷了别人东西的愧疚。但愧疚归愧疚，钱的事我根本不会提，如今这年头，煮熟的鸭子都有可能飞了，何况我的钱还没煮熟呢！

"宋院长，最近117号经常性臆想，他已经分不清现实和虚幻，很暴躁，把他转到重症监护室吧。"我向院长建议。对于一个精神病人，送到重症监护室基本上等于判他死刑。我在医院的8年里，看见许多人被架进去，出来的时候都面目全非，不是成了彻底的精神病，就是不省人事，成了植物人。这些病人要被进行强迫性治疗，用大电流烧灼神经，甚至进行部分大脑切除——这是对付重症精神病人最后的手段。理所当然，院长拒绝了这样的要求："他怎么能够上重症的条件，不行！"

"他自称王十二，还说自己很有钱。他家里真有钱吗？如果有钱，我们给他安排一个贵宾房，特殊照看。"我又建议。

院长白了我一眼，说："疯子说的话你也信……给他一个单人房已经很好了。你快回岗位上去，别老旷工。"

看起来院长并不知道关于500万的事，也并不关心这个病人。

"马上就去。我想把他的卷宗拿回去研究一下，这个案例很值得研究。"我露出一副醉心专业的样子。

"好了，你去和老李说一声，暂时调用一下卷宗，就说我同意的。"院长有些不耐烦，只想快些打发我走。

我很知趣地退出了院长办公室，到病人档案处查阅卷宗。

他的卷宗很简单，甚至有些简陋。

李川书，男，2055年7月8日生。家族无病史。根据病人家属的描述，该病人于2080年离家，不知去向。2082年6月回家后，逐渐有臆症，由偶尔发作发展为经常性发作。初步诊断其为深度人格分裂。病人的各种病理性检查均正常，体内未见激素异常，精神疾病诱因不详。发病时未有攻击性行为，社会危害度低。建议保守治疗，适当控制病人行为。

这样一个病历说明不了什么，关键在于他失踪了 2 年，也许就是在这 2 年里，他成了另一个人？我正打算合上卷宗，突然被备注栏里的一行小字吸引：病人家属要求对病人进行单人看护，并预支 3 年的看护费计 15 万元。同意器官捐献的声明已签字。

　　我暗暗吸了一口凉气。这行简单的句子里大有玄机！一个精神病人，只要身体健康，就是合格的器官捐献者。在精神病院这样的地方，因为各种原因死掉一个人是很常见的事，如果家属签订了一份这样的声明，病人就随时处于危险之中。一个精神病人的小命又有谁在乎？

　　我翻到页首，把病人家属的姓名和地址记了下来。

　　当我找到李川书的家时，不由得大吃一惊。这是一间残破的瓦房，看起来简直是 20 世纪的建筑，残破不堪，随时可能倒塌。这破败危房里只住着一个人，是个乞丐，浑身散发着酸臭味。我捂着鼻子问了他几句话，但他一问三不知。我丢下 10 块钱，然后逃出了屋子。转身看着这残破的房子，疑心自己是不是来错了地方。

　　转过身，我心中一凉——那个曾经打昏我的大汉就站在不远处，目光直直地看着我。他缓缓地走过来，我两腿发软，想跑都没有力气。

　　"老板有请。"他很简单地说。

　　我开车跟着他的车，一路上无数次想一甩方向盘夺路而逃，却始终没有勇气。大汉的车是一辆剽悍威风的越野车，马力极其强大，气势吓人，我的破车没可能逃掉。

　　王天佑仍旧在那个豪华的会客厅里接待我。

　　"你去了李川书的家？"他半躺在沙发上，懒洋洋地看着我。我从小就知道，如果你真把此类问话当作一个问题，那么就犯了幼稚病。他这么说是要我承认错误。

我恭敬地站在他面前，低头垂眼，仿佛一个做错了事的仆人，说："是。"

"好奇会害死猫的，你知道吗？"

"知道。"

"猫有 9 条命，你有几条？"

"一条。"

他问得轻描淡写，我答得小心谨慎。他抬眼看着我，继续问："你为什么要去那里？"

"我看到他的家属签订了器官捐献协议，一时好奇，就想去看看。这种协议，家属一般都不愿意签。"我老老实实地回答，不敢有半句虚言。

他从沙发上起身，抓住我的手，说："梁医生，我知道你是一个好人。你也要相信我是一个好人，我对李川书没有恶意。李川书原本是一个流浪汉，他答应了我做器官捐献，但后来又后悔了。他的精神也有些异常。这件事我不想太多人知道，所以把他送到了精神病院，他的器官捐献是定向的，你可以去查记录。但是事情出了点差错，他趁着我不注意偷看了许多机密资料，被抓住之后，居然装疯，谎称自己叫王十二。"

王天佑认真地看着我，说："他从我的户头里偷钱，这是他偷偷窃取的机密之一。我不清楚他还知道多少，所以私下请你来监视他。我不想有更多的人掺和在里边。这件事你知、我知，不能让第 3 个人知道，否则我也不会出 1000 万来请你。"

王天佑的手很潮，黏糊糊的让人感觉不舒服，但我也不敢把手抽出来，只是一个劲地点头，说："我明白，我明白。"

王天佑放开我的手，缓步走到窗前，说："帮我好好照看李川书，如果他自称王十二，你就和他多谈谈。那些都是我的隐私，你要保密。"

"一定的，一定的。"我的话音刚落，落地钟突然响起，"当……当……当……当……"连续 4 声，每一下都让我心惊肉跳。

钟声刚过，一个女人的声音在背后响起："王总，您的药。"这声音婉转动听，我很想转身去看，然而心里害怕，终究没有这个胆量。

王天佑似乎有些意外，看了看钟表，问："不是还有半个小时吗，今天怎么这么早？"

女人缓缓走进来，经过我身边，说："您今天早上提前吃了药。"一股清香闯入我的鼻孔，我偷偷抬眼。这个女子身材婀娜，穿着一袭紧身旗袍，她正伺候王天佑吃药。也许有所感应，她扭头瞥了我一眼，正迎上我猥琐而胆怯的目光。我慌忙垂下眼，心脏突然间狂跳不止。

当她缓缓地走出去后，我才回过神来，重新意识到自己正处在危险之中，马上屏气凝神，静静地等着王天佑的训示。

王天佑的脸上竟然现出了一丝犹豫。

"这样好了，"王天佑说，"我让阿彪送你回医院。你留在医院里，对李川书全天候地监护。我不想惊动你们的院长，或者其他任何人，你要明白，我不想让任何人知道我和一个精神病人有关。你所知道的一切必须烂在肚子里，明白吗？"

"明白，明白。"我慌忙说。

"另外，一定记住，好奇害死猫。按照我们的约定去做就好了，你知道得越少越好。"王天佑最后说。

他的话越是平淡，我的心里就越是忐忑。恐惧感压倒了对金钱的渴望，一种预感变得清晰起来：最后我可能不但拿不到钱，还会把小命搭进去。

阿彪押送我回医院的途中，我满脑子都在想该如何才能脱离陷阱，当然，我也想了如何才能保住 500 万——结果，我什么法子都没想出来。

我这一生真是白活了，除了和精神病人打交道，啥本事都没有。

那就听话一点，少点好奇。

问题是，听话了就能活着吗？

我真的能拿到 1000 万吗？

我继续一丝不苟地照顾李川书。知道王天佑监视着我后，我不敢再有任何好奇，他也不再要求我打电话，而是由阿彪来取走每天的记录。

　　过了两天，精神病院的人都把阿彪当成了病人家属，有的医生问我："这个家属怎么这么奇怪，每天都要记录？"

　　还有的医生说："这个家属看样子不像好人啊，你要小心点，千万别被讹上了。"

　　我被这样的问题弄得不厌其烦，又无法说明，只觉得无比烦闷。在烦闷中，我再次走向病房，去照看这个给我的世界带来巨大改变的李川书。

　　李川书在床边坐着，似乎正在沉思，又有点儿痴呆。看他的这个样子，我明白此刻他是李川书。事情就简单了。

　　"李川书！"我大声喊。

　　出乎意料，他只是抬头看着我，目光呆滞。我不由得愣住了，往常这样喊他，他会猛然抬头，仿佛从臆想中回过神来，然后用比我更大的嗓门喊一声"到"。

　　"李川书！"我再次大声喊。

　　他仍旧没有应声。

　　李川书就要死了！凭着丰富的诊断经验，我意识到眼前的病患正进入一个转折点。一个人格彻底战胜了另一个，他的李川书人格不再活跃，也许永远不会再出现。

　　我略带怜悯地看着他。虽然看惯了医院里的生生死死，但我的心也并没有完全僵硬，看到一个人死去，总会替他感到悲伤，尽管他的躯壳还在，还活着。

　　我准备退出去，打算过一会儿再来和王十二说话，李川书却突然从床上跳起，一把抓住我，大声叫道："我不要，我不要，我不要钱，求你放过我，把它抽出来，把它抽出来，求你了！"他的胳膊很有力，紧紧地箍着我。我用力挣扎，他却紧抱着我不放，情急之下，我提起膝盖在他的小腹上用力一顶。精神病患者对身体的痛楚感觉迟钝，他丝毫没有放松，我再次猛击他的小腹，他猛然张口，喷出一口秽物。刺鼻的臭味让我一阵恶心，差点呕吐。我正打算呼救，他却软软地躺了下去，然而手指犹自抓着我的袖口。

我狼狈地站在病房里，胸口一片污秽，脚下是瘫倒的病人。我把袖口从他的手指间挣脱出来，一不小心，他尖利的指甲在我的手背上轻轻一划，居然留下一道血痕。我厌恶地用脚把他的身体踢到一边，找来护士收拾场面，然后拿了件干净的工作服去卫生间更换。为了清静，我特意走到4楼，这里的卫生间鲜有人来。

换好衣服，我正洗手，突然感觉有些异样。猛然抬头，镜子里，我的身后站着一个人，正直直地盯着我！

我大吃一惊，猛然转身，看清了来人的面目：她虽身着男装，但分明是在王天佑的豪宅里出现的那个女人。我吃惊不小，正想喝问，她却做出一个噤声的手势。我也就闭口不言，怔怔地看着她。

她快速走上来，在我身上摸索，动作比安检处的安保人员还要利索。很快，她从我的口袋里掏出了那个昂贵的手机，非常快速地把它装进一个闪着银光的口袋里。

"好了，我们可以谈谈了。"她开口说话。

"就在这里？"我有点儿担心地望了望门口。

"今晚10点，你假装睡觉，把这手机放在床头，假装不小心用枕头盖住了它。然后出来见我，地点在东阁轩林东包厢。"

"你要做什么？"

"救你的命。"她冷冷地说，"这个手机是个监控器，它不但能窃听，也能摄影。你要小心了！"她拿起银色的袋子，把手机倒入我的口袋，然后再次做出一个噤声的动作，悄无声息地向着门边退去。

等我回过神来追出去，她已经下了楼梯。我没有继续追上去，只是从口袋里掏出手机端详。工艺精湛的三屏手机正闪闪发亮，可以照出我的模样。

突然间我心头涌起一阵寒意。难道真如她所说，我已经快没命了？仔细想想前因后果，这种可能性很大，我一个无权无势的医生，除了精神病院的同事和精神病人，谁也不认识，王天佑肯定可以轻易地把我捏死。有什么比一个死人更能够保守秘密？我一直不愿意去这么想，巨额的财富成功地蒙蔽了我的心智，而这个女人毫不留情地戳破了这层纸。

无论如何，晚上我都要赴约。

下楼，经过李川书的病房时，我从小小的格子窗望进去。病人正躺在床上，上了夹板。"夹板"是对手足固定装置的俗称，力气再大的人，只要上了夹板，就丝毫不能动弹了。病人似乎正在熟睡，口水不断从嘴角流下。

我突然对他有了一种全新的感觉，不是医生对病人的高高在上，也不是对精神错乱者惯有的鄙夷，更不是对一堆行尸走肉的厌恶。我突然感到自己的命运和他紧紧地绑在一起，而我的处境并不比他更好。有那么一瞬间，我竟然和这个被捆绑在床上兀自流着口水的精神病患者有了一种休戚与共的感觉，这真让我惊讶。

我快步走向医生休息室，躺在床上，迫切希望来一场深沉的午睡。

东阁轩是一家很高档的酒店，我闻名已久，却从来没有机会进去。我在酒店外徘徊，担心酒店那光可鉴人的地面会反衬得我的衣衫过于寒碜，酒店服务生会在心底对我暗暗嘲笑。

10 点过了一刻，见实在无法再拖下去。我整了整衣服，鼓足勇气，向着那富丽堂皇的所在地走去。

电梯直接进入包厢，服务员礼貌地微笑着告诉我已经到了，我有些慌不择路地走了出去。

这是一个很奢侈的包厢，金碧辉煌，让我感到浑身不自在。有人正等着我，不是一个，是2个人：一个是已经认识的女人，另一个则是位陌生的男人，还好，他看上去很斯文。

他们并没有说话，只是默默地看着我。女人起身走到我身边，脚步悄然无声，就像轻巧的猫。她很快把我上上下下搜了一遍，没发现异样才开口说话："你把手机处理好了？"

"照你说的，假装不小心盖在枕头底下。"

她示意我在桌边坐下。

偌大的桌子上摆满美味佳肴，然而谁都没有动筷子。现场气氛冰冷，与热气腾腾的饭菜形成鲜明对比。一男一女都盯着我，我却不知道该把目光投向谁，只好不断地转移视线，看看她，再看看他。我用一种精神病医生才具备的坚韧毅力坚持下来，显得面不改色、泰然自若。虽然这一次谈话可能会决定我的命运，但对他们又何尝不重要？不然他们也不用冒着巨大的风险来找我。

我等他们亮出底牌。

终于，美女再次开口说话："梁医生，这位是万礼运博士。你们是同行。"

"失敬，失敬！"我向万博士说。他微微点头还礼，却仍旧没有说一句话。

"我是王天佑的办公室助理，因此了解这件事的前因后果。"美女继续说，"他通过你监视李川书，这件事也是经过深思熟虑的。你是这家精神病院里最蹩脚的医生，分派给你的病人不会引起任何注意，而且你很贪财。只要是贪财的人，王天佑就能对付。"

我一时不知道说什么。我是一个贪婪的平庸之辈，这就是王天佑决定利用我的原因？也许他们能找到一个好些的理由，至少当着我的面，可以说一说我为人随和之类的话。

我清了清嗓子说："你这么说是什么意思？"我企图质问她，然而语气软弱无力，听上去就很心虚。

"你孤身一人，没有亲属，甚至连女朋友都没一个。生活简单，除了上班几乎足不出户，网络游戏是打发时间的唯一方式。他会想办法把你干掉。"美女毫不留情，继续说，"你这样的人被干掉后，尸体恐怕要臭得大街上都能闻到才会被人发现，所以选择你再合适不过了。王天佑早就看好了这一点。"

一个美貌女人的嘴里说出来的话却如此毒辣，我嘴角抽搐，企图反唇相讥，却说不出什么来。

美女看出我的窘态，微微一笑，说："别怕，我们会帮你对付王天佑。"

"你们为什么要帮我？"我几乎本能地问。

美女脸上的笑意更甚，说："我们当然有自己的目的。但你只需要关心自己的命，不是吗？"

我把心一横，说："横竖是个死，你们要是不把话说明白，我不会和你们合作。而且，我要向王天佑报告这件事。"

对面的两个人相互看了看，姓万的医生开了口："梁医生，既然我们露面找你，就没有打算隐瞒什么。人为财死，鸟为食亡，1000万是很大一笔钱，但和我们想做的事比起来，它只是一个零头。"他顿了顿，看了看我的反应，我眼也不眨地看着他，等着他讲下去。

"王天佑的父亲是超级富豪。然而，老王的死因很可疑。法医鉴定他死于心脏衰竭，但我有不同的看法。我是老王的家庭医生，他的身体器官虽然有些老化，但并没有那么糟糕。根据他的死状，我推断他是被枕头之类的东西闷死的。当然，这样的推断需要验尸报告证实才行，但没有这种可能了——他的遗体已经被火化。

"然而王天佑没有想到，他无法继承老王的遗产。老王的资产被冻结，根本无法解冻。除了庄园，他拿不到任何东西。"

万医生停顿下来，看着我，说出了一句令我吃惊的话："王家的财产至少有 65 个亿。"

65 个亿！这是一个天文数字，我不知道究竟是多少钱，但绝对多得吓死人，就算换成 1000 块一张的纸币，也能压死 10 个大汉。我惊愕地看着万医生，问："你们想要这笔钱？这怎么可能拿得到？"

"所以我们需要你加入。"

我感到自己的心在颤抖，说："你们到底打算怎么办？"

万医生看着我，说："这件事风险很大，你要想清楚。"

"你本来就已经很危险，与我们合作反而会安全一些。"美女赶紧补充。

"我和你们合作，王天佑那种人是不会放过我的。我该怎么办？"

"我来告诉你事情的经过……"万医生不紧不慢，娓娓道来。

我认真地听着，事情逐渐清晰起来。然而，一切都是那么匪夷所思，大大超出了我所能想象的范围。

李川书的身上，居然隐藏着如此巨大的秘密。身为每天端坐在他面前的人，我居然毫无察觉。冷汗从我的额头上不断冒出，身不由己，我卷入一场谋杀案中。

李川书坐在我面前。现在，他的名字叫王十二。

李川书人格已经很多天没有出现，而王十二一直在我面前。我给他进行了深度催眠，往常催眠唤醒的人格总是王十二，这一次，我的目标恰恰相反，我希望李川书能够出现。

他的确出现了。我从他的眼神中读出了这一点。

"你叫什么名字？"我不失时机地问他。

"李川书。"

"王老板怎么死的？你看见他死了吗？"我根据万博士的建议单刀直入。

"我看到了。"他说，"是他的儿子，他在骂他儿子。"

"王老板他骂了些什么？"

"我不知道，我听不清。"

"后来发生了什么？"

"王老板站起身，他的儿子很害怕。他走一步，他儿子退后一步，说话的声音都在发抖。王老板大声骂了一句……

"我就是去死，也不会留给你一个子儿！"李川书突然尖着喉咙叫了起来，他在模仿王老板的骂声。

"然后呢？"

"他儿子跪下……"

李川书的声音越来越小，他的人格正在昏睡过去。

我赶紧提示他："王老板后来死了，你看到了，他怎么死的？"

"他突然捂着胸口倒在地上。"

"死了？"

"应该死了，再也没有起来过。"

"他儿子呢？"

"王老板儿子爬过去看，很快站起来，从附近拿来一个抱枕，蒙住了王老板的头。"

这无疑证实了万博士的推测，也许王老板因为某种原因昏厥，而王天佑则干脆谋杀了自己的父亲。

"后来呢？"

"王老板儿子放开枕头，开始打电话。"

"王老板死了吗？"

"他肯定死了，一动不动，他儿子还用脚踢他。"

"还看到了什么？"

"后来来了两个白衣服的人，他们和王老板儿子争论。再后来万医生来了。"说到这里，李川书的脸上突然显示出恐慌的神情，"求求你，把它拿出来，我不要，我不要！"他尖叫着，身躯剧烈扭动。看来万医生这个人对他来说是一个可怕的梦魇，哪怕在深沉的催眠中，他的潜意识也能感受到莫大的恐惧。

催眠无法进行下去，我给他注射了昏睡针。他很快沉睡，我则忐忑不安地站立一旁。

王天佑的秘书叫卢兴鹭。我不知道为什么她和万礼运会有如此大的胆量，企图吞没亿万财产，他们的关系一定不简单。虽然我是一个单身汉，他们也努力装出为了金钱而合伙作案的样子，然而他们之间的眼神交流还是泄露了许多信息。人不为己，天诛地灭。无论如何，他们至少看上去比王天佑要可靠安全一些，因此我同意加入他们的计划。

根据计划，卢兴鹭每天下午 2 点会把手机的信号导向另一个信号源，在王天佑那边，他只会听到一些经过伪装的对话，而我有半个小时的时间可以和李川书深入交谈。尽管王天佑并不想放过李川书，但在结束李川书的生命之前，王天佑需要得到那些账户的密码。整个世界，这个密码只着落在我眼前这个病人身上。

王天佑的父亲叫王于德，也叫王十二。

一个亿万富翁，享尽人间的荣华富贵，自然对那些东西眷恋不舍，他惧怕衰老和死亡，于是动用巨额财富寻找长生的秘方，希望能活得长久一些，最好能够永远活下去。这个举动最终却加速他的死亡，这真是绝妙的讽刺。

当然，王于德的计划仍旧在进行，只不过有些偏离预定轨道。

李川书的躯体已经卖给了王于德。根据合同，王于德可以从他身上得到任何器官，代价是王于德给李川书 2 年予取予求的生活。

然而，如果让李川书知道后来发生的一切，他肯定不会选择签约，或者说，如果我是李川书，我肯定不会同意。

这不是从尸体上摘取器官这么简单的故事。万医生没有损伤李川书身体的一分一毫，只是给他注射了一些针剂。根据万医生的描述，这是他15年来的心血，他可以使用药物更改人的DNA序列，更改后的DNA序列可以指导脑细胞进行连接重建。当脑细胞按照一定的规则重建时，某些信息也就被灌输到这个人的脑中了。理论上讲，这种药物能够把一个人的记忆完全灌输到另一个人的大脑里，包括那些自我认同的潜意识。

王于德买下李川书的躯体，并不打算用作器官移植，他要的是一个完好的年轻躯体，然后把自己的记忆复制到这个年轻躯体中，从而获得新生。这是一个现代版本的"借尸还魂"。

万医生首先在王于德的身体里注入一种RNA物质，它会根据大脑的状况生成相应的DNA编码。然后，万医生把带有记忆编码的细胞从王于德身上分离，经过免疫伪装后植入李川书的免疫系统，这种细胞中的DNA会制造释放信使RNA，进入神经细胞中对DNA重编。最后，李川书全身的免疫细胞和神经细胞都会带上记忆编码，神经网络会逐渐改变，王于德的记忆会慢慢重现，王于德也就在李川书身上复活过来。在此期间，李川书就像生活在梦魇中，记忆逐渐丧失，意识混浊不清，经历着无法言说的痛苦。当最后的时刻到来，李川书在自己的躯体里被压抑，他会完全成为另一个人。我一直以为这是精神分裂的病症，却从未想到这居然是因为记忆的重现。李川书并非精神分裂，而是有人试图在他身上"复活"！

这是一个胆大包天的计划！据说万医生曾经在动物身上试验过并获得成功，但从来没有做过人体试验，谁也不知道成功概率有多少，而且这样的试验完全违法，王于德买下李川书的身体，属于严重的组织出卖人体器官罪。

不过王于德有个心狠手辣的儿子，看到接班变得遥遥无期，他干脆直接杀了自己的父亲。

然而，万医生的重生计划并没有中止，李川书仍旧活着，而王于德正在他身上复活。如果真的能够完全回忆起王于德生前的情形，那他到底是李川书还是王于德？一般来说，当一个人把自己认定为另一个人时，都会被送到精神病院。王于德还是亿万富翁的时候，他有足够的能力摆平这件事，但是当他作为一个精神病人被捆绑在病床上，恐怕神仙也救不了他。更何况，还有一个亿万富翁正虎视眈眈地盯着他。

我充满怜悯地看了李川书一眼，我不是上帝，拯救不了任何人，我只能拯救自己。

我撸起李川书的袖子，拿起针筒扎进他的胳膊。这是一个汲取式针筒，针头钻进皮肤之后会自动软化，然后，仿佛一只小虫般在他的皮肤下游走。很快，针筒里充满了各种人体组织的混合液，淡红的液体中悬浮着各种组织颗粒。有这些就足够了，我把样本筒取下放进兜里。然后拿起记录本，开始在上面涂涂画画。

这一天，当阿彪来取记录本时，我竟对着他微笑。这个冷酷的大个子被我的异常举动弄糊涂了，愣愣地看着我，竟然也露出一个傻傻的笑。我飞快地逃走。

人类身上蕴藏着巨大的潜能。作为医学院的高才生，我并不是没有潜能，只不过，潜能需要梦想和激情来调动，而我的身上，经过这么些年担任精神科医生的磨炼后，这两样东西已经变得稀缺，我成了一个贪婪而猥琐的小人，稀里糊涂地过着日子。然而现在，求生的本能让我激情四溢，浑身充满了能量。每天晚上，我把那个昂贵的手机塞在枕头下，然后就直奔实验室，在那里忙活大半夜，直到后半夜才回来，匆匆打个盹儿，第2天居然能够不犯困。我以十二万分的劲头投身到自我拯救的事业中。

有理由怀疑我得了某种强烈的亢奋症，然而，在这个非常时期，这是好事。

我在研究万医生的成果。

搞生物研究的公司最喜欢专利，他们知道，没有专利，他们的产品会一夜之间被各种各样的仿制品取代。因为生物制剂是最容易被仿制的东西，甚至不需要仿制，只需得到母本，就可以轻易地在实验室里大量复制——生命必然能够自我复制，否则就不叫生命了。光凭着我的能力和条件，即便智商高达 145，想搞出万医生那样神奇的研究成果，可能性也基本为零，那需要天才的直觉和持之以恒的努力，还有一点儿决定性的运气。不过，复制研究成果却很容易。我从李川书身上得到了母本，然后在实验室里研究 DNA 被 RNA 影响的过程，还有那些携带了记忆的 DNA 的特异之处，那些和大脑组织相关的基因组产生了很多变异，可以肯定，那就是和记忆携带相关的部分。这些异常的 DNA 很有活力，它们会不断产生 RNA，释放到细胞之外。我毫不怀疑，如果把这些 RNA 提纯，注入某个人身体中，他也会逐渐出现李川书的症状，认为自己是王于德。

我的确这么做了。RNA 长链加上一层薄薄的蛋白质外壳，形成了一种结晶物。极少量的活性物质被封装在小小的玻璃管中，晶体细微，看上去像是白色粉末。握在掌心里，原本很轻的东西，我却感觉很沉重。

这算不算是一种生化武器？这真是一个巨大的问号。我制造了一种跟病毒类似的东西。毫无疑问，如果我把这样的晶体大量复制，让它们像某些病毒一样能够在空气中传播，这个世界恐怕要变成一个巨大的精神病院，而且人们还不易察觉。所有的人都做同样的噩梦，所有人都有同样的精神分裂症状，到最后，全世界都是王于德。这景象惨不忍睹，我也不敢多想。

但我得救自己。这小小的病毒，就是我用来自卫的武器。

第 2 天阿彪来的时候，我让他进了办公室。我戴着防毒面具一般的口罩，在他面前不断拍打记录本。粉尘扬起，借着窗户里透过来的阳光，我看见一些细微的颗粒钻进了他粗大的鼻孔。

这办法并不一定会奏效，然而还是有产生效果的机会。

阿彪显然并不喜欢我的举动，他接过记录本，警惕地盯着我。可惜，他的特长是搏斗和枪械，在病毒方面显然并不在行，也毫无警惕。当他觉得一切似乎并无异常后，他转身走出办公室。

望着他魁梧的背影，我有一种欣喜的感觉。知识就是力量，这句话在此刻显得正确无比……

然而，阿彪猛然转过身来，快步走到桌前。

"取下你的口罩！"他低声说，声音很低，却充满威慑力，就像他的外表一样。

我一时愣住了，惊愕地看着他。

他没有干等着，自己动手，一把将我的口罩扯了下来。

"你搞什么鬼？"他厉声质问。

一瞬间，我明白了，虽然知识很厉害，暴力却更直接，特别是像阿彪这种肆无忌惮使用暴力的人，虽然知识最后总能够胜利，却只能暂时忍受委屈。

"我有点感冒，不想传染给你。"我镇静地说。

他抓住我的领子，把我拉到近前，说："老实点！给老板做事，不要三心二意。"

他撂下狠话，把我重重地摁在桌上，用记录本的支架不断地打我的头，直到我求饶为止。

阿彪走出屋子，狠狠地带上房门。

我绝望地瘫在座椅上。计划赶不上变化，这些精心提纯的 RNA 类病毒载体在空气中有大概 30 分钟的寿命，只要我在 30 分钟后拿下口罩，一切就完美无缺。然而阿彪粗暴地把一切都打乱了。携带着王于德记忆的 RNA 不仅进入了阿彪的身体，也同样在我身体里扎根下来。很快，我也会像李川书一样，变成一个精神分裂患者。

听天由命，我的脑子里一片空白，只有这个词。

突然间，我想起还有最后一个救星——万医生！解铃还须系铃人，只有他才能救我的命。

当天晚上，我见到了万医生。我给他发了13封电子邮件请求见面，说有十二万分重要的事情要和他商量。其实我并没有别的念头，就是想活下去。李川书的例子活生生地摆在眼前，我会逐渐死去，而王于德的灵魂会占据我的躯体。我不想要什么财富，也不管他们想要我做什么，此时，压倒一切的念头就是活下去。

万医生显然对我突然提出会面的要求感到很不满，厉声地呵斥："我们说过不能随便见面！你难道没有记住？"

"是的，但的确情况紧急。"我争辩道，"这件事必须让你知道，而且已经很危险了。"

"说！"他语气凌厉，黑着脸。

"我好像感染了李川书的症状。"我说。

万医生一愣，看着我，说："这怎么可能？"

"这两天我经常短暂失神，我能记得一些关于王于德的事。这肯定不是从李川书口里听到的，那些记忆就在我的脑子里。万医生，有没有可能你的DNA修正出现了问题？它具有传染性。如果是RNA单链病毒，的确可能发生传染。"

"这不可能。它不是病毒！"他仍旧坚持，语气却犹豫了许多。

"我确认这件事，因为我从阿彪身上观察到了相同的迹象，这两天来，我总是看到他有精神分裂的前期症状，今天他还对我说他就是王于德。说完以后，觉得不对，他就威胁我绝不能说出去，还用记录本狠狠打我。你看……"我露出头上的伤痕给万医生过目，一个确定无疑的证据能够支持这些半真半假的陈述。我并不是一个熟练的骗子，也没有这样的天赋，然而在情急之下，这些说辞自然而然地来到我的脑子里，几乎不需要思考。

万医生半信半疑地看着我额头上浅浅的瘀痕，眉头紧锁。

"万医生，"我再次小心翼翼地试探，"您所发明的这种 RNA 信使会不会发生变异，从一个人身上跑到另一个人身上，就像病毒一样？"

万医生疑窦重重，犹豫地说："这种 RNA 结构没有配对的蛋白质，无法装配成病毒，它们根本不具有传染性。除非……有直接的体液交换。"他狐疑地看着我。

我明白他的言下之意。通过体液交换传染的病很多，如著名的艾滋病，然而，李川书是一个病人，受到严格的看护，根本不应该有这样的机会，更不可能感染阿彪。

我正色道："万医生，我也是一个医生，不敢乱说，但是如果出于偶然，这些 RNA 链条能够遭遇相应的蛋白质配型，就很容易转化成病毒形态，变得能够传染。要不然，你从我身上采集一点血样去化验。你一定得想想法子。否则，这就是不折不扣的大灾难。你知道西班牙大流感的后果吧！"

是的，如果万医生所发明的东西真的成了一种病毒，它的威力应该不亚于西班牙大流感。当然，我并不担心人类，人类总能够生存下来，只不过需要付出一些代价。成百万、上千万甚至上亿的人，可能会因此而死去。我所担心的，是我自己会不会成为那巨大数字中的一个。如果成千上万的人死去，我却能获救，那么这方案肯定就在我的备选中。最好的方案，当然是不要死人。我的良知还没有泯灭，只是和自己的生命比较起来，良知只能先放在一边。我望着万医生，希望良知这个东西在他身上残存得比我更多一些。

万医生沉默着。我不由得焦急起来，说："这种病毒发病比较慢，如果能针对性地破坏它的 DNA 组织，那么也没什么。如果迟了，恐怕这世界到处都是精神病。王于德的事情，也恐怕要尽人皆知。"

"跟我来。"万医生低声说，转身就走。

我欣喜万分，却装出满怀心事的样子，"这怎么办？我的手机还在枕头下压着，明天要赶回去，不然会被王天佑发现。"

"到我的实验室去，一个小时足够了。但是你必须躺在车厢里。"

万医生的实验室建在深深的地下。我不知道它到底在多深的地下，只是电梯足足运行了 20 秒，哪怕是很慢的电梯，也意味着有很长的垂直距离。

跨出电梯，一堵墙出现在眼前，红色、蓝色、无色的液体装在试管中，数以千计的试管琳琅满目，从地板一直堆到天花板。它们扭曲盘绕，形成似 DNA 的双螺旋结构。

我发出一声惊叹，这简直是生物科学的行为艺术。

万医生快步走向一台设备，这是一台巨大的计算机，上面有某个公司的商标。我知道这种机器，它是 DNA 分析仪，得到人类基因库的授权，可以分析所有已知的人类基因组。这种机器最简单的用途是预测一个人 10 年后的面貌，这是科学预测，八九不离十，因此受到大众的欢迎。但是它真正的功能被隐藏了，一个人的智商高低、性格如何，答案就藏在这 2 条螺旋之中。双螺旋无法决定一个人最终的命运，却可以大体上将一个人归类到某种属性之中，它比任何东西都要更清楚地说出你是谁。然而这样直截了当地揭露，对于大多数人而言都过于残酷。于是，基因学家们很高明地把大众的视线从这些地方引开——他们用 10 年后的面貌这种无关痛痒的东西来遮蔽真实，让大众生活在一种虚假却温情的氛围中。

万医生显然利用这台机器进行了一些非法的研究。他的研究成果就在精神病院的病房里躺着，一个已经被烧成灰的人，正在那个躺着的人身上复活过来。

有什么事比扼杀一个人的灵魂、窃取他的身体更龌龊？这可能是人类最卑劣的行径。当然，李川书签了字，心甘情愿，至少曾经心甘情愿。

万医生很快调整好机器，示意我过去。

我走过去，把手伸进机器，一阵轻微的麻痒之后，机器开始发出嗡嗡的响声，似乎是风扇加大马力的声音。

我抽回手，说："我的事情做完了，该回去了吧。"

"不，你在这里等着，我们要先看看结果。"

我就在这个地下宫殿里等待着。漫长的 15 分钟过去了，机器缓缓吐出一张长长的纸。万医生并没有去看，他打开电脑上的软件，开始分析数据。我忐忑不安地拾起那张纸，上面画满了各种各样的符号和代码。我曾经见过这些稀奇古怪的东西，在一门叫基因代码学的专业课上，然而我早已经忘得干干净净。徒劳地在纸上扫了几眼之后，我放弃了努力，眼巴巴地看着万医生。

万医生全神贯注地盯着屏幕，似乎已经忘记了我的存在。

过了一会儿，机器吐出第 2 张纸。我瞥了一眼，照样是基因代码学范畴的东西。万医生把报告拿在手里看着，眉头紧蹙。

"你的确被感染了。"他突然开口，"但是……"他欲言又止，眉头锁得更紧。

"怎么了，我会变成第 2 个李川书，是吗？"我慌忙问，声音发颤。

万医生抬眼看着我，说不上是怜悯还是惋惜，缓缓地说："这些基因序列和给李川书注射的并不相同，它们是被打乱的序列。它们像被重新装配过，谁也不知道到底会发生什么。"

仿佛一个炸雷在我脑子里炸响，我只感到思绪一片纷乱。是的，脆弱的 RNA 序列很容易发生变异，当我从李川书的身体里得到 RNA 序列后，剧烈的环境刺激很可能让基因重组，变成难以预料的东西。我可能不会变成王于德，倒更可能变成一个彻底的疯子！

"万医生，你是说，我会被这种病毒搞成疯子，是吗？"我勉强发问。

"你会有很多错乱的记忆，所有的记忆混杂在一起，可能是李川书的，也可能是王于德的，更多的还是你自己的记忆，最后你会分不清现实。"

万医生所描述的，正是一个癔症患者的典型症状。这比精神分裂更糟糕，因为不论精神分裂的患者是生活在此时或彼时，他其实还有清楚的逻辑，只是不合时宜。而癔症患者则生活在一团混沌中，在某种意义上，他就是一团能够行走的肉而已。

我猛地跪在万医生面前。这个突然的举动让他一惊，慌忙伸手拉我，说："你这是干什么？"

"万医生，救命！"我用力在地上磕头，发出嘣嘣的响声。万医生有些手足无措，说："你这是干什么，站起来说话。"他用力拉我。我仿佛有无穷的力气，一个劲地磕头，他根本拉不住。

"好了，你先起来，要不然，我们怎么想办法？"他看着我，一副哭笑不得的样子。

我爬起来，额头上青了一大片。我的精神从崩溃的边缘恢复，不由得为刚才的举止感到羞愧。"万医生，我……"我想说些什么，却不知道如何开口。

"你是不是做了什么？"万医生认真地看着我，"李川书体内的这种RNA序列只能在人体内的环境中生存，怎么会跑到你身上去？你要老实告诉我。不知道它是怎么感染你的，我很难找到应对的办法。"

我知道他说的都是真的。我不想拿自己的性命冒险，于是把一切都和盘托出。

"我只是想救自己的命。"最后，我看着他，可怜巴巴地说。

他的脸上浮现出一层怒意，然而他尽量克制着，没有爆发出来。我也不敢说话，小心地察看他的脸色。

过了半晌，他说："我先送你回去！一切都要维持正常。不要让王天佑觉察。"他看着我，又补充："我会想办法，你不会有事。但是……"他加重语气，说："必须按照计划来！我们的风险很大，稍有不慎，一切都完了！"

"是的，是的。"我忙不迭地点头。

半个月的时间在风平浪静中过去，我却度日如年。

噩梦正一点点变成现实，我时而会出现一些幻觉——那不是幻觉，是记忆，就在我的头脑里，只不过不是我的记忆。

李川书被锁在病房里，他已经彻底变成了王于德了。只不过，他显然并不理解自己为什么会处于这种处境里。最初的狂暴过去之后，他变得畏畏缩缩，听见房门的声响就发抖——那些五大三粗的汉子对任何一个敢于耍泼的精神病患者从来都敢于下狠手。

我走到床前进行例行观察，他躺在床上，浑身散发着臭味。恍然间，我觉得那躺在床上的人就是我。我拼命压抑着这种念头，随手在记录本上写了几句，准备离开。

王于德却突然抬起手。他的手高举，五指叉开。"500万！"他说，声音低沉，却无比清晰。

我猛然间记起还有500万这回事。那天的情形历历在目——眼前是一笔巨款，而下方显示着我的身份证号码，当我的手颤抖着在屏幕上按下确认，"转账成功"几个字跳了出来。巨大的幸福感瞬间贯穿了我，无法言说。然而短短几个月，这笔曾给我带来巨大幸福感的巨款已经被遗忘到九霄云外去了。恍如隔世，恍如隔世！如果还有500万放在我眼前，我会把它当成粪土一样抛弃。

我转身麻木地向外走去，对王于德置之不理。

"我可以让你变成亿万富翁！我有很多钱，都可以给你！"王于德急切地呼唤。

我仍旧不为所动地向外走。

"我给你账号，你可以去验证！"他说，"3373647724786868732。"

他嘶哑的声音仿佛有一种魔力，让我的脚步慢下来。当这串数字的最后一个音节结束，几个意义不明的字符串随之在我的脑子里浮现。我停下脚步，一种诡异的感觉涌上心头。

"过来，我告诉你密码。"他说，"这个账户里有一个亿，加上利息，至少有 1 亿 3000 万。"

我转头看着他，他也正努力抬眼看着我，眼里满是乞求。

我走了过去，低下身子，把耳朵凑在他嘴边。

"20570803，确认码是 T-T-R-1-9-1-4，第三密码……"

我感到一丝凉意。不需要他再告诉我什么，这笔钱的来龙去脉在我的脑子里清晰起来，而这几个彼此间毫无关系的密码，仿佛在我的记忆中生了根。

"都记住了吗？你可以写下来。"王于德问。

我点点头，径直走出病房。我匆匆忙忙换下白大褂，准备去找万医生。我的手指无意间碰触到口袋，硬硬的，我的心一凉。它正监视着我的一举一动！王于德孤注一掷，企图用巨款来收买我，王天佑可能已经知道这个消息。

我在办公桌旁坐下，强迫自己冷静下来。王于德的记忆在我的脑子里重现，事情的来龙去脉变得清晰。我是一个最无辜的人，被卷进来只因为我是一个精神病医生，而且看起来容易受人摆布。此刻，我却居高临下，把一切看得清清楚楚。问题仅仅在于，我该怎么做？

"梁医生，病人的镇静剂需要重开吗？"护士走过我的门口，随口问。

我心中一动，站起身，对她说："我跟你一块儿去拿药。"

我掏出手机，把它锁进抽屉，然后跟着护士离去。

当我从药房出来时，被人挡住了去路，是阿彪。然而他并不是奉命而来。

他的眼神里充满困惑，失去了那股凶猛的味道。他挡在我面前，说："梁医生，我们得谈一谈。"

我看着这个可怜的人。正如我所预料，阿彪非常害怕。他外表剽悍，内心却很脆弱，一旦发现某些事情超出了自己所能控制的范畴，便惊慌失措。他是危险人物，然而一旦被控制住就无比安全。

"跟我来。"我冷冷地说，手心里却全是汗，生怕他暴跳起来，把我结结实实地揍一顿，说不定还会把我打成残废。

然而他真的听从了，乖乖地站到我身后。也许他认为我给他下了毒，只有听我的话才能活命。有的时候，两个人之间的强弱似乎只是气场的对决。阿彪正是心理最脆弱的时刻，再强悍的身体也拯救不了他。

这不是我的计划，却歪打正着。我坐进了阿彪的车。

"去找王天佑。"我下令。

阿彪看着我，说："老板没让你去找他。"

"我必须去找他，"我看着阿彪，"否则我们都活不了。你出现了一些幻觉，对吗？"

"是的，"他犹豫着，"这两天我经常头晕，有一些奇怪症状。你能帮我解决掉？"

"听我的，这样才能解决问题。去王天佑那里。"

阿彪服从了我的命令。

剽悍的越野车在王天佑豪华的庄园里奔驰。突然，我命令阿彪："从这里转进去。"前方是一条小小的支道，仅容一辆汽车通行。这条幽静的道路毫不起眼，两旁树木森森，即便是大白天，也显得阴冷。

"这里？老板不在这边。"

"照我说的做！"

越野车快捷地打一个转向，转入这条林荫遮蔽的小路上。几个转折之后，一幢小楼出现在道路尽头。

"见过这幢楼吗？"

"没有。"阿彪老老实实地回答。

"在楼前停车，不要熄火，等着我。"我厉声说道，阿彪唯唯诺诺地点头。看见这样一个剽悍的大块头俯首帖耳，我不由得对自己将要做的事充满信心。

我走到小楼门前。浅灰色的门紧闭，我按下门铃，马上有人会从摄像头里看到我，然后大吃一惊，但最终会打开大门。我静静地等着。

门果然自动打开，我走了进去。这是一部电梯，我曾经来过。

万医生在电梯门边等我，他看着我，等我解释。

"情况紧急，"我说，"李川书说了一个账户，王天佑可能知道。"

"你怎么找到这里的？"万医生并不理会我所说的紧急情况，他对我的突然出现感到不安。

"这里……"我指了指头，"我的病越来越重了，总会有些突如其来的记忆碎片。我竟然想起了你的实验室到底在哪里。我宁愿不知道。"

万医生不再追问，侧身示意我进去，说："来得正好，我也正想找你。"

实验室里没有别人。万医生在一台电脑前坐下，说："我找到一些办法，可以针对性地消除你身体内的变异DNA。"

"另一种病毒？"我问。

"你可以这么认为。我指定了几个特定的基因组靶标，这种病毒进入细胞核，能够摧毁那些已经变异的DNA，避免你的大脑性状进一步改变。"

"但它无法把已经改变的性状变回来。"

"是的。"万医生说，"所以越早越好。"他看着我，继续说："在王于德的记忆占据你的大脑之前，必须消除那些已经变异的DNA，残存的RNA很容易控制，它们本身的生命周期很短，只要不让它们感染更多的健康细胞，你的免疫系统很快就能把它们清除干净。"

我露出一个勉强的笑容，说："那么最好的情况是，我能保持现在的状态。"

"没错。"万医生把电脑屏幕转向我，"你自己看看，你既然能复制记忆描摹 RNA，可见你的基因学基础已经足够阅读这些说明。"他站起身，说："我来做准备。"

他走到一旁的一个庞大的仪器边，打开一扇小门，开始从里面取试管。

我低头看着眼前的资料，这是一份关于"记忆描摹 RNA"的详细说明，这一章节专门描述如何预防这种 RNA 侵入细胞。对已经改变的性状，没有办法复原，因为原本的性状已经被抹去。

我草草浏览了几页，定了定神，开始说话："我已经有了一些王于德的记忆，但是我并没有发疯，我还能清楚地分辨哪些记忆属于我，哪些记忆属于王于德。我想起来一笔钱，共有 1 亿 3000 万，这笔钱的利息每个月按时汇入 6 个账户。"

万医生手中的动作停滞下来，他看了看我，把手上的试管放在架子上，然后面对着我，说："你想说什么？"

"我那个不可靠的记忆告诉我，如果这笔钱的利息不按时汇出，6 组杀手就会奔向不同的目标。"

万医生的声音有些发颤："我不明白你在说些什么！"

"那样也好，我已经把这笔钱转入我的账户，下个月开始，也许就会有几宗谋杀案发生，其中一件，也许就在这个庄园。还有，如果没有人重设这笔钱的权限，再过半年，这笔钱同样会被冻结。半年的时间，说起来也不算太长。"

"你想怎么样？"万医生的额头上渗出了冷汗。

我微微一笑，说："虽然我可能变成一个疯子，但在变成一个疯子之前，我可以让几个人变成死尸。很简单，再来一场交易，怎么样？"

"你说吧。"万医生很快控制住情绪，平静地说。

我知道，从此刻起，我们真正站到了同一条战壕里，重要的是，我占据了优势。

"这件事需要卢小姐的配合，她在庄园里吗？如果在，我们今天就可以解决问题……"这是一个冒险计划，然而我知道，时间紧迫，再大的风险也值得一试。

我把一个药瓶交到万医生手里。他看了一眼，惊讶地抬起头，说："阿匹胺苯片？"

我点了点头。

从小楼出来，阿彪仍旧在等着我。

"老板找你。"我刚上车，他就说。

"那正好。"我淡淡地说。这正与我的计划配合得天衣无缝，他不来找我，我也会去找他。

"我怎么办？"阿彪问，他显然知道王天佑这一次找我，凶多吉少。他并不关心我的生死，但他担心自己的性命。

我正对着他，说："我给你 500 万，你是不是能帮我杀了王天佑？"

阿彪断然拒绝："这不可能。我不能对老板下手。"

"你自己的命也不要吗？"

"不要拿这个来威胁我！"阿彪突然恢复了几分剽悍，"我是不会背叛老板的。"

"好吧。"我坐直身子，"但是为了你的命，你最好不要告诉任何人我们今天到了这里。你的幻觉会让你精神错乱，你看到李川书的下场了，如果不尽早采取措施，你会变得和他一样。只有我能帮你。"

阿彪默默地开车驰出小道，转向庄园内部。

我看了看表，"在这里等一等。"我告诉阿彪。

阿彪把车停在路边，并不发问，只是等着。

时间很快过了4：30，我让阿彪上路。绿草如茵，仿佛一块巨大的绒毯，豪华的房子就在绒毯上，远远看去就像童话里的城堡。这景象触动了我的回忆，有一种亲切的感觉。这不是属于那个叫梁翔宇的精神科医生的记忆，它属于那个叫王于德的亿万富翁，这所房子曾经的主人。然而，我心里并没有抵触，只是看着那房子，感到一阵阵温馨。也许我是谁并不重要，我活着、看着、感受着，这就是一切。变成另一个人，似乎也并没有那么可怕……

"你喜欢这所房子吗？"我突然问阿彪。

阿彪点点头。

"你记得前老板吗？"

阿彪不说话。

我知道他记得。阿彪从小就在王家长大，他的父亲是王于德的保镖，死得很早，王于德就像他的父亲。阿彪并不明白身上出现的记忆错乱的症状，那正是王于德的记忆，其中也一定有一些关于他的部分。也许阿彪看着镜子里的自己，会涌起一些莫名其妙的情绪，就像我此刻看着他，心中却充满一种父亲的慈爱。

这件事真是奇妙，当我在医院里威胁他时，我想的是怎么搞死他；此刻，我竟然下定决心，必须拯救他。而王天佑……想到这个名字，我的身体不自觉地微微发抖。我要他死！这是梁翔宇和王于德的共谋，一个为了活下去，一个为了复仇，在这个问题上，他们找到了公约数。

越野车在房门前停下。

"押着我去见王天佑，"我低声说，"就像平常一样。"

阿彪下了车，外衣口袋里鼓鼓的，里面明显塞了一把枪。他像往常一样押着我走到门边。我不自觉地想靠近门框上的虹膜识别器，然而很快控制住了自己，没有做出这个愚蠢的举动。

"老板，我把梁医生带来了。"阿彪对着对讲机喊。

"带他上楼。"王天佑的声音传来。我望了望门上方的一个角落，那是监视器的位置，如果王天佑就在监视器前，他会看见我正望着他。

王天佑坐在宽大的沙发上，跷着二郎腿，故作高深地看着我。

"那个李川书开口了？情况怎么样？"

"他说了一个账户，是3373647724786868732。"我把账户报了出来。

"不错。"王天佑站了起来，"你的记性很好。那么密码呢？"

"他说这个账户有三重密码，他不肯说。"

"不肯说？"王天佑耸了耸眉毛，"难道他不是悄悄告诉你了吗？我知道密码，但由你来告诉我，这对我们的合作是一个很好的考验。"

"他没说。"我保持镇静，"他只是告诉我，除了他，谁也不能使用这个账户。而且，这个账户和一个人的生死攸关。"

"和谁的生死攸关？"王天佑保持着笑容，然而我能看出他的表情有一丝僵硬。

"一个姓万的医生。李川书说只有这个姓万的医生出现，他才肯说出密码。"

王天佑的心情变得轻松了一些，他冷哼一声，说："这些都是我的隐私，和姓万的医生有什么关系？这是胡说八道。你是精神病医生，应该有很多办法让他开口说真话。"

"我可以试试看，"我说，"不过如果我用药物诱使他开口，很可能会把事情搞砸。"我小心地看了王天佑一眼，他似乎有兴趣继续听下去，"这种私密性很强的东西，人的潜意识都会进行保护，很可能他只会说出一个假密码。"我继续说。

"没关系，多试几次。"王天佑毫不在意。

"这会杀死他的，"我说，"进行催眠诱导是很危险的行为。"

"这有什么危险？不过是多吃几次麻醉剂而已。"

"神经系统的多巴胺物质会被耗尽，导致神经衰竭，最后死亡。"我把专业知识描述得尽量简单。

"他的整个身体都是我的，你不用担心神经衰竭。他会死得很快吗？"

"我不知道，每个人都不一样。"

王天佑有些犹豫，显然，他并不想让李川书很快死去。

卢小姐带着药来了。

我仔细观察王天佑的神色，他似乎有些不能确定时间，抬头看了看钟表。他的鼻翼翕张，神色有些恍惚。

卢小姐按时给他服下了药。

我走上前，用一种训练有素的温柔声音说："现在，我们把万医生找来好不好？"

"天天，到这边来。"随着一声招呼，王天佑晃晃悠悠地站起身，向我走来。

"我是谁？"我问他。

"爸爸。"在催眠的作用下，他看着我，就像看着王于德。

"我就是去死，也不会留给你一个子儿！"我突然大声喊叫起来。

"爸，别这样！"王天佑畏缩着后退。

这正是王于德被杀死之前说的最后一句话，我挺直身子，手指如戟般指着他，像极了当日的情形。

王天佑浑身颤抖，脸部抽搐。亲手杀死父亲之后，却又见到了父亲，他顿时感到无比害怕。

"你这个不孝子，敢闷死我！财产……财产都是你的又怎么样？丧尽天良，我做鬼也不会放过你！"我说着做出打人的姿势。

王天佑抱着脑袋蹲下身子，哭喊着："不要，不要……你饶了我吧！"

王于德的儿子就这么不争气，是一个绣花枕头。我敢说，当时如果不是王于德晕倒在地，给他10个胆子也不敢动他老爸一根寒毛。

我可以吓死他。在药物的作用下，只要稍加诱导，恐惧几乎可以被放大到无限。然而这不是我的目的，我也不想犯杀人罪——哪怕永远不会被追查。

我只是想告诉他一些东西。我走过去，一把抓住他的头发，拉起他的头，附在他的耳边轻声说："财产都是你的了，但是我们断绝父子关系，我会做鬼，让你一辈子不得安宁。"

王天佑只是哆嗦，嗯嗯呜呜说不出一句话。

我抬头看着万医生，点点头。万医生默默走上来，给他打了一针。

王天佑瘫倒在地。

"一切都按照你的计划来了，"万医生冷冷地看着瘫在地上的王天佑，"兑现你的承诺。"

"我们要看看效果。"我说，"明天打电话给我，我们把他送到精神病院去。然后，我们各不相欠。"

"你要记得自己的承诺！"万医生盯着我，满怀戒心。

"你可以放一万个心。"我微笑着，"只要我不变成精神病，你和小卢都安全。"

万医生从密道走掉了。

阿彪走进来。我要他站在门外，他听到了刚刚全部的过程。

"小老板真的杀死了他自己的父亲？"他问。

"你都听见了。"我说。

阿彪默默地走出去，他再也不会为这个躺在地上的花花公子卖命了。

富丽堂皇的屋子里只剩下我和躺在地上的前亿万富翁继承人。我还有最后的事要做。

我走到书桌边，拉开抽屉，抽屉里有一把保险锁。我拧动锁盘，打开保险，眼前跳出一个屏幕。我把手按在屏幕上，启动了程序。

所有的现金、证券、股权、不动产……一切的财产都从王于德的名下转移到一个叫李川书的人名下。指纹、虹膜、DNA，一切可以验证身份的东西都从我身上转入这台电脑，然后通过预留的后门进入国家个人信息管理中心。

当最后的转移完成，屏幕上出现一个巨大的摄像头。我露出一个微笑。"咔嚓"一声后，一张卡片从缝隙中弹了出来。

我捡起卡片，这是一张崭新的身份证，我的头像就印在上面，傻傻地微笑。

从今天起，我就是李川书！

我收起身份证，把书桌恢复原样，然后走出门去，让阿彪送我回精神病院。

10 年过去了。

当我厌倦了白雪皑皑的阿玛达布朗峰后，我决定回精神病院看看。虽然精神病院不是什么光彩的地方，但毕竟我在那里生活了 8 年。人总是念旧的。

很远我就看见了精神病院的金字招牌——"李川书精神疾病研究院"。欢迎的队伍排得老长，站在最前的是宋院长。

"宋院长，很久不见啊，您老看上去气色不错！怎么敢这么麻烦大家来迎接我。"我热情地和他握手。

宋院长的老脸上露出受宠若惊的表情，说："这哪里敢当，李老板，您是我们的大贵人。应该的，应该的！"

我微微一笑。10 年前我是梁翔宇，要在宋院长面前装孙子，一旦我成了亿万富翁李川书，宋院长和曾经的同事们就再也不记得曾经存在过一个叫梁翔宇的人。钱或许真的不是万能的，但它至少可以让一些人彻底忘掉过去。

我走过热烈欢迎的队伍，走进这片熟悉的土地。

一个宽敞的院落里住着特殊的病人，我走过去，和他打招呼。他猛然一惊，说："你是谁？你要干什么？是不是要抢我的钱？我有很多钱，我是亿万富翁。"他说完就像兔子一般跑掉，躲进了门里。

"他的病情比 10 年前好些了吗？"我问宋院长。

"哪里，一直都这样。特别在晚上的时候，会像杀猪一样号叫，如果不是您有特殊吩咐，早就给他上嘴套了。"

我点点头。虽然是我的催眠才让王天佑生活在潜意识的恐惧中，然而这是他咎由自取，我既不内疚，也不怜悯。

当天晚上，我和万医生通电话时，提出要去拜访他。他喜出望外。自从那次事件之后，我远走欧洲，他和卢小姐结婚，已经有了一个可爱的宝贝儿子。我们保持着亲密的朋友关系。一个亿万富翁很容易有几个好朋友，特别是如果你真心赞助他们的事业。

"有个特别的人，你一定要见见。"电话那边，万医生显得很神秘。

我知道是谁，却也不道破。万医生和我提了好几次，那个人总在庄园周边出没，衣衫褴褛、面黄肌瘦，他像是在等待什么机会。我很感谢万医生的好意，然而这些年我其实一直派人跟着那个人，对他的行踪了如指掌。

我见到了万医生和小卢，还有他们 6 岁的儿子大宝。大宝很聪明，小小年纪已经能明白光速有限，跨进了相对论的门槛。我见到了他，果然是聪明伶俐的孩子。

午餐时，万医生兴致勃勃地给我讲述一种增强记忆的新药的最新研究进展，他确信这种药物会永久性地改变人类历史进程。小卢悄悄地捅了捅我的胳膊，示意我看向窗外。

窗外，绿草如茵，却有一个黑乎乎的人影在草皮上行走，龌龊不堪，仿佛一只动物。

10 多分钟后，我站在他面前。

他认出了我，恨恨地盯着我。

"你应该感谢我，如果不是我，你已经死在精神病院里了。"我说。

他无动于衷，仍旧恨恨地盯着我。

"每个人都得到了他想要的东西，李川书得到了享受，王天佑得到了梦中的财产，万医生得到了自由，你得到了年轻的生命。我只是把你们丢下的捡起来。大家都很满意。"

他仍旧无动于衷。

我拿出一张卡片，递给他，说："这里是 500 万，你可以在任何一家银行提取。如果你想拿回你失去的一切，这是一个很不错的开始。"

他并没有拒绝卡片。我向他微笑，然后回到了庄园里。回头看去，他已经不见了踪影。

第二天，我正在吃早餐，阿彪把报纸送过来，说："老板，有消息。"

我看了看阿彪所指的地方，那是社会八卦版内一条不起眼的消息——"流浪汉银行内取 500 万遭哄抢，当街被群殴致死"。

我点点头，心安理得地喝下一口咖啡。因果报应，这事怨不得我。

我走到窗边，万医生一家正在草坪上玩耍，其乐融融。王于德、李川书、梁翔宇……我不知道自己究竟是哪一个，和生活本身相比，这也并不重要，只要你自己不把它看得太重要。

"李叔叔！"大宝叫喊着向窗边跑过来。

我笑嘻嘻地应了一声，从窗口跳出去，把他抱起来，高高地举起。

"李叔叔，为什么我总觉得很早就认识你？"我把大宝放下，他兴致勃勃地问。

"因为大宝乖。"我随口夸赞他。

"但是……"大宝歪着头，"我记得你好像姓梁。"他睁着圆溜溜的大眼睛，天真无邪地看着我。

我心中一凛，不由得向着万医生夫妇看去。

双生

吴霜

一

……晕开的，先是一团光，然后中间慢慢渗出血色——那是个红衣女孩模糊的影子。

这里的视野很窄，只能感觉到晃动的人影、失准的焦距和死一般的寂静……接着，传来一阵铺天盖地的轰鸣。刘苏封闭的听觉和触觉骤然打开，大脑疼得缩成一团，像刺入了万千钢针。海浪疯狂扑打崖壁的声音被放大了万倍，整个世界成为一个巨大的共鸣箱，声波铺天盖地，足以把人碾为齑粉。

……刘苏的眼泪涌出来，视野更加模糊，那红衣女孩像浮在水面的一张剪纸，浮浮沉沉，渐行渐远，终于来到悬崖尽头。红衣女孩单薄的裙子在风中疯狂舞动，像一团烈火……

……不要跳……虚无、绝望的疼痛一波波抽打着刘苏的胸口……她向着红衣女孩消失的地方狂奔起来，不断被沿途锋利的礁石割伤。

……等等我……

红衣女孩纵身一跃，突然消失在海天交接处……

颠簸的旅游大巴上，刘苏倒吸一口凉气，猛地睁开眼睛。瞳孔因突如其来的光线急剧收缩，伴随着失控的心跳和阵阵晕眩。

10 年了，同样的噩梦，情节如同死循环。刘苏不知有多少次在夜里像这样惊醒，冷汗淋漓。

刘苏忍着隐隐的头痛，望向窗外，目光散得像一盘沙。车窗玻璃上，映出一个年轻女孩苍白、迷惘的面孔，短发在风中凌乱地飞舞着。

车窗外，张家界的群山还没有醒来，拳头般的晨雾一团团扑在脸上，又湿又沉。

一

在农家乐小院放下行李后，刘苏开始在景区瞎逛。晨雾早已退去，云在蓝天上层层铺开，淡白的阳光洒下来，带着凉爽的山风。

4 年中文系的大学生活，乏善可陈。沉默寡言的刘苏似乎从没有给别人留下太多印象，只有一名美术老师对她的评价还有点意思：无论是看人还是看风景，刘苏同学的眼神好像永远停留在另一个维度，带着一种开辟鸿蒙的飘忽，与这个世界保持着奇异的距离。

这评价是中肯还是戏谑，都无所谓。实际上，因为健忘，那个北方的大学校园，都已经在刘苏的记忆里消失了一大半。

好一个《阿凡达》的取景地。作为科幻迷的刘苏，或多或少是因为这部横扫全球票房的电影，才将张家界定为了大学毕业旅行的地点。

一座座秀美壮丽、形态各异的石柱峰拔地而起，插入云霄，好似身披绿甲青鳞的巨兽，喷吐着云雾。周围不时有操着各地口音的旅游团接踵而过，导游喋喋不休着许多牵强附会的神话传说。而刘苏的脑海里，此刻只穿梭着许多科幻电影中的场景：从磁悬浮峰到龙骑士；从龙骑士到《侏罗纪公园》；从《侏罗纪公园》到《夺宝奇兵》……

当思维已经莫名其妙地跳到了科幻小说《狄拉克海上的涟漪》时，刘苏眼前出现了一条波光粼粼的金色小溪，她抬眼看看路边的景区指示牌——金鞭溪。

时近正午，溪水金光闪闪，深浅不一的金棕色石头透出一股暖意。远处有游客在欢闹戏水。刘苏迟疑地停下脚步。这儿是个拐角，有错落的树丛掩映。她犹犹豫豫地解开了帆布鞋带，不时惊慌地回头四望，生怕有人出现。双脚提起又放下，放下又提起，反复几次，她终于克服焦虑感，把双脚慢慢浸入水中。

然后，刘苏拉开背包，小心地拿出书来，将包内弄乱的零散物品一件件原封不动地收好，精确到每一个包里的口袋，每一个口袋里的隔层，每一个隔层里的贴了标签的收纳袋……再检查一遍后，她才松了口气。

溪水清凉，周围静得只剩稀疏的鸟鸣。树缝中落下的光斑和溪水的反光在书页上来回跳动。刘苏僵硬的身子渐渐放松，目光也柔和起来，似乎全世界只剩下这本《异乡异客》。

太阳缓缓移动，周围的光线暗下来。未看的书页在渐渐变薄，直到一大朵水花"砰"地溅上来。

"对不起，水漂打歪了。"

看着这个卷着裤脚、刚刚从对面蹚水过来的男人，刘苏有点惊恐，又有点恼怒。惊恐的是，她通常需要克服很强的紧张感才能和陌生人交谈；恼怒的是，她对什么都无所谓，除了书。

小时候，她和姐姐各自用一半房间。姐姐刘落那边的墙壁，撞色强烈，用的是宝蓝色打底，朱红牡丹为主图的壁纸，养的宠物是一只名为"Zobim"的蜥蜴；刘苏这边的壁纸则是黑白色调，呈现出一片深邃安宁、雾霭沉沉的雪松林，她养的宠物——说来特别，是一本彩绘版的《小王子》。

"《小王子》很乖、很安静，容易照顾。"四五岁的刘苏总是这么一字一句、慢吞吞地解释。刘落常常因妹妹对宠物的奇怪品味大笑不已，以至后来刘苏遇到烦心事、想听姐姐的笑声时，就以"姐，我养的《小王子》……"这样的句子开头，最后，整个房间都会充满刘落爽朗放肆的笑声，与墙上的牡丹一起热烈地绽放。

那笑声真有种魔力，能驱走童年所有的阴霾。直到……

那本《小王子》，锁在哪里了呢？ 10 年，太多的细节都消失在时间里了。

因为不知怎么应答，刘苏只好闷着头擦书。看着书名和她心疼擦书的样子，那个人异常平静的脸上闪出一丝的好奇。

"好书。"

听到这句话，刘苏总算抬起头来。

一张陌生的面孔，线条清秀又硬朗，而且有种和年龄不相称的……奇怪的沉静感。

不知为什么，这人的眼神好像很熟悉。

"这个，用来赔你的书。"那人摸出一个灰灰的东西，看刘苏愣愣的，没有接的意思，便犹豫了一下，放在地上，转身离开，带起一阵溪水的轻响。

他的背影在弯弯曲曲的山路上渐渐缩成一粒沙，最终消失在半山腰的农家小院门后。

山风阵阵，半干的书页开始变得鼓鼓囊囊。

三

星汉灿烂，银河如同蘸了熔银写就的一幅潇洒的书法作品。

刘苏在农家乐小院的天台吊床上轻轻摇晃，眼睛半眯着，望着星空。

夜深人静，旅客都已熄灯入睡，周围只剩错落的虫鸣。刚刚她又被噩梦惊醒，索性上天台，让山风吹一吹疼痛的头。

打水漂的家伙留下了一枚石头，准确地说，是一枚化石。

这个化石差不多鸡蛋大小，质地粗糙，深灰岩石底色上浮着两尾形体相似的鱼。鱼头尖小，鱼身修长，带几分古意，如同某些原始器皿上的阳文雕刻。两尾鱼首尾相接，层叠的鳞片清晰可辨，神奇地呈现出类似八卦图的形状。

如果是真品，对于一本被打湿的旧书而言，这补偿似乎太多了些。

刘苏不安地盯着这枚石头。星光宛若深海，化石里的鱼看起来似乎在游动。

刘苏刚刚查过，张家界这块区域在泥盆纪时期竟是一片汪洋，因此山川之间藏着大量的海洋生物化石。

沧海桑田，这是一尾游过时间之海的鱼。

正在刘苏出神的时候，耳畔传来一个熟悉的声音。

"真巧！"

刘苏一时不知该说什么。

"你是科幻迷吗？"

"……好多年了。谢谢……你的化石。"

对话陷入了短暂的沉默。两人说话都有发电报的风格，惜字如金。

夜深人静，只有两张吊床在吱嘎嘎地响，好像气氛还不够尴尬似的。

带着几分好奇，刘苏忍不住打破了沉默。

"你也是科幻迷吗？"

《异乡异客》这种书，应该没什么人看过吧。刘苏心想。

"算是。尤其喜欢你看的那一本。"对方回答。

"原因？"

又是短暂的沉默。他的目光从星空移到刘苏脸上。

"孤独吧。"

一瞬间，万千星光仿佛都映在那双眼睛里。

刘苏醍醐灌顶，对方这熟悉的眼神，竟源自共同的孤独感。

她觉得惶恐。这眼神平静而锐利，像是一把刀，剥去了自己小心翼翼抗拒世界的层层盔甲；又像是一面镜子，映出了另一个自己，那个孤独、尴尬、时常躲在内心深处痛苦尖叫的自己。

这怪异的感觉陌生又熟悉，好像一个苦苦追求又令人惧怕的梦境成了真。

不知为什么，刘苏觉得，他应该也能看出自己的孤独。

"要不要听听我的故事？不管你信还是不信……"

然后，他用力吸了一口气，似乎不知如何说起。

接着，他的手伸了过来，伴着失常的心跳，刘苏的掌心传来轻微的敲击。

半分钟后，刘苏才回过神来。

这是摩斯电码。

"I、come、from、another、universe。"

随着敲击，刘苏经过短暂的思考，一字一顿地念出声来。

听到这句话，他如释重负地松开了手。

"异乡异客。"像是自言自语般，他又轻轻地重复了一遍，"我就是异乡异客。"

"不好意思，这事很少对别人说。以前提过几次，都以失败告终。还好你懂摩斯电码，否则……我就没有勇气开口了吧。"他无奈地笑了笑，似乎回想到了那些滑稽的场景，"而且，都是科幻迷的话，也许比较容易接受。”

　　难以开口的事用摩斯电码倒是个好办法。但对方同时也是科幻迷的可能性有多大呢？带着开玩笑的心态，刘苏想听听他如何自圆其说。

　　“我来自另一个平行宇宙，就称为 A 吧，这个世界称为 B。两个世界最大的差异，是 A 的时间线比 B 推后 300 年，同理，科技水平也先进300 年。A 世界对平行宇宙的理论研究，大概在 20 年前取得了突破性进展，几位理论物理学家连续几年摘走了诺贝尔物理学奖。虽然肉体传输仍然难以实现，科学家却在量子纠缠理论的基础上，将跨宇宙意识传输推进到了试验阶段。”他慢腾腾地、不带感情地描述着。

　　“量子纠缠？”

　　“特定情况下，次原子的粒子们，例如电子，同时朝相反方向发射后，在运动时能够彼此互通信息。不管彼此间距多远，不管是一微米还是一光年，它们似乎总是知道对方的运动方式，在一方被影响而改变方向时，双方会同时改变方向。在你们的B宇宙，也有几乎一样的研究。”

　　“但是根据爱因斯坦的理论，没有任何通信的速度能够超过光速……对了，你们那儿有爱因斯坦吗？”

　　“有，不过他爱拉的是大提琴而不是小提琴，我们那儿也有相对论，和这儿都差不多，但相对论不适用于量子纠缠。再具体的我也不太清楚，毕竟我只是古生物学专业的研究生……说到生物学，你知道有些双胞胎会有类似心电感应的能力吗？——就算距离很远，也可以感受到彼此的喜怒哀乐。”

　　一股强烈的感情突然涌上胸口。过了很久，刘苏才发出两个嘶哑的音节：“知道。”

　　“这就和大脑的量子纠缠效应有关。实际上，对双胞胎的心电感应研究，也是 A 宇宙生物量子计算机的突破点，这项技术解决了意识传输硬件设备的难题。简言之，在通过各种动物试验之后，卡在了人体试验这一关。"

"是因为法律问题？"

"不止。法律、科技、伦理、道德、医学……这些问题搅成了一锅粥。各国表面唇枪舌剑，背地暗潮汹涌。谁都想抢占先机。最后由联合国出面，出台了相关人权法律，面向全球招募志愿者，我就是其中之一。2年前，在经过古生物学、社会学、心理学等方面的严格培训后，我通过生物量子计算机，对大脑进行了精确到量子级别的扫描复制。然后通过某种传输设备，我在 A 宇宙中的全部意识就传输到了 B 宇宙中的我的脑中。"

刘苏努力地消化着这一切，还好他的语速够慢。他麻木虚无的语调有种奇特的说服力，让人不得不认真考虑整件事在逻辑上的可行性。

"那么……实验对这两个宇宙的你有什么影响？"刘苏问。

"A 宇宙的我，由于量子纠缠，能够不断收到 B 宇宙的我的所见所闻。一切的信息——遵循蝴蝶效应——哪怕只是日常琐事，对 A 宇宙也有极大的研究价值。我当然也有特定的科学任务，比如通过化石对比两个世界生物进化的差异性——这是我的专业，也是我来张家界的原因。而原来 B 宇宙的我，一个可怜人，虽然肉体毫发无伤，但意识被精确到量子级别的复制意识完全替代，彻底灰飞烟灭——就像做了全脑交换手术。"

他的语调一直冷漠而平板，透着一丝疲倦。

"而且，你知道这个计划最有意思的地方是什么吗？"他说。

沉默了半晌，一丝寒意浮上刘苏的心头，一直蔓延到全身。

"你回不去了？"

他冷笑一声，以示肯定。

这个世界，没有任意门。

一面单向的镜子、一枚过河的卒子、一个丧失自我的副本、一缕游荡在两个宇宙之间的孤独灵魂。最可笑的是，这不是迷信，是科学。

"来到这里 2 年，我常想，自己是谁？从哪里来？到何处去？后来发现，这哲学上的一系列终极问题，对我来说都是扯淡。现在的我就是个该死的入侵者、杀人犯，还是个盗版货！2 个世界的我，都是被操纵的人偶而已，哈哈……"

他的冷笑声简短而干脆，在广袤的星空下，如同几根渐渐扯断的琴弦。

多少次在黑暗中，哭不出声的刘苏能回应这个世界的，也只有这样的冷笑。

关山难越，谁悲失路之人；萍水相逢，尽是他乡之客。

"我……有一个双胞胎姐姐。"刘苏艰难地说，"父母早逝，我们一直住在亲戚家里。她是我的亲人、朋友……镜子中的自己。我们之间，就有那种心电感应。她在学校弄伤手，我的手一整天都会疼。10 年前，她在海边……溺水身亡。之后我大病 3 个月，在鬼门关走了一回。"

没说出口的是，从那以后，一向寡言的刘苏变得更加内向、焦虑、自闭，有强迫症、社交恐惧症，经常噩梦连连。这一切都源于丧失自我的孤独感。接受了一年多的心理治疗后，刘苏才能勉强适应大学生活。

姐，你在另一个宇宙里吗？

她和他都没再说话。

凉风渐起。星空已经在泪水里变得模糊，好像一面变形的镜子。

他从旁边的吊床上伸过手来，微微颤抖着，似乎不知该怎么安慰她。两人冰冷的指尖相扣，缺少爱情应有的温度，却多出几分相依为命的绝望。

有生以来第一次，刘苏也是第一次从另一个人那里，感受到这种尖锐、尴尬、无可名状又栩栩如生的孤独感。

她的泪水终于落下来，由哽咽，到放声大哭。

能哭出声的感觉真好。

四

清晨，细雨霏霏。湿气形成的浓雾一直漫到半山腰的农家小院。青山云海，宛若仙境。

"你叫什么名字？"刘苏问。

他沉默了几秒，没有直接回答。

"以前我总觉得，只有那边才是家乡。后来，我渐渐接受了回不去的现实，就反复对自己说，我只是从 A 来到了 B，一遍又一遍，催眠似的。好像'家乡'这个称呼，真的有这么重要。白天我努力走遍各地，去看熟悉的风景，想转移自己的注意力，试图把这一切和记忆重叠在一起，去寻找归属感。可一到夜里，我还是不由自主地一样望着星空。"他说。

刘苏没回答，而是想起了一件儿时琐事。

一个同学全家出国旅游，将一只 2 个月大的名为"毛球"的哈士奇托付给姐妹俩照顾。刘落整日"毛球"不离口，宝贝得无以复加。刘苏虽然也很喜欢这只狗，却一直抗拒着不叫它的名字。姐姐几次逼问原因，刘苏只好直言："反正也留不长，干脆省了名字，免得叫出感情，送走时难受。"

"你怎么这么冷血啊！"刘落义愤填膺地说。

最后送走时……刘落痛哭流涕，刘苏则默默地递上纸巾。

这一切，是否只是安慰剂式的自欺欺人呢？

"你可以叫我 18，这是我的编号。"

"那么，你可以叫我爱玛侬，来自《回忆爱玛侬》。"

两人对视一眼，心照不宣地笑了，他们好像看到了另一个倔强、冷淡、古怪的自己。

"人体细胞，几乎每 7 年就要全部更新一次，而记忆，也在不断新陈代谢，一波一波，就像狄拉克海上的涟漪。昨天的我，还是今天的我吗？能确定我们在这个宇宙中永恒不变的坐标，根本就不存在吧。"他怅然说道。

"就算你穿越宇宙，迷失了自己，还是拥有个体独特的生命体验，与那个世界的你完全不同的体验。很多难以描述的瞬间和情感……不管有没有遗忘，都构成了你的坐标。"刘苏说。

这个世界的你，遇到过我，一个真实的我。刘苏没把这句话说出口，只在心里默默想着。

他没有回答。

一瞬间，连刘苏自己也心存疑惑，这虚弱的安慰，如何能填平两个宇宙之间的沟壑呢。

突然，像表演莎士比亚舞台剧似的，他在细雨中抬起头。

他念道："我曾目睹战舰燃烧于猎户星座的肩膀；我曾目睹 C 射线闪耀于唐怀瑟之门近处的黑暗。这些时刻也终将消融于时光之中，如同雨中的泪水。"

会有这一切吗？在另一个宇宙，或是 300 年以后的宇宙？

他的姓名、年龄、家庭……能被这个世界定义的标签，刘苏几乎一无所知。

刘苏只知道，虽然你的语调总是平静得不带感情，但上唇的线条弯得像丘比特的弓箭。

这一切，会传到另一个宇宙吗？或者又只是一个玩笑呢？

不知怎么，刘苏眼前出现了一群世界顶级科学家撅着屁股、大惊小怪地研究今天分别视频的荒唐场景。

细雨不急不缓地落着。时间，能带走很多东西，也对有些记忆无能为力。

仿佛约定好一般，谁也没有开口交换联系方式。

萍水相逢，正适合两个无根的人。

这样最好。

"那么，再见了。"

他有些局促地笑笑，背起背包，走了几步，迟疑一下，又回过头来。

抬起右手，冲刘苏做了个瓦肯举手礼，说：

"Live long and prosper !"

于是，刘苏最后的印象，仍然是他的手指。

他的手指修长、凉滑，和张家界的星光、细雨，重叠在一起。

龙骸

海滙

一切技术发明都离不开对自然的模仿，如果龙真的存在，
人类可以模仿龙造出怎样的发明？

一

海天之间渐渐亮了起来。

太阳像一个刚刚被煎熟的、红通通的蛋黄，从远处的海平线上慢慢探
出。夜色中如固态般的铅灰色海水被染成金色，变得柔和，轻柔地拍击着
巡洋舰锐利的船身，然后化为一堆堆斑斓的泡沫。冰冷刺骨的西北风此时
竟带上了一丝暖意，为甲板上老人略微僵硬的四肢注入了些许活力，他挺
直了背。在老人身后的桅杆上，德意志帝国海军的旗帜迎风飘扬，猎猎
作响。

"早上好，齐柏林先生。"船舱里走出一个年轻人。

"早上好，谢。"齐柏林回头对年轻人笑笑，又把目光投向了大海。
40 多年的军旅生涯已经夺走了老人曾经强健的体魄，这也许是他最后一
次远行了。再过几个小时，"奥古斯塔皇后号"就将抵达此行的终点——
胶州湾。

自 1897 年 11 月狄特立克斯少将率军登陆胶州湾以来，德国远东舰

队终于获得了梦寐以求的港口。除了大肆增兵外，胶州湾沿岸还需要修筑炮台要塞，建设港口码头，齐柏林爵士作为"奥古斯塔皇后号"防护巡洋舰的随军工程师，就这样踏上了前往这个古老东方国度的旅途。对于年近六旬的齐柏林来说，年轻时梦想周游世界的豪情壮志早已烟消云散，此刻的他只想完成任务后返回康斯坦茨的庄园安享晚年，殊不知自己的命运和整个历史都已悄然改变。

　　与齐柏林一道的年轻人是他在中国香港寻得的助手。"奥古斯塔皇后号"途经中国香港补给时，他出于好奇，便在这座东西方风情交融的城市里转了转。不承想稍未留意，他竟在鳞次栉比的建筑群中迷失了方向。齐柏林从军多年，世界上许多地方都留下了他的足迹，见多识广的他却在最后一次任务中迷了路，不知会被船上那帮不知天高地厚的浑小子笑话成什么样呢。他接连拦住几个行人问路，可当地人听不懂他说的德语，实在爱莫能助。无奈之下，齐柏林只得四处乱逛。他随意走进了街边一家杂货铺，此时店内已无客人，只有一个文弱秀气的年轻人站在货架前，一手拨弄算盘，一手提笔演算，并未注意到面前的不速之客。齐柏林略微一看，注意力就被这个年轻人吸引了，在自己进店这短短的时间内，年轻人竟已将店内货品库存进出、钱财收支核算完毕，并梳理得井井有条，运算之快连齐柏林都自叹不如。只是到了最后，年轻人却突然停了下来。片刻后，年轻人发现了问题所在，正要更改，而齐柏林也指着他账簿的一处地方，两人几乎同时说道："是这里，这里算错了。"

　　"您是德国人？"年轻人这才注意到齐柏林，用德语礼貌地问道。

　　两人就这样阴差阳错地相识了。眼见天色已晚，年轻人便好心收留齐柏林共进晚餐。席间齐柏林了解到，年轻人名叫谢缵泰，本是澳大利亚华侨，随母亲来到中国香港，读书之余帮助长辈打理家中产业。几番交谈下来，齐柏林发现，谢缵泰是个聪明能干之人，不但精通多国语言，更在数学、机械方面具有极高造诣。接下来几天，由谢缵泰充当向导，齐柏林饶有兴致地浏览了中国香港的大街小巷，齐柏林亦不时向谢缵泰介绍和讲解西方先进的机械技术。两人亦师亦友，一见如故。

不久后，"奥古斯塔皇后号"补给完毕，即将起航，齐柏林想到此行路途遥远，语言不通，便邀请谢缵泰作为助手同行。起初谢缵泰并不愿意登上德国军舰，但齐柏林一再保证"奥古斯塔皇后号"此行只是为了给清政府施压，督促其尽快破获近日发生在山东的德国传教士被杀一案，绝不会轻启战端。谢缵泰见他语气诚恳不似作伪，加之正想见识外面世界广阔的天地，便接受了邀请。

待到正午时分，"奥古斯塔皇后号"驶入胶州湾，风浪被阻挡在外，湾内水面宽阔，风平浪静，这儿实在是不可多得的天然良港。胶州湾四面山势陡峭，易守难攻，北面的山坡上，一门黑黢黢的克虏伯大炮居高临下，扼守海口航道，看来，这便是青岛山炮台了。

一旁的谢缵泰目光炯炯，死死盯着黑洞洞的炮口，就像猎人毫不畏惧地和野兽对视一般。

二

随着"奥古斯塔皇后号"的到来，胶州湾地区与登陆部队对峙的清军开始撤退。3年前的中日甲午海战，购自伏尔铿造船厂的经远舰以一敌四，遭日舰猛轰10余炮仍死战不退。自此，清政府对德制军舰大加赞赏，如今比经远舰更大、更先进的"奥古斯塔皇后号"来了，清政府更不敢招惹。到了第2年初，德国海军军营建立，占领之势日益稳固，接下来，便是外交部的事了。

这几个月来，齐柏林一直忙于港口工程的营建工作，包括测绘地形、丈量水深、安装机器等，而谢缵泰则寸步不离地跟在他身边，除了任劳任怨地做些携带工具、搬运设备的体力活外，还在齐柏林的指导下负责收集数据、绘制草图的工作，谢缵泰兢兢业业的态度令齐柏林非常满意。只是，谢缵泰偶尔会看着新绘制的港口图纸若有所思，当齐柏林与他目光相接时，谢缵泰却总是欲言又止。随着日子一天天过去，谢缵泰走神的次数越来越多，这天晚餐过后，谢缵泰约齐柏林一起去青岛山——也就是德国人口中的俾斯麦山上走走。当天的工作已经结束了，青岛山上暂时也没有需要营建的工程，齐柏林有些诧异，但还是毫不迟疑地答应了。

齐柏林对谢缵泰的才学颇为欣赏，谢缵泰同样也将齐柏林视为良师益友，两人之间早有默契，不约而同地在一处山崖边停下了脚步。举目望去，不远处的海岸灯火通明，港口已经初具雏形。

"谢，你有什么想和我说的吗？"齐柏林问道。

"是的，先生，从第一次见到港口的设计图纸我就想问您了。"谢缵泰愣愣地看着山下的海港，轻声说道。

"哦？那是好几个月之前的事了吧。"齐柏林点点头，示意谢缵泰继续。

"你们，并不仅仅是为了那2个传教士而来的，对吧？即使抓到凶手，你们也不会离开这里了，是吗？"谢缵泰直视齐柏林，冷冷地问道。

"对，这没什么好隐瞒的，我们在这里建立的港口、防波堤都是永久设施，我们的海军在远东需要一个储煤站，一座属于自己的基地。这不过是我们帮助你们讨回辽东的小小报酬而已！"齐柏林语带不屑地答道。

"小小报酬？先生，你们想要的，恐怕远不止这些吧！你们在港口修建的铁路，早就预留了向内地延伸的轨道，沿途的地形地貌也已经被你们摸得一清二楚！你们是不是还想要济南，还想要整个山东？"谢缵泰按捺着愤怒，恨恨地说道。

面对谢缵泰的质问，齐柏林一时竟无言以对。自己还是低估了这个年轻人，没想到他仅仅凭借几张铁路设计草图，便推测出了德军将通过铁路把整个山东纳入势力范围的计划。齐柏林沉默良久，终于叹道："谢，你生于澳大利亚，长于中国香港，我原以为你和其他守旧迂腐的中国人有所不同。你要知道，当今世界弱肉强食，只有强权，才是唯一的真理！"说完，齐柏林对谢缵泰指了指停泊在港口中的军舰。

"好！我定当谨记您今日之言！总有一天，我会向您证明，我们中国也可以自强于世界！"谢缵泰目光如炬，一口气说完，转身离去。

看着他在山路中渐渐消失的背影，齐柏林突然感觉，自己对这个年轻人，对这个民族，了解得还远远不够。

接下来几天，谢缵泰将自己锁在房间里，不再出现。缺少了他的协助，齐柏林手头上工作的进度也慢了下来，不过齐柏林并不想勉强他，齐柏林相信，年轻的谢缵泰只不过是一时热血，现实很快会让他低下骄傲的头颅。

三

这天，谢缵泰早早醒来，披上外套走到窗前，军舰和货船静静地停泊在码头内，随着海浪缓缓起伏着。微弱的晨光从阴沉的乌云缝隙中透出，并不发散，像是给乌云染上了一道道碎裂的金边。风停了，往日喧嚣的海鸟早已不见踪影，天地间突然格外寂静，看来一场大风暴马上要来了。谢缵泰关紧书桌前的窗户，慢慢坐下，愣愣地发着呆。确如齐柏林所料，他的内心是矛盾且无奈的，他曾经天真地相信了齐柏林关于德国人胶州湾之行目的的说辞，却没想到传教士事件正是他们求之不得的借口。从德国人在胶州湾地区的经营和规划建设来看，他们非但没有离开的打算，野心恐怕也远未得到满足。齐柏林那天的话也破灭了他心中最后一丝幻想。谢缵泰不得不痛苦地承认，所谓外交，所谓道义，在坚船利炮面前是那样苍白无力。当下他唯一能做的就是继续跟在齐柏林身边，希望有朝一日可以"师夷长技以制夷"，但他又实在厌恶这种为虎作伥的滋味。

谢缵泰正迷茫着，窗户忽然一紧，骤起的大风带动窗框将插销顶得来回摇晃，豆大的雨滴也随风而至，密集地击打在玻璃上，发出爆豆似的脆响。旧的雨水还没来得及流走，又被新的雨滴覆盖，视野很快便模糊起来。透过窗户，只能隐约看到外面水天一线，其他什么都看不分明，只有港口的引航灯像萤火虫一般，忽明忽暗地闪烁着。

"看！那是什么……"

"上帝啊……"

"是约尔曼冈德！"

"闭嘴！约尔曼冈德怎么会飞？"

"行了，别吵了，快看，它钻到云层里面去了！"

"这边！它又钻出来了！"

这样恶劣的天气，外面却喧闹了起来，谢缵泰不禁有些好奇，但从德国人断断续续的争论中也听不出个所以然。谢缵泰索性披上雨衣，走了出去。没想到的是，甲板上已经挤满了人，尽管人们在风雨中举步维艰，却都不肯离去，所有人都齐刷刷地望向天边一片厚厚的乌云，议论纷纷。

到底发生了什么？眼前的一切让谢缵泰一头雾水，这些德国人莫不是吃饱了撑的，顶着风暴出来就为了看朵云？

"轰！"一道闪电就像急速生长并分叉的树枝，从众人注目的乌云中劈出，雷鸣声滚滚而来，人群中传出一阵惊呼，却不是被吓的，而是因为看到那片被闪电照亮的乌云中呈现出的异象。只见云层中猛然浮现出一条巨大的黑影，不住地盘旋穿梭，一会儿加速直行，一会儿又扭转翻腾，忽而隐于云雾之中，片刻后又在另一片云层中出现。忽然，那巨大的黑影破云而出，空中传来一声汽笛般的长鸣，悠远浑厚，在电闪雷鸣中竟是那样清晰。

谢缵泰从身边一个德国士兵手里抢过望远镜，不顾对方的咒骂将镜头擦了擦，然后对准了云层中的怪兽。被雨水反复冲刷的镜片极为清晰，他看到那怪兽有着形似蟒蛇却大上数十倍的庞大身躯，上面覆盖着鳞片，鳞片起伏波动，其下喷出一股股气流，引得云气缭绕，仿佛是在吞云吐雾。它的头颅既像马，又像鹿，布满鲤鱼似的胡须，其脑后长有两只"V"形的长长的犄角，而在躯干两端下侧，还各生有一对遒劲的利爪！

"哈哈！"谢缵泰看得有些痴了，随即迎风大笑，胶州湾之行，不枉此生！它哪里是什么约尔曼冈德？正所谓神龙见首不见尾，那云层中的怪兽，分明就是龙啊！

"龙！龙！"在越来越猛烈的狂风暴雨中，谢缵泰一边手舞足蹈，一边大声呐喊。但身旁的德国人听不懂他的话，纷纷避让，只有齐柏林挤了过来，一把拉住他的肩膀，问道："谢，你说什么？龙？那怪物就是你们传说中的龙吗？"

"没错！今天我知道了，龙并不是编造出来的图腾，它是真实存在于这个世界上的生物！"谢缵泰指着空中翻云覆雨的巨龙，大声答道。

闪电越来越密集，几乎是一道连着一道，到最后已经分不清雷声来自哪个方向。空中的巨龙变得十分亢奋，腾云驾雾，飞得极快，似乎正在追逐那些骇人的闪电，却总是差之毫厘。盘旋了一阵，巨龙突然猛地掉头扑向天边另一朵透着亮光的乌云，刹那间，一道闪电从乌云的亮光中划出，狠狠地击在了龙身上！

强忍着炫目的闪光对眼睛造成的刺痛，谢缵泰透过望远镜看去，只见在雷击下，巨龙周身的鳞片张开，统统立了起来，强大的电流似乎被禁锢在了龙身上，在它互相平行竖起的鳞片之间，时不时闪现出一片电火花。巨龙好像被闪电定格了，就这样悬停在半空中一动不动，也许只有短短几秒，但谢缵泰觉得像几个世纪那样漫长。直到巨龙的鳞片合上，空中传来"咔"的一声怪响，它僵直的身躯才开始重新活动。不可思议的是，随着巨龙的扭动，它原本就硕大无朋的身躯，就像气球一样迅速地膨胀起来。龙难道是在借助闪电完成某种蜕变？谢缵泰的心绪随着这条神奇的巨龙起起伏伏，可还没等他高兴起来，变故陡生。

承受住雷电的轰击后，巨龙仿佛将这天地间的洪荒伟力都吸收了，虽无羽翼，却更加气势磅礴地向高空爬升。眼看就要直冲云霄之际，巨龙靠近尾部的一段身躯却猛地一阵抽搐，幽蓝色的火焰突然从它体内蹿出，迎着风雨剧烈地燃烧起来，并产生连续的爆响。顷刻间，烈焰从龙的尾部一路蔓延，巨龙发出震耳欲聋的悲鸣，终于支撑不住，向下坠去。

"也许，它会坠落在胶州湾海域！"目瞪口呆的齐柏林心中默算了巨龙大致的飞行高度和坠落轨迹，自言自语道。他随即反应过来，一跺脚，用德语向岸上围观的水兵大声嚷嚷了起来。

"谢！我们立刻出海！跟我一起去吧！"齐柏林一边向谢缵泰大声喊道，一边飞快地向港口跑去，仿佛一下子变回了几十年前那个身姿矫健的年轻人。

谢缵泰低下头，犹豫片刻，咬咬牙追了上去。虽然不愿再和这群侵略者为伍，但这次能与神话中的龙有近距离接触的机会，他无论如何也不能错过！

四

风雨渐弱，"奥古斯塔皇后号"以 21 节的航速全速航行，很快便赶到了胶州湾海域与外海的交界处，齐柏林对自己的推算颇为自信，那条龙一定就坠落在这附近！果然，经过一番搜寻，水手们发现了成片的死鱼，其中夹杂着许多硕大的鳞片，应该是巨龙重坠之时震落的。鳞片被打捞上来，一片足有成人手掌大小，谢缵泰接过一片轻轻抚摸，上面还略带余温，显然经受了烈火烧灼。即便如此，它却完好无损，透着奇异的金属质感，与寻常鱼鳞截然不同。

四周散落的鳞片越来越多，瞭望塔上的水兵随即在前方发现了数处仍在燃烧的火苗，抵近一看，正是那条巨龙尚未沉入海底的尸体！此刻，尽管这庞然大物已经完全没有了生命的迹象，却丝毫不影响它所带来的震撼——仅仅只是漂浮在海面上的部分，就足有数十米长，整条龙尸的长度恐怕与"奥古斯塔皇后号"的船身相差无几！齐柏林与舰长来不及惊叹，这里距外海仅一步之遥，商船往来频繁，随时可能出现英、日、俄等其他国家的军舰。为掩人耳目，他们派出 10 余名船员携带绳索驾驶数艘小艇靠近龙尸，将绳索分别缠绕捆绑在龙角、龙爪等处，再用"奥古斯塔皇后号"将其拖走，先回港再说。

谢缵泰在甲板上看着船员们驾驶小艇不断往返于巡洋舰与龙尸之间，在龙尸附近有条不紊地聚散忙碌，渺小得像一群分食巨兽尸体的蚂蚁，心中不禁凄然。也许，这些古老的事物，都会有所谓的劫数吧？这条巨龙是不是就是因为渡劫失败，被天雷击中，才殒命坠落的？可是，他明明记得，当时那条巨龙是自己主动迎向闪电的，难道这中间出了什么差错？在瓢泼大雨下，那诡异的蓝色火焰又是如何燃起的呢？

在谢缵泰百思不得其解之际，德国人已经一丝不苟地将龙尸与"奥古斯塔皇后号"牵引连接完毕，只待小艇上的水手上船后便可返航。谢缵泰随意一瞥，却猛地睁大双眼，目光被牢牢定住：远处海面之下，一条蛇形黑影正疾速潜行上浮，距离那几艘小艇已不足百米！

"快跑！快散开！"谢缵泰大声示警，齐柏林也注意到了水下的黑影，急忙与他一起使劲呼喊。直到这时，小艇上的船员们才意识到了迫在眉睫的危险，慌乱地分头逃散。可是为时已晚，那黑影的骨质背鳍像牛排刀一样刺出水面，划开一道巨大的分水线，顷刻间便掀翻了几艘小艇，落水的船员们惊慌失措，唯有拼命游向"奥古斯塔皇后号"。在舰长的指挥下，"奥古斯塔皇后号"几度试图以舰炮攻击水面下的怪物，那怪物虽然体型庞大，在水下却异常灵活，速度极快，根本无法瞄准，加之怪物距离船员太近，投鼠忌器之下，众人只得眼睁睁看着幸存者被一个个卷入水下，片刻后便有大片血水涌上海面。

幸存者们的惨叫很快就消失了。怪兽仍不罢休，绕着"奥古斯塔皇后号"转圈徘徊，时不时还在水下拱起龙尸，发出阵阵悲鸣，似乎想将其夺走。

舰上的船员们早已惊骇得肝胆俱裂，只想尽快离开。谁知水下怪兽见"奥古斯塔皇后号"就要拉走龙尸，几番拖拽不成后竟突然跃出海面，直扑战舰甲板，亏得德国水兵训练有素、操纵娴熟，千钧一发之际及时转舵，避开了怪兽大半身躯，但怪兽身体前端的 2 只利爪仍扣住了左舷甲板。众人被剧烈的颠簸震得东倒西歪，一直潜藏在水面下的怪兽露出了真容——虽然体形略小，角也纤细许多，但一看便知，它也是一条龙！难怪它要与巡洋舰争夺巨龙尸体，它与那死去的巨龙，分明就是一对伴侣！一名士兵逃跑时不慎滑倒，不偏不倚正对上巨龙腥臭的血盆大口，那名士兵亦是勇悍之辈，绝望下竟掏出手枪朝龙头连开数枪，但子弹打在龙头上只溅起几点火星，反而激怒了龙。谢缵泰见势不妙，一把将齐柏林扑倒，从龙口中喷出的火舌堪堪从他们头顶擦过，瞬间就将开枪的士兵和同一直线上的其他几人化为焦炭。

"奥古斯塔皇后"号全体船员自德国本土远道而来，踌躇满志地以为可以在远东大展拳脚，为帝国争得一份荣耀，万万没想到此刻一仗未打便已伤亡惨重。"撤！所有人撤出甲板，快进船舱！右满舵，全速前进！"舰长目眦尽裂，冒着军舰倾覆的危险咆哮着下达了命令。燃煤锅炉骤然满负荷运转，烟囱喷出浓烈的黑烟，在铁与火撞击的轰鸣声中，巡洋舰保持高速的同时向右急转。这次舰长赌赢了，左舷的巨龙与船尾龙尸的重量止住了"奥古斯塔皇后号"侧翻的势头，而只有一小部分身体攀上了甲板的巨龙无处借力，被军舰产生的离心作用抛了出去，只在甲板上留下了数道触目惊心的爪痕。

好不容易从巨龙爪下挣脱的"奥古斯塔皇后号"无心恋战，朝着母港方向落荒而逃，而被甩到海里的巨龙则跟在军舰后穷追不舍。好在龙尸虽然庞大，重量却轻得出奇，并未过于拖累船速，双方始终保持着微小的距离。在这个距离上，舰上主炮施展不开，舰长只好指挥炮手以舰尾副炮射击，但那巨龙极为狡猾通灵，时浮时潜，炮弹虽然在海面上激起一束束壮观的水柱，却未能伤它分毫，唯一的用处便是迫使巨龙不敢再次扑上甲板。

军舰就这样与巨龙僵持着，且战且逃，大部分船员只能躲在船舱里束手无策，连甲板上同伴的尸体都无法收殓。正当众人的精神即将在这场惊心动魄的追逐中崩溃时，海岸线总算在远方出现了。在齐柏林和谢缵泰的连声提醒下，紧张到几乎只剩下战斗本能的舰长恢复了理智，向岸上发出了求救信号。或许是求救内容过于匪夷所思，港口过了好一会儿才派出了几艘军舰前来接应。双方会合后，"奥古斯塔皇后号"的船员们不禁欢呼雀跃，一时竟忘了危险，纷纷走上甲板向友舰脱帽致意，巨龙此刻也不见了踪影，想来已经知难而退了。

"该死的海怪，见鬼去吧！"一名船员忘乎所以，冲到船舷边骂骂咧咧地朝海里吐了一口唾沫，却没注意到海面突然卷起的漩涡。巨龙在水下猛地转身，龙尾以雷霆万钧之势从甲板上横扫而过，不但将那名船员击飞，还卷走了数人，几名船员像破碎的洋娃娃一样被扔到半空后跌落，很快就悄无声息地沉入了海底。原来巨龙根本没有离开，只是潜行在水下等待机会给予人类致命一击！即使身处险境，谢缵泰也不得不惊叹于龙的智慧，它们到底是一种怎样的神奇生物？

这时，炮声响了，不是军舰上的舰炮，而是青岛山上的大炮。巨龙终归只是野兽，全力与军舰缠斗却忽视了人类在陆地上的威胁，这一炮虽然没有直接命中，但显然伤到了它，巨龙发出一声痛号，潜入水中，再不出现。当天晚上，港口周围再次传来巨龙的悲鸣，如泣如诉，似乎在呼唤死去的伴侣。德国人不敢掉以轻心，派出大批军舰彻夜巡逻警戒，直到第2天一早，海面上泛起了大片血迹，蜿蜒着向外海延伸，他们才确信，这次巨龙真的已经离开了。

持续一天一夜的钢铁巨舰与神话生物间的战斗落下了帷幕。是役，德国远东舰队死伤数十人，另有多人失踪，"奥古斯塔皇后号"甲板毁损严重，可谓出师不利。

五

自从跟齐柏林在青岛山上摊牌之后，谢缵泰早有了离去之意，却不想就在这当口儿居然亲历了这坠龙斗龙的千古奇事。"奥古斯塔皇后号"回港后，正逢青岛山炮台筹备建设地下指挥所，前期工程已经在山体中挖出了数个巨大空洞，刚好用于储存龙尸。谢缵泰素来博学，对历史典籍和神话传说中的龙颇为好奇，如今得以观其真身，自然心痒难耐，就此打消了离开的念头。但德国人疑心其华人身份，只是从部队中遴选了军医及工程师对龙尸开展研究，谢缵泰并无太多机会接触研究。好在天无绝人之路，齐柏林既是工程师，又出身贵族，还同为坠龙斗龙事件的目击者，自然可以参与龙尸的研究。他考虑龙自古以来便是中国神话传说中的生物，学贯中西的谢缵泰无疑将对研究产生极大帮助，加之感念谢缵泰多次出手相救，便力排众议，为谢缵泰争取到了参与龙尸研究的机会。就这样，两人在争执与决裂后，再度携手合作。

当谢缵泰通过层层检查终于走进那巨大的地下空间后，尽管已经有了心理准备，但他仍然感叹德国人那严谨高效的工作作风，并再次确认了他们的勃勃野心。坚固的花岗岩山体几乎被掏空，虽然只是前期的土方挖掘，但看得出来，大洞套小洞，洞洞相连，多处同时进行的地下工程构成了一个复杂但有序的整体，不少地方还看到了预留铁轨和电线的痕迹，等到这里建成之时，进可攻退可守，绝对是环太平洋地区首屈一指的要塞！而庞大的龙尸就被安置在炮台正下方，预备用于建造弹药库的最大空洞内，德国人利用陡峭的山体进行巧妙设计，虽处于地下，但这里的空气依然凉爽干燥，龙尸虽腥味极大，但保存尚好，暂未腐败。

说来奇怪，在历代典籍中，越往古代，关于坠龙的记载越是屡见不鲜。但越到近代，此类现象出现的频率大大降低。谢缵泰原以为龙不过是寄托先民某种崇拜的化身，随着近百年来民智渐开，神话传说自然便少了。但事实也许是龙这种生物在上古时期曾繁盛一时，甚至与华夏先民有过极其密切的接触，只是在时光流逝中它们的种群逐渐消亡，现如今恐怕只余下了少数孑遗。对于龙这种生物，谢缵泰尚且一知半解，德国人想要研究更是不知从何入手，况且军队中又没有专研生物的学者，他们只得让军医摸索着将龙尸解剖，由工程师记录绘制它的身体构造，并推测其飞行原理及死因。除了负责运送器械工具、清理现场的工人外，此次参与龙尸解剖研究的人员有 10 多人。在他们到来之前，工人们已对龙尸做了些简单的防腐处理，并安装了许多滑轮牵引和起吊装置，方便研究者们在解剖过程中随时挪动它。

万事俱备，众人便硬着头皮开始了对这未知生物的解剖。谁知行动刚一开始，便遇到了棘手的麻烦。龙的周身覆盖着无数硕大坚硬的鳞片，虽然在被雷击坠海时掉落了不少，但剩余部分生长排列得仍十分错落紧致。如果不破开龙体表面的鳞片，解剖就无法继续进行，但若一味蛮干，又怕会破坏这具珍贵的尸体，操刀的军医一时陷入了两难之境。谢缵泰正在一旁观察，回想起目睹巨龙的场景，他灵机一动，巨龙是因为雷击自燃而坠海的啊！它身上最初的起火点，不就是打开这身精密铠甲的缺口吗？他将自己的想法告诉了几位军医，那几人听后连连点头，随即依据谢缵泰的回忆，果真在龙尾附近找到了一处伤口。

相比于龙巨大的体形，这伤口并不起眼，只有碗口大小，又隐藏在龙尾关节处，如不仔细检查确实极难发现，实在无法想象龙居然是死于这样一处微不足道的创伤。但将伤口处理干净后大家才发现：伤口虽不大，却很深，几乎洞穿了整个龙躯，伤口边缘处不但鳞片缺失，连龙皮肌肉都被烧焦了，足见当时雷击威力之大。谢缵泰心中疑惑稍解，但一时又说不出来还有哪里不对。

众人商议后决定从这处伤口着手，先沿着它将四周破损的鳞片去除，再顺着鳞片生长的方向扩展，一步步将较大的鳞片全部剥下，待到柔软的表皮完全暴露后再对肌肉、骨骼、内脏进行下一步的解剖。随着鳞片被一片片拔除，谢缵泰心中异样的感觉越来越强烈，龙鳞的排列似乎有某种规律，闭合时彼此契合相连、严丝合缝，正因为如此，最初解剖时大家才会无从入手。但他们很快发现，大多数龙鳞其实是活动的，能够各自张开竖立，在将它们剥离的过程中，从龙的皮下体腔内还带出了一些纤维状的组织，就像树木被推倒后露出地面的树根一样。研究者们面面相觑，谁也没在其他生物身上见过类似的组织，一名年长的军医猜测，龙身上这些能张开的鳞片可能用于散热，而这些纤维可以传导热量、固定鳞片，也许还能像鸟类羽毛的毛囊那样起到供给养分的作用。包括齐柏林在内的其他人都认为这一推测很有道理，唯独谢缵泰仍然对此结论疑虑重重。

那天目击龙的人虽然不少，但因为天气和距离的原因，大家实际上看得并不真切，只有他通过望远镜将龙飞行的每个姿态和细节都看得明明白白。他永远也不会忘记龙在云雨雷电中穿梭腾飞的壮观景象，当时龙的鳞片确实有节奏地闭合又张开，就像波浪一样在龙身上翻滚起伏，而且鳞片下还喷出了气流，难道这就是龙将体内热量排出时的现象？或者和鲸鱼一样，这是龙在换气？

但他清楚地记得，只有在被雷击时，龙身上所有鳞片才是张开并竖起的……等等，雷击！谢缵泰心中一震，终于发现了让自己一直感觉奇怪的地方！那条龙不断穿越雷雨云，分明就是在寻雷，它是主动让闪电击中的！那些竖起的鳞片，就像在迎接雷击，除了散热，它一定还有更重要的用途！而龙刚被雷击中时安然无恙，是在雷击结束后，龙在闭合鳞片时才自燃坠落的。对了！他突然又想起，龙承受雷击的部位在身体前半部分，但导致它坠落的起火点却在龙尾，也就是说，这处伤口并不是由雷击直接造成的。

谢缵泰反应过来后连忙去检查龙尾处的鳞片，但为时已晚，这部分的鳞片已经被清除，看不出任何异常了。谢缵泰懊恼不已，不甘心地在袒露的龙尾上寻找着蛛丝马迹，果不其然，他在龙尾发现了几道不易察觉且已经快愈合的伤痕，它们呈撕裂状分布在龙尾肌肉上，最后交会于龙尾自燃点的伤口处。看到这里，谢缵泰恍然大悟，这处伤口显然在遭受雷击前就已经形成了，伤痕的形态很像是抓伤，有可能是这条巨龙遭遇天敌或是与同类相斗时所留下的。从龙鳞下肌肉受创的程度看，这处损伤原本并不致命，但很可能将巨龙此处的鳞片给破坏了；而龙鳞，极有可能在引雷过程中起着非常关键的作用，正是因为这处龙鳞的缺失，才导致巨龙最终引雷失败，自燃坠海！

为了验证自己的推测，谢缵泰取了一片龙鳞和一块龙鳞下的表皮送往实验室检测。不出所料，检测的结果显示：龙鳞具有极好的导电性，而龙皮则是优质的绝缘体。毫无疑问，谢缵泰对龙鳞作用的推测比那位年长军医做出的判断更加接近事实的真相，但龙主动引雷的目的又是什么呢？谢缵泰联想到了民间巨蟒飞天、引雷渡劫从而化身为龙的传说，一度怀疑龙就是由某些巨蟒在特殊条件下突变而来的新物种。难道说，它冒险引雷就是为了自身下一步的提升和进化？

　　谢缵泰从龙的死因研究到龙鳞的作用，最后竟发展到追寻龙的起源与进化。正当他冥思苦想之际，齐柏林却对其做法不以为然，齐柏林认为龙的死因毫无争议，不值得深究，他只想知道如此巨大的生物是凭借什么原理实现飞行的。他将研究重点放在了龙鳞下纤维状组织生长出来的肌肉及龙的体腔。在解剖过程中，齐柏林敏锐地发现，龙的身体正在缓慢地干瘪缩小，而这似乎不是尸体腐败造成的。剖开龙身表层极富弹性的肌肉后，齐柏林有了新的发现，这些肌肉包裹着一个个较小的囊泡，纤维状组织从小囊泡中穿过，深入体腔内相连的更大囊泡中。龙体内许多囊泡已经破裂了，一些无色无味的气体正从中泄漏出来，于是造成了龙尸干瘪缩小的现象。

　　齐柏林和几名军医小心翼翼地划开龙身上每一块肌肉，好不容易剥离出了一些完好的囊泡。这些囊泡表面覆盖着一层筋膜，与肌肉粘连在一起，大小各异，有的鼓胀，有的干瘪。所有囊泡被清理出来后，齐柏林发现了一个有趣的现象，囊泡自动分为 3 类：第 1 类囊泡最小，是从靠近体表的部位发现的，外层与肌肉及表皮紧密相连，将它拿起后放手，飘浮一阵后便缓慢落地；第 2 类囊泡大小居中，重量最重，其内明显有液体存在；第 3 类囊泡体积最大，重量却最轻，分布在龙的骨骼与内脏之间，脱离龙体后便迅速上浮，若在开阔地带早已随风飘走。

　　早在"奥古斯塔皇后号"打捞龙尸遭到另一条龙攻击时，齐柏林就确信，龙这种生物虽然能飞，但大部分时间应该是生活在海洋中的。它的身体构造完美地适应海洋环境，也只有浩渺丰饶的大海，才能供养如此巨大的生物。而通过解剖，齐柏林认为它们之所以能飞，很可能就是因为那些能够悬浮上升的囊泡，结合那条龙曾经口吐烈焰吞噬船员，齐柏林几乎已经猜到囊泡中的气体是什么了！完整的囊泡已经所剩无几，但为了验证其内部的成分，齐柏林不得不在3类囊泡中各挑出了一个用于检测。

　　检测结果很快就出来了，因为这3个囊泡中都是极其常见的物质，第1种囊泡中的气体就是普通的空气；第2种囊泡中的神秘液体是水；而第3种囊泡中的气体则是氢气。除了第2种囊泡中的不明液体是水有些出乎意料外，其他2类囊泡中的气体成分完全证实了齐柏林的猜想：龙就是靠体内的巨量氢气实现飞行的，而那些小囊泡中的空气，除了可以带走体内多余的热量，更能起到调节身体相对密度的作用，当龙在飞行中需要爬升时，它就会排出小囊泡中的空气，龙身变轻则上升。而在下降时，小囊泡吸入空气，龙身变重则下沉。这也是小囊泡生在体表附近的原因，它的外层与表皮相连，能随时吸入或喷出空气，空气被加压后喷射，配合龙身在空中做出的复杂摆动，又形成了推力。

　　简而言之，氢气囊泡提供升力，空气囊泡提供推力，这便是龙翱翔天际的奥秘！至于第2类囊泡，齐柏林在检测前原以为里面是某种特殊的组织液，是氢气的生发器官，但现在看来，它可能仅仅只是龙在海洋中生活时的"压舱物"而已——因为体内氢气的存在，龙需要不断吸水储存在体内，以免身体不受控制地漂浮在海面上。

　　齐柏林提出的这一套理论逻辑缜密，与检测结果又相互验证，尽管还有一些细节未明，但大家普遍认为这足以揭开龙身上的谜团。齐柏林一方面感慨造物主之伟大，在自然界中竟然存在如此神奇的生物；一方面又欣喜若狂，在龙身上，他得到了巨大的启发，仿佛看到一个全新时代的大门正朝自己缓缓开启。

六

　　解剖工作进行到了尾声，大家已经在地下待了很长时间，整天在弥漫着浓烈腥臭味的空气里呼吸，都感到头昏脑涨。齐柏林的研究取得突破后，众人迫不及待地想要尽快结束这项任务，去外面接触下新鲜空气。只有谢缵泰保持着高昂的热情，孜孜不倦地继续研究，不放过任何一处细节。齐柏林看在眼里，心中对这个年轻人的欣赏又多了一分。他甚至向谢缵泰提出，龙尸解剖结束后他就要回国，希望谢缵泰也能一同前往德国，2人携手开创一番事业。

　　谢缵泰当然明白齐柏林所说的事业是指什么，他很佩服齐柏林超前的眼光，更清楚这邀请意味着什么。他只要点点头，未来就能一展所学，荣华富贵将变得唾手可得，更有可能名扬世界。但他低头沉思了片刻，便委婉地拒绝了齐柏林的提议，说："先生，龙身上还有不少未解之谜没能解开。您有没有想过龙体内的氢气是从何而来？龙又为何要冒着莫大的危险去主动引雷？这两者间是否有什么关联？这些问题尚未得到合理的解释，就此参照龙的飞行原理研制大型飞艇还为时过早。"

　　"谢，你知不知道自己放弃了一个千载难逢的机会？"齐柏林对谢缵泰的回答有些难以置信，恼怒之余讽刺道，"我不明白你再追查那些虚无缥缈的问题有什么意义？大型飞艇必须马上投入生产，只有这样才能快速积累资本，有了钱，研究才能继续进行。你们中国人不是常说要经世致用吗？但你们的行为恰恰相反，也许这就是你们落后的原因！"

　　齐柏林口不择言的一番话再度让两人间充满了火药味，谢缵泰不甘示弱，回击道："先生，请你听好，经世致用不代表不求甚解，再说你敢保证大型飞艇生产出来后，你们不会用它占领更多地方？"

"这……大型飞艇的商业前景不可估量，我当然只想投入商用！"

"是吗？鸦片最初也只是一味药材，但到了豺狼手中，就变成了残害民众的毒物！"

二人各执己见，谁也说服不了谁，最终不欢而散。

这次争吵后，齐柏林便马不停蹄地开始了大型飞艇的设计工作。他详细记录了龙尸的长度、重量、身体构造特别是骨骼等方面的数据，建立了数个模型，以此为参考，绘制出了多幅大型飞艇的设计草图。另一头，谢缵泰仍沉浸在龙与雷电的关系中不能自拔，每当夜深人静之时，脑海中总是不自觉地闪现出当日巨龙引雷的画面，却一直不得要领。一筹莫展之际，谢缵泰突然想到，自然界中，除了龙，还有其他生物利用电的情形吗？循着这个思路，谢缵泰还真想到了一种生物，那就是在大名鼎鼎的电鳗。

与龙依赖天气追逐雷电不同的是，电鳗靠自身就可以产生可观的电流，不但能借此击毙体型较小的鱼类，甚至还能将涉水过河的野牛电晕。其发电器生长在身体两侧的肌肉里，尾部为正极，头部为负极，电流自尾部沿身体向头部传导并逐步增强直至释放。谢缵泰猜测，虽然体形相差巨大，但龙与电鳗在体态上颇有相似之处，长条形的身体，不但利于在海中游动，同样也适合电流传导。与之相对应的，龙身体的正负极情况或许与电鳗正好相反。电鳗放电用于捕猎或御敌，龙反其道而行之，通过触雷将电流引入体内，为的是什么呢？如此巨量的电能，又被龙用到了哪里？

带着这些疑问，他更加细致地解剖了龙的体表肌肉，试图找到电流传导的痕迹，以此推测电流的去向及用途。原本只是抱着另辟蹊径的想法试上一试，结果却歪打正着，在龙体内几乎相同的位置，谢缵泰竟然发现了与电鳗极为相似、但功率显然要大上许多的发电器，正负极的方向也与电鳗完全一致。这直接推翻了他之前的设想，表明龙不仅能依靠自身放电，体内电流也并非只有单一的流向，而是存在着一个远比想象中更为复杂的电路系统。山重水复疑无路，柳暗花明又一村。新的发现让谢缵泰欣喜若狂，他从龙尾一路推进，想要弄清电能传导并最终释放的全过程。然而事实再次与设想大相径庭，龙尾产生的电流并没有传导至龙头，更没有被释放，而是直接导入了龙体内深处。

谢缵泰对龙身上层出不穷的神奇之处早已习以为常，思索片刻便想通了其中的关键：龙体形庞大，爪牙锋利，在海中也必定是横行无忌的霸主，完全不需要像电鳗一样大费周章放电捕猎。但他同样坚信，任何生物都遵循着进化的规律，龙既然能产生巨大的电能，也一定会有相应的作用，只是自己暂时还未发现其中的奥妙罢了。而此刻他心中隐隐有种感觉，自己距离揭开最后的谜底，已经不远了。

最终，谢缵泰顺着龙体内的发电器，发现电流的终点恰恰是早先齐柏林发现的那些生长在龙体腔深处的第 2 类囊泡，这些囊泡内充满水，又与含有氢气的囊泡相连。如果说谢缵泰之前的研究好比是在黑暗中顺着唯一一道光线艰难摸索，那么现在，他终于找到了漏出这道光线的天窗，推开它，一切皆在眼前豁然开朗——自然界的广袤多姿竟造就了如此鬼斧神工的杰作，随着直流发电机的发明，不到 30 年前才被人类大规模应用的电解水制氢法，居然早已在龙身上实现了！

至此，谢缵泰已经能够依据这些线索再加上一点儿想象大致还原出龙这种神奇生物波澜壮阔的一生了。根据对龙的解剖结果表明，龙的四肢保留了一些两栖动物的特征，但体表的鳞片、用肺呼吸的方式，又表明它更接近于爬行动物，它应该是介于两者之间的过渡物种。它的繁殖方式尚不明确，但极有可能为卵生，且具有洄游的习性——即成年体在繁殖期自入海口逆流而上，在江河湖泊中产卵，幼体孵化并发育成熟后又返回大海。这一过程在漫长的历史中不断重复，被亚洲东部延绵数千年的文明目睹并记载了下来，形成了独特的神话传说。

生存和繁衍是生物最基本的需求，龙也不例外。龙成年后在海中生活，既无须担心食物来源，又没有天敌威胁，那么它们通过放电将体内的水电解成氢气毫无疑问就是为了繁殖。它们平日潜行在海底，捕食之余不断进行电解水，将生成的氢气一点点储存在体内囊泡中，达到一定程度后再将体内多余的水分排空，在某些特殊条件下，例如风暴来临之际，借助肌肉力量冲出海面后就能实现飞行。可以肯定的是，尽管飞行原理并不复杂，但对于龙而言，飞行仍然是一项极富难度、风险巨大的技能，只有足够成熟、强壮的个体才能游刃有余地施展。而对于繁殖期的雄性而言，还有什么是比这更好在雌性面前展示自己的方式呢？

但如果有 2 条甚至更多的雄性同时完成了飞天的壮举，那么一番惨烈的争斗就不可避免了。而胶州湾海域坠落的这条龙，它身上的伤痕，很可能就是它的竞争者留下的，在被人们目击之前，它至少经历了一场生死搏杀。谢缵泰无从想象它获胜的细节，但可以合理推测的是，在激烈的搏斗中，为了躲避对方的攻击，它一定需要急速下降，而这又不是仅靠吸入空气就能立竿见影的。它只得将体内宝贵的氢气一并排出，或许还能造成出其不意的杀伤——这一点，袭击"奥古斯塔皇后号"的那条龙已经演示过了。

在这种情况下，它想要维持飞行状态甚至再次爬升，就不得不使用一些极端但快速的方法来补充氢气。云层中饱含水汽，龙只要钻入其中，龙鳞下的空气囊泡就能在呼吸之间吞噬和过滤大量水分，并将它们输送到更深层的囊泡中。虽然轻而易举地获得了原料，但龙依靠自身放电，通过电解水来生成氢气的效率在这危急时刻就过于低效了，它需要更强大、更快捷的能量来源！谢缵泰是唯一一个清晰观察到那条巨龙引雷触雷细节的目击者，龙在引雷触雷前后鳞片的不同形态令他印象深刻，这也是他一直固执地认为龙是主动触雷的原因。尽管他之前已经证实龙鳞与龙皮分别是优良的导体和绝缘体，但一直无从探寻这背后的深意。直到现在，他从电鳗身上得到启发，才恍然大悟——龙主动触雷，是在给自己充电！

作为一种能操纵电能的生物，龙必然对电极为敏感，甚至于它的每一片鳞片、每一根触须都能感应到游离在空气中的微弱电荷，这样它就能在千里之外预知正在聚集生成的雷雨云。当龙冲入雷雨云后，它就开始了在天地之上的舞蹈，它将周身鳞片竖直张开，被闪电击中后，互不相连的鳞片之间便形成了简易的电容，汹涌澎湃的自然巨力就这样被龙用同样狂暴壮烈的方式暂时降伏了。龙如同一节容量惊人的蓄电池，不断从自然界中吸收电能，直至达到自身的储能上限。这时它便合上鳞片，带电的鳞片彼此相连，阻绝的电能重新流动，在鳞片上连通后经由鳞片下的纤维组织导入充满水的囊泡中，再次完成电解水的反应。闪电所蕴含的能量比龙自行产生的要高上几个数量级，龙几乎在瞬间就可以获得足够它继续飞行的氢气。

可惜的是，即使最精密的机器也会发生故障。出现在胶州湾海域上空的那条巨龙，在同类相争中脱颖而出，却敌不过大自然。它在搏斗中负伤，原本并不致命，但被损坏的鳞片成了它的阿喀琉斯之踵。在引雷充电时，剩余的鳞片还能继续发挥作用，但缺损的鳞片在连通放电时只会导致一个灾难性的后果——短路。强大而不受约束的电流在鳞片缺失的部位击穿了它的身体，引燃了它体内的氢气，最终导致了不可逆转的坠落。而在大海中等待它凯旋的伴侣，迎来的只能是一具残缺不全的尸体和如同嗜血苍蝇般尾随而来的人类。

龙尸的解剖和研究结束了，众人从山体要塞中走出，都有一种恍如隔世的感觉。

"谢，请接受我的歉意。"天下无不散之宴席，或许意识到了这一点，齐柏林低声说道。

"不必了，先生。这几个月承蒙您指点，我应该谢您才是。"谢缵泰淡然一笑。

"谢，你无须自谦！你的研究完全是开创性的工作，而我只是做了一个工程师该做的，仅凭这点你就远胜于我。咱们一起去德国开创飞艇空中运输的黄金时代吧！"齐柏林有些激动，紧紧地握住了谢缵泰的手。

"辜负您的好意，我很抱歉。"谢缵泰这次的回答更快，更坚定。

"清政府当前的状况，有谁会重视你？在这里你永远不可能造出飞艇！"

"您说得没错。但比技术更重要的，是人心。如果民智不被开启，技术再先进又有什么用呢？"

见谢缵泰心意已决，齐柏林尽管惋惜也只得放弃。他临走时，谢缵泰前来送行，也许感怀于齐柏林对自己的欣赏，又或者是因为巨龙引雷失败的惨剧造成的冲击过于深刻，谢缵泰最后劝道："先生，建造大型飞艇用于运输确实是技术应用上的壮举，但那条龙的结局您也看到了，还请您务必重视飞艇的防雷性能，否则迟早要酿成大祸。我运用最新的强度及刚度理论进行了测算，发现完全可以使用铝合金制作飞艇蒙皮，飞艇其他部分则替换成绝缘材料，这样飞艇就形成了一个法拉第笼，从而对雷击产生了一定的屏蔽作用。而且我还听说有英国人在用硫酸处理沥青铀矿时，制成了一种不活泼的气体，虽然浮力略小于氢气，但安全性要好得多，您不妨考虑考虑。"

"好，我会认真考虑的，但当务之急还是把飞艇先造出来……"齐柏林的回答有些漫不经心，与谢缵泰握手道别后，他登上了返回德国的轮船。随着汽笛响起，轮船缓缓驶离了码头。二人渐行渐远，再无交集。

尾　声

1937年5月6日，代表飞艇技术巅峰的"兴登堡号"在美国莱克赫斯特海军航空总站上空准备着陆时突然失火，仅仅30多秒后便燃尽坠毁，36人在这场可怕的事故中丧生。

关于这场空难的原因，历来众说纷纭，有人猜测是："兴登堡号"降落时，一根被吹断的缆绳划破了一个气囊，造成了轻微的氢气泄漏，而一道闪电恰巧击中了这个位置，引起了大火。

属于飞艇这个空中巨无霸的时代，自此由盛转衰，徐徐落幕。

多年前，一位寻龙少年点燃了我的好奇心——谨以此文向马小星老师致敬！